丢失的乡村夏夜

向善华 / 著

德宏民族出版社

图书在版编目（CIP）数据

丢失的乡村夏夜 / 向善华著. -- 芒市：德宏民族
出版社，2018.11
ISBN 978-7-5558-1105-3

Ⅰ.①丢… Ⅱ.①向… Ⅲ.①散文集—中国—当代
Ⅳ.①I267

中国版本图书馆CIP数据核字（2018）第234167号

书　　　名：丢失的乡村夏夜
作　　　者：向善华　著

出版·发行	德宏民族出版社	责任编辑	毕　兰
社　　址	德宏州芒市勇罕街1号	责任校对	银传秀
邮　　编	678400	封面设计	孔令飞
总编室电话	0692-2124877	发行部电话	0692-2112886
汉文编室	0692-2111881	民文编室	0692-2113131
电子邮件	dmpress@163.com	网　　址	www.dmpress.cn
印　　刷	昆明龙昇印务有限公司		
开　　本	787mm×1092mm　1/16	版　　次	2018年11月第1版
印　　张	18	印　　次	2018年11月第1次
书　　号	ISBN 978-7-5558-1105-3	定　　价	63.00元

目　录

—————　·第一辑·　—————

1

──── · 第二辑 · ────

———— · 第五辑 · ————

第一辑

好多路都荒了

好多路都荒了！

父亲肯定不是随口说说，那些路，父亲哪一条不是烂熟于心呢，至少，我是没有资格怀疑父亲的。当然，父亲也不是百分之百的对，那条宽阔平坦的水泥路不是进村串户了吗？邻居家儿子结婚时的十几台贴着大红喜字的小轿车不是直接开到家门前了吗？那些终年在外面闯世界的姑娘小伙不是打车从那条路回来又从那条路打车走了吗？这一切父亲不可能没有看在眼里，但父亲还要这么说，父亲连别人可能骂他死脑筋也不管，肯定有他自己的理由，只是这些理由我们都没想过，想了也不可能想那么深。

父亲一直生活在这里，他一辈子最愿意做，也做得最多的一件事，就是早上从其中一条路走出去，太阳落山了又走回来。牵着牛，扛着犁，要么挑着担，吭哧吭哧地，汗水滴了一路，更多的时候，一把锄头一把刀，手里还提着几把露水淋淋的青草。那时，路上很热闹，上学的，赶集的，担水的，背柴的，挑着豆腐吆喝的，牵着孩子回娘家的，驾着脚猪上门的……但走着走着，人越来越少，天天都讲人太多了，但路上怎么见不到几个人走呢？人不走，路就要荒！村后山坡上确实埋了一些，但那都是村上的老人，他们生活了一辈子，路都走完了，儿孙得继续走。十多年前，祖父祖母去世，我们就是沿着那些路送他们去村后山坡的，先是几段田埂路，接着是一段曲里拐弯的山路。那时，祖父祖母躺在棺木里，再也不能用脚走了，但他们一生在村前村后那些大大小小的路上留下的脚印，是要儿孙后代帮他们全收回，让他们带着那些脚印重新上路的。一路上，我们一步一叩首，跪了那么远，膝盖红肿，我们却没感到痛，那都是因为祖父祖母在世时走熟了这些乡村土路，儿孙也跟着享福。但后来，我们这些孙子辈的就很少走了，特别是那条山路，一年才走一次，荒得不成样子了，茅草灌木荆棘乱石，哪里找得到路的影子呢？

好多路都荒了，父亲心里也慌了！父亲跟路是有感情的，几十年前，父亲就是从其中一条路上把我那还在娘家当女儿的母亲娶进屋来做他新娘子的，后来，父亲又将油菜、稻谷、玉米、花生从那些路上一担一担地全挑回家，养大了一群儿女，想想，要不是那些平常得不能再平常的乡村土路，父亲有天大的本事，我们几兄妹能长这么健壮么？那些路帮忙做了多少事，路上又洒下多少汗水，父亲自己也说不清，但父亲记住了每一条路。哪条路多窄，哪条路哪一段更细，哪条路怎样转弯，哪条路走到哪一处往左拐还是向右拐，抑或爬上坡又走了一段落坡，哪条路有点斜，哪条路通向谁家的稻田菜园，哪条路中央架了一块石板，哪条路边上牛踩缺了一坨，父亲都背得出来，捂着眼睛也绝不会走错。

路，怎么说荒就荒了呢？

目光东西南北来来回回搜了好几遍，才撞上一两个人影，都是村子里像父亲一样上了年纪却仍在种田的老人，五十多，甚至六七十岁了，但明天呢，明天的明天呢？不过，父亲再也不敢一双草鞋一双赤脚了，天晴落雨，无一例外地深筒胶鞋，路上荒草又深又密，什么时候爬过来一条毒蛇你都不晓得。当然，路上长草，的确是大地的权力，没什么大不了的，草从不敢胡来，它只占路两边，让出路中央，给人裸一线路面，偶有草根要冒险破坏这种既定法则，但一听到密如鼓点铿锵而至的脚步，也就悄悄缩头拐弯另寻他路了。退一万步说，嫌草深了，可以放牛吃，用刀割，拿锄铲，你听过草喊"哎哟"了吗，草能把你怎样呢？但十天半月没人走，路听不到一声脚步，就死寂了，草荒了一条一条路，还将蛇呀鼠呀都招了来，怪谁呢，到底是谁的过错呢？

好多路都荒了，父亲话里有话，我一下子听出来了。我小时候跟在父亲后头，听父亲的草鞋在路上踩出嚓嚓嚓的声响，坚定有力，我好生羡慕，但毕竟少不更事，无法理解生活的沉重，脚步能重到哪里去呢。后来，我总是让自己行走人生的步子迈得沉一点，稳一点，并不是要做给别人看的。雨天路湿泥滑，脚下得警醒，如果随随便便了，不管张三李四，路会摔你一个仰天翻或是嘴啃泥，哪怕你人没爬起横在路中央一把鼻涕一把眼泪的，路也不会菩萨心肠，轻轻放过你；晴天泥土干爽，路不会忘记给你长个小石子，脚趾头踢破了，钻心痛，怪你自己不长记性，脚还没抬起就想朝前奔；你赌气将路挖烂了，路当然不跟你一般见识，但前边不远处，肯定还有一块更厉害的等着你。这些道理，就是我家门前通往学校的那条黄泥巴路教给我的。那时候，我背着书包走在那条路上，早一趟，晚一趟，我就这样走完了童年少年，最终走成一个满脸痘痘的青年，悟性再低，也不能不体察一条路的良苦用心。那年，我穿着皮鞋走进城里的大学，有一件事至今回想起来还让我感动不已。我还是从门前那条路出发的，走了不知有多远才到达城里，路上好些黄土也跟着我的鞋进城了，我嫌它们碍眼，用水冲，用手搓，却怎么也洗不净，我只好不管它，也不知那些与城市街道格格不入的黄土渍后来是怎么消失的，它们还能不能找到回村的路。后来，我逢年过节回村看望父母，车来车往，每次都将自己弄得像个过客。我从哪一天就不走那条路了，十年前，还是二十年前，甚至更早，我确实忘了，路也记不清。

路荒了，只记得长草！

　　还有，我那从小一起玩泥巴长大已经当了好几年农民的兄弟姐妹，他们本来是完全可以在那些路上安安心心走到老的，但不久，他们一个一个都走得很远很远，他们的孩子生在城里长在城里，只认得城里的水泥街柏油路，在遥远的故乡，还有一条条父辈儿时走过祖辈一直在走的泥巴路，孩子们梦都没梦到过。

　　好多路都荒了，好多话我那些兄弟姐妹也听不见！

　　我想，当他们老得不能再老的时候，没地方可去，他们就要回来了，但他们的脚步，还能真心问候并重新走熟儿时走过现在却荒得不成样子的路么？

　　记忆荒了，答案，只能是个未知数。

丢失的乡村夏夜

我一直在想，到底是谁丢失了孩子的乡村夏夜！

我一直这样固执地认为，乡村的夏夜是孩子的。

我生在乡村，长在乡村，我闭着眼睛都能说出乡村夏夜的模样，我张耳就能听到乡村夏夜的声音，我只要耸耸鼻，乡村夏夜里所有的气息就统统被我逮住了，泥香、禾香、桃香、梨香，以及各家各户在牛栏猪圈门前烧起的赶蚊子的艾叶香，甚至牛鼻孔里呼出来的淡淡的青草味，哪一样能从我鼻子底下溜走呢？

那时候，我也是一个孩子。我不喜欢冬天的夜晚，天那么冷，孩子们又穿着臃肿的棉衣棉裤，人都变成球了，叫我们怎么玩；我也不喜欢春天的夜晚，天气确实暖和起来了，但稍微动一下就要出汗，孩子们干脆脱了棉衣棉裤，却弄得大人满院子追着喊"加衣，加衣！"烦都烦死了，哪能玩得尽兴？

夏天就不同了，夏天的夜晚才是孩子们自己的夜晚啊！

夏天，孩子们嫌白日太长，夜晚又总是姗姗来迟。你看，黄昏，乡村最后一缕炊烟都消失在茫茫夜空了，一群赤膊溜光的孩子还在溪里玩水，孩子们心里有盼头，孩子们是在等夏夜那枚月亮，月亮才不会失约呢，月亮是从山头跃进溪里的，还是先在溪水里扎了一个猛子才蹦上山头的，孩子们天天守着看着，这回却还是没看清。孩子们把月亮溅碎了，满溪银鳞闪闪，多美的月亮花；孩子们捉月亮，捧月亮，月亮叮叮咚咚唱着歌儿从指缝滑入溪里了。夏夜的孩子就是这么弄月亮的，月亮可不会生气，孩子们嘻嘻哈哈上岸了，月亮在溪水里悠悠地一荡，又一荡，慢慢地自己复原自己，又是一脸慈祥。

夏夜里，孩子抬着一只小小的木桶去村后山脚下，不远的山脚下蓄着一泓泉，泉里养着圆圆的凉凉的一轮月亮。去时一只空桶晃悠悠，轻飘飘，回来却哗啦啦，沉甸甸，孩子竟然抬着月亮在走。月亮在水桶里扮鬼脸，一会儿拧鼻子，一会儿歪嘴巴，一会儿又眯眼睛，逗得孩子们笑偏了脚下的路，一朵一朵月光就泼凉了乡村夏夜。水桶抬到晒谷坪正中央，劳累了一天的大人你一瓢我一瓢，将月光咕咚咕咚喝下肚，孩子们心里也住进了一轮这样的月亮，亮堂堂的，甜丝丝的。

夏夜，孩子们一人一把枪，油菜秆做的，一人一顶草帽，青藤绿叶织的，这边一伙才占了高地，那边一伙已开始打扫自己的战场了，除了孩子，谁能将战争弄得这般温馨？夏夜，孩子们捉迷藏，我却怎么也找不到我的伙伴，但他们能在我的眼皮子底下藏得无影无踪，却没本事在月亮的注视下隐形，这么深邃这么神秘的乡村夏夜，哪个黑角旮旯月亮不曾关照，月光不曾探访？夏夜，我有一个专用的火柴盒，我一蹦一跳地从晒谷坪这头撵到那头，我在追我的萤火虫呢，它却提着一盏小小的灯笼飞到南瓜叶上一闪一闪，我赶也赶不上。我打开火柴盒，月光倏地钻了进去，这意外的收获，心里不照样美美的？夏夜，我那还没开窍的小弟，要过祖母手中的大蒲扇，竟将祖父和周围的大人们一个一个扇得东倒西歪，月亮笑了，夏夜怎不乐陶陶？

转眼几十年，这样的情景只在我梦里出现，一幕接一幕，记忆的闸门就是关不住。现实呢，现实是乡村夏夜丢失了！

河床枯了，溪水浊了，月亮还来扎猛子么？

村后的山脚坍了一大片，泉眼半睁半闭的，自身难保，叫它如何养月亮？煤气灶一打就燃，哪来的火柴盒，拿什么盛月光？

蒲扇老土，那点可怜的自然风，在空调制造的冷气面前，还不羞死？

还有，还有，仿真枪也玩腻了，塑料的又没兴趣，油菜秆脏兮兮的，结果连游戏也丢了！

孩子在哪儿呢？

孩子在水泥楼房里看卡通，在镇上和自己的亲爹亲娘一起吃夜宵，又坐火车去了爹娘打工的城市，火车顶壁上的夜视灯好刺眼，但那不是月亮，也不是星子，城市从来就是没有夜晚的，城市的天空都被一幢接一幢、一片连一片的摩天高楼割得稀巴烂了，夜空没了，星星睡哪儿，月亮住哪儿呀，萤火虫又该把小小的灯笼往哪挂？

我一遍遍叩问灵魂，谁弄丢了我们的乡村夏夜！

《散文诗》2012 年七、八期合刊

《散文百家》2012 年第八期

《书摘》2013 年第八期选载

《思维与智慧》2014 年第三期选载

《甘肃农民报》2016 年 6 月 28 日转载

四分六厘地

一

这是一块水田，面积仅四分六厘，村里人都叫棉花田，但我不喜欢叫田，我更愿意称地。田，最初只是一个象形字，毕竟结构太简单，一个十字，外加一个方框，隔断了人的目光，已经很难让人产生稍远一点的联想了，至于阡陌交通、鸡犬相闻，那是遥不可及的事。地就不同了，左右结构，紧紧贴着一方土，亲亲热热，永不分离，而且，写地必先写土，面对着这样一块小小的土，我心就安定了，踏实了，我完全可以看到树呀藤呀花草呀庄稼呀，看到植物在泥土深处苦苦跋涉的根，甚至看到那些缓缓蠕动的细细的蚯蚓，看到正在冬眠的青蛙与蛇，它们马上就要醒过来了。我还特意翻过新版《现代汉语词典》，里面收录含"地"的词条竟有二百多个，而"田"也就五十来个，不足"地"的四分之一，不要以为这只是几个阿拉伯数字，实质是一个字的长度，是时间赋予了这个字无限的张力，当然，这都是沾了地的光。

总之，一句话，"田"与"地"，真是没得比。

最终，我只能随村里人，大伙怎么叫，我就怎么叫。当然，村里人没闲工夫跟我一起琢磨这些东西，他们可不管自己喜欢不喜欢，就叫田，棉花田，皮带子田，九担谷田，网形田，方田，坳田，一代一代都这么叫，叫着叫着，就叫熟了，就渗进人的血脉了，就成了一方乡土特有的遗传基因了。这不是一朝一夕的事，更不是哪一个人一时心血来潮随便翻几页字典词典能够取下的，任何人也没有这样的本事。

乡下，一块地的名字，肯定要比任何一个人的名字古老而厚重。

人一生下来，父母就给取了一个名字，人是带着这个名字走过一生的，像我的祖父，现在，我和我的儿子记得他的名字，但过了一段时间，我的孙子还记得吗，我孙子的孙子呢？所以，人的名字最终只能刻在一块墓碑上，或是躺在家谱的某一页某个角落里，终究逃不脱被虫蛀被鼠咬的结局，要是有人偶尔在村里提起很久很久以前的那两个或三个字，得到的只能是满脸满脸的尴尬与漠然。而一块地不同，现在，村里人这么叫，若干年以后，他们的后代，后代的后代，还得这么一直叫下去，因为，人吃的都来自这一块一块的地。

比如，这四分六厘地，棉花田，我要是不这么叫，就是忘恩负义，落下被人耻笑的把柄！

二

小时候，我问过祖父，棉花田，为什么叫这个名字呢？这个名字是从哪一年开始叫的呢？又是哪一个人最先叫的呢？我祖父那时七十多岁，胡子白了，不知是故意绕圈子，还是记忆力真的衰退，他讲了半天，嘴角两边冒起了两坨白沫，一支"喇叭筒"不知不觉燃到了他的指尖，自己悄悄熄了，祖父还是让我一次次失望，他实在说不出具体的年代和具体的人了。那时，我不知道，同样的问题，祖父也问过他的祖父，祖父的祖父也是这么说的，但一个人不管胡子多白，不管到过多少地方，见过多少世面，在一块地面前，永远只是一个孩子，两片薄薄的嘴巴皮再会翻，又如何能轻易讲透一块地呢？

我终于明白，我小时候的那些问题，不属于一个懵懂孩童的好奇，更不属于虚心请教好学上进的范畴，而纯粹是对一块地的感恩与敬仰，那是与生俱来的一种情感，所以，顺着祖父们的这些故事，我才能真正进入一块地！

具体是哪年哪月哪日，我是无从知道了，就是查查县志，顶多找到某朝某代某姓氏先祖从何地迁入本县这样一句话，笼笼统统，模模糊糊，看了也白看，何况一个方圆不过数里的小山村，厚厚一本县志哪会注意到它呢？该是一个熹微的早晨，抑或一个阴雨的黄昏，我的祖先一路跋涉，足迹刚抵达我现在居住的村庄，突然累了，饿了，再也不想前进了。但祖先们想不到的是，若干年后，他们的一个后人有多么高兴。我庆幸我的祖先停止了自己的脚步，要是他们中有一个人说咬紧牙关再坚持一下吧，今天，我的村庄肯定不是现在这个样子了，我与这块四分六厘地肯定谁也不认识谁了，有或者无，对于彼此都没有任何意义，而且，叫"棉花地"这个名字也是不可能的了！

临河的一片缓坡上，我的祖先开始垒土造田，手挖起泡了，肩膀担烂了，又重新长出了厚厚的硬茧，梯田终于开出来了，一级一级地顺山势自下而上一直叠到了半山腰。我的祖先开始种植水稻，他们将希望寄托在村庄后面那几口一担一担担出来的山塘里了，但上天不配合，一年到头不给你下几滴雨，祖先们能拿出什么好办法呢？恰恰是在水稻灌浆的日子，山塘放干最后一滴水，再也泛不起半圈涟漪了。那样的日子，肯定是水车飞转的日子，水开始往高处流了，太阳出来了又落了，月亮上来了又下去了，但没有用的，那么多的地，那么高的位置呢，一块块地还是干裂了，一丘丘禾还是枯死了，一个个希望还是落空了。牛来了，吃饱了，望着我的祖先，羊来了，又啃足了，也望着我的祖先，牛哞着，羊咩着，只有我的祖先们沉默着，心事重重的样子。

我没有见过，这块地与另外一些地都种上棉花以后是怎样的情形，但我能想得到的是，总有一些夜晚，总有几盏昏暗的油灯，妇女们又在纺纱了，那也是这块地里的棉花呢，冬天，孩子们不冷了，人人都穿着厚厚的棉衣，那也是这块地里的棉花呢，甚至，老人们走时那一身崭新的寿衣、寿裤、寿鞋、寿帽，哪一样不是由棉花而来呢？

不撂荒一块地，人总是要过下去的！这个道理，我祖先当然比我更懂，他们从来没想过要对哪个人说说这样的话，却对一块地表达了一辈子。

若干年后，祖先们开山挖渠了，从村庄上游几里远的地方引来了河水，栽上水稻的地才成了真正的水田，慢慢地，都拥有了自己的名字：棉花田、皮带子田、九担谷田、网形田、碗儿田、方田、坳田，一个个都土掉了牙。但一个庄稼人，无论什么时候，无论什么地方，都是沿着这些名字进入一块地的，比如我父亲现在种着的这块名叫棉花田的地，这块地多大，是东宽西窄抑或南圆北尖，田埂上哪个位置开了一道水口，田坎上喜欢长什么样的花花草草，汤汤泥泥里是蚯蚓多还是蚂蟥多，从这块地里一共捡起过多少块石子，哪颗石子在他犁田时还硌痛了他的脚，甚至夜梦里那些吵吵闹闹的蛙鸣哪一声就是来自这块地的，这些，我父亲一把年纪了，还能一一说出来。我不是故弄玄虚，一个人跟一块地打交道久了，就亲了，就与这块地情相通心相印了，想不了解对方是件很难的事。

同一个村庄的地名是绝不雷同的，但那么多种过棉花的地，为什么偏偏这一块叫了棉花田，其他地呢？这也是我祖父当年没讲透的地方，当时，我睁大眼睛望着祖父，不懂，但祖父笑笑，不置可否。现在，我只能靠我自己不怎么丰富的想象力了，但不管怎样，对于一块地，这都是无上光荣的事，是完全可以骄傲一阵子的。当年，祖先们种棉花，棉花叶落了，沤在地里，全烂了，棉花秆拔了，沤在地里，都腐了，这些都是上好的有机肥料，一块一块的地，土色越来越黑了，土味越来越醇了。不过，就像一娘生九子，各有各的性情，年代久了，这片缓坡上的地渐渐分出了肥瘦优劣，土质松软还是板结，送阳春还是不送阳春，这一切，有经验的庄稼人哪个心中没底呢？

棉花田，脱颖而出！

棉花田，讲述一段农业史！

棉花田，这个名字当然是我先人第一个喊出口的，至于这个先人叫什么名字，我就不知道了，村里最老的老人也不知道，但可以肯定的是，他的名字就刻在离村庄不远某个山坡的某块墓碑上，就待在我们向氏家谱的某一页某个角落里，只是我找不到而已。这个先人当然想不到，他自己的名字早被他的子子孙孙遗忘了，而他第一个喊出的这块地的名字却还活在村庄里。

三

棉花田，四分六厘地，村里人公认的好地！

现在，这块地是我家的了，同我家其他地一样，我是吃着这块地里长出的粮食长大的。三十年了，我从少年长到青年，又从青年长到中年，而我越来越觉得是我自己负了这块地，我吃着这块地又离开这块地，时间不算短了，至今却仍没能混出个人模狗样来。翻过年，我就四十了，我还从没有从父亲手中接过那根抽打得油光发亮的鞭子，没有吆喝过我家那头步履蹒跚的老水牯，像我父亲一样一身泥一身汗地犁过这块地。

准确一点说，这块地是我父亲的，我父亲才是它真正的主人。

那件事，我父亲一而再，再而三地叮嘱过我，就是烂在肚子里，也万万不能对外人讲的。现在我却要把它写出来，不是想拿去发表赚几个稿费，而是因为父亲自己已经说了。父亲都不怕，我怕什么呢？

当然，父亲是真的喜欢这块叫棉花田的地，虽然它只有四分六厘，形状也不是很规整，但父亲舍不得犁田时糯软的湿泥巴滑过他脚趾间那种酥酥痒痒的味道，舍不得黑乎乎稀糊糊的田泥里藏蓄的肥气。

父亲，太想一个人独自拥有这块地了！

父亲那时当生产队长，三十年前分田到户那些事，都是父亲主持的。当着生产队长的父亲每年都将农事分派得细细的，一年三百六十五日，带着全队男女老少侍弄着大大小小的地，样样不含糊，出工时父亲总是走在前头，散工了又要走在后头，说到底，名声很好的父亲是无愧于队长这个称呼的。但面对一块好地，父亲玩了手脚，硬是将这块地弄到了自己手中。一个小小的队长，又没拿谁一分工资，算不上官的，说到底还是一个地地道道的农民，农民就得弄地，弄自己喜欢的地！父亲就是这样为自己找到一个理由的。那天晚上，在我伯父家，又要分地了，就是我先人种过棉花的那片梯田，我父亲暗暗打定主意的棉花田就是其中的一块。我，一个不到十岁的孩子，那晚一直默默地守在我伯父家平日里用来吃饭的小方桌旁，睁大眼睛，紧紧盯着方桌上那只缺了一道小口的土碗，土碗里面盛着一只只纸阄，每只纸阄里面都藏着一块地。同我挤在一起的，还有我的几个伙伴，我们都是各自的父母派来的，我们都是童子身，心根净，手气旺，是很有希望摸到一只好阄的。不过，那天晚上，我不相信什么心根和手气，我只相信我父亲，虽然我不是很理解那么多，父亲怎么偏偏对这一块土地情有独钟，但之前我已经被父亲感动了，我那时读小学三年级，父亲想得到这块土地，可能跟我渴望买回一本自己非常非常想读的连环画差不到哪儿去，喜欢就是喜欢，和别人是说不出具体理由来的。

那一刻，我眼睛盯住土碗，目光搜寻到一只又细又黑的纸阄，伸手将它牢牢地抓在手心。我的伙伴想不到，甚至那些摸阄的大人也不知道，那只最细最黑的阄就是我父亲捏的，又让我替他抓的棉花田，村里人公认的这块好地。

后来，我像放电影一样老是回忆这件事，一个人反复享受那天晚上的一些细节，但我从来没有告诉过任何人，包括我最好的伙伴，我也不敢将它写到作文里去，老师是常在班上念我作文的，那样事情迟早要传出去，我父亲还怎么抬头做人呢？那个年代，像我父亲一样爱一块好地的人还是很多的，万一村里人把这块地从我父亲手中抢走了呢？

三十年，我就是这样一直把它闷在肚子里的。

但那个秋日的下午，我父亲站在家门前的晒谷场边上，不知是父亲哪根筋出了问题，还是仅仅因为他面前矗着一堆堆山似的年年都会收到的稻谷，父亲将三十年前的那些事都说出来了。当时，在场的除了我，还有我上初中的儿子和我正在读小学六年级的侄女以及我的伯父。我当然没有什么，我只是搞不懂，父亲为什么不让这事烂在肚子里，都闷了三十年了，今天怎么就没把住自己的嘴呢？我的儿子和侄女更没什么了，他俩都是"九〇后"，除了读书和追星，一块地怎么样或不怎么样，跟他们又有什么瓜葛呢？我的伯父就不同了，他也是我们村里种了几十年地的老农民，对一块好地也是极敏感的，我想，如果是三十年前，我的伯父说不定会要挟我父亲，逼自己的亲弟弟乖乖交出这块地，弄不好兄弟俩大打出手反目成仇，这些都是很有可能的。然而，我伯父现在没必要这么做了，村里那么多没人要了的地，其中不少曾经是好地的，它们的主人不知现在何方，它们早就荒在那里了，伯父要种的话，还不随便拿来种？

父亲知道，这样的时候来说这件事是没什么要紧的了，谁还会去计较一块地呢？

一块地，一个老农，一些土话，碰在一起是能够表达好多好多东西的。所以，父亲用土话叙述这件事的时候，我看到了他的脸上泛着红光，那是三十年来耕耘着一块地的光芒。

四

我第一次学着下地，是分田到户的第二年，那年，我只有十岁，就在这块地里，我同父亲一起割油菜。

那天，我手握镰刀，径直跳入齐胸的油菜林，新鲜而兴奋。父亲站在油菜挤拢来的田埂上，并不急于下地。父亲扬起镰刀朝我比画比画，说等我和我弟弟长大后，这块地就分给我和弟弟，但最好的办法还是摸阄，那样，谁都没话说了。我一下子想起一年前的那个夜晚，那时我有多么聪明和机灵，当然，我不会跟我唯一的同胞兄弟玩阴谋诡计。我什么都可以让着我这个弟弟的，一颗不知父亲从哪儿弄来的水果糖，我就是馋得淌口水，也要给弟弟吃，我辛辛苦苦用柴刀一刀一刀削好的木枪，我很大方地叫弟弟先玩，甚至一件衣服一顶布帽子，我二话不说就脱下来披在弟弟身上戴在弟弟头上，自己冻得嘴唇发紫浑身发抖，只要弟弟穿得温温暖暖的，我也都可以忍。谁叫我是他亲哥呢？但事关一块地，我就要考虑考虑了，到时候，我真的抓到了，只能证明我跟这块地有缘，我就是想让，我的肚子肯定跟我闹个天翻地覆。不过我相信，我弟弟是不会和我耍赖的，一块地，而且是这么一块好地，谁不需要呢？

事实上，我永远也没有成为这块地的主人。

我是怀揣着一沓厚厚的粮票进城求学的，粮票又是拿这块地长出来的稻谷从国家粮仓里换来的，那一刻，我不知道我身后这块地都有些什么想法。

后来，我弟弟长大了，成了新一代农民，是完全可以从我父亲手中继承这块地的。那些日子，我父亲把希望都寄托在他小儿子的身上了，架犁，吆牛，走步，这一套一套弄地的把式，父亲毫无保留地都想传给我弟弟，不像乡下那些木匠瓦匠篾匠什么的，教徒弟总要留着一手，生怕徒弟出息了抢自己的饭碗。

父亲教我这个弟弟的时候，只选这块地，也不是没其他地了，是这块地每次都能让父亲一下子进入劳动状态。

下地了，父亲自己先犁一圈两圈，犁着，说着，弟弟在田埂上老老实实看着听着。手里的鞭子莫乱舞，牛不比人蠢多少，牛轭一上肩，前脚一踩地，牛就知道怎么走，人只要扶犁，到地角了再提犁张犁，行了，一块地就要犁好了。其实，父亲当年在这块地里教我弟弟的时候，还注意到了许多细枝末节，父亲说犁地看起来是粗活，但也开不得小差的，要听着脚板底下，硬性的，当然，那肯定不是石头，这块地里的石头父亲年年捡都捡净了，那是刚才没犁着的一绺泥间子，还是去年的老土，赶快用脚踹一脚，下一圈犁到这里的时候再张一犁，泥间子就化开了，犁好了，别老急着上田埂，得打一圈反犁，就是反向贴着田埂边下面小心地再犁它一圈，一块地就不会漏犁了。父亲说漏犁了，泥间子留在了地里，好比煮了一锅夹生饭，吃起来不对味，瞒不过地和地里的庄稼。

父亲那时双脚泥泞地上了田埂，一边卷"喇叭筒"，一边看着地里我家那头老水牯在前头吭哧吭哧地喘，他的小儿子在后头大汗淋漓地跟……

那一刻，我猜我父亲肯定有了一种最大的成就感。

但后来，我弟弟也进城了，这块地最终还是回到了我父亲手中。弟弟在城里混了两三个年头，就混上了一个小小的包工头，管理着二三十号人，但我弟弟一离开这块地，身份就开始不明不白了。

我想，当我弟弟和他的那群民工兄弟看到一块又一块来不及收割的地转眼间矗起栋栋水泥高楼，他是不是都要站在高高的钢铁塔吊上朝我们的村庄，朝他曾经耕种过的这块地，深情回眸呢？是不是还能回想起，他曾在这块地里收过稻谷和油菜，还别出心裁地在田埂上种了一束豆角、栽了一蓬瓜秧？

五

我站讲台不过二十来年，书本中的一篇文章，一道例题，甚至一句话一个标点，我早就记得滚瓜烂熟了，我把自己当成一个老教师了，轻车熟路，随心所欲，当年参加工作时的那股子激情早已丧失殆尽。我知道这样下去是非常危险的，误人子弟，坏了名声，我真是不可救药了。

我离开这块地太久了！

在父亲面前，我从不谈工作上的事，我总是低头聆听父亲的教诲，装成一副虚心老实的模样。

父亲今年六十六了，如果从生产队那会儿算起，加上分田到户这三十年，父亲在这块地里整整耕耘了半个世纪。父亲年年做的都是那些事，翻地下种，除草治虫，施肥收割，但父亲不觉得这就是重复，在父亲眼里，今年的雨水，今年的阳光，今年出生的虫子，甚至今年泥巴里翻上来的味道，哪一样和去年相同呢？

父亲是真心待这块地的，甚至偏爱，我的十指我的键盘再怎么努力也是敲不出父亲这种几十年不变的感情来的，但我想我能拾到这几个片断已知足了：

积肥。别人老嫌揉脱了菜籽的干瘪瘪的油菜秆留在地里硌脚刺手，干脆一把火烧光了事。父亲不怕！父亲知道这都是地里长出的庄稼，人收了一部分，剩下的那一部分，得还给这块地，这才是一块地真正需要的上好的肥。父亲就操起一根硬木扁担，将竖在地里的光秃秃的粗秆噼噼啪啪剁断，又把一堆堆蓬蓬松松的细秸秆均匀地散在地里，放水架犁，让它们沤烂在泥巴里。秋收后，父亲把干稻草一担一担挑到屋后的山坡上，码成又高又大的草垛子，牛过冬就不愁了，过些日子，父亲就扯一把稻草丢进牛栏猪圈，踩烂了，发酵了，那也是肥呢，正月未完，父亲用粪箕一担一担挑到地里，接着，又一年春耕就开始了。

除草。父亲是不允许自己这块地里有一棵杂草的，它们都是不怀好意的家伙，吃着父亲的地，还要想着怎么样才能迅速荒了父亲的地。稗子就更可恶了，当初它们都是混在秧苗里侥幸躲过父亲目光的，但日久见人心，它们到底藏不住了。别看它们模样儿个个亭亭玉立，搔首弄姿，妩媚惑人呢，那是勾引到这块地来串门的风，勾引雨水，勾引地头的阳光，扬扬得意的，它们以为自己得逞了，就在下面给水稻使绊子，暗地里扩张它们的根系，竟与水稻们真真假假纠缠不清了。父亲坚决地除掉它们！父亲挽起裤腿，小心翼翼地一脚一脚蹚过去，父亲是怕惊了正在受孕的水稻，那是不能有什么闪失的。父亲深深地弯腰，我知道，父亲是没必要在一株野生稗子面前那么绅士的，这恭恭敬敬的一鞠躬，是父亲对一块地真诚的问候，是为自己当初一时的麻痹大意赔礼啊！父亲瞅准了，伸出食指中指，狠狠地插进稗子的根部，用力一拔，一株稗子被清除了。那一刻，水稻在父亲身后像女人一样笑了，幸福而甜蜜。

就这样，父亲六十六了还从早到晚侍弄着这块地，这块叫棉花田，面积只有四分六厘的地。

地是不会说话的，这块地要说的话都让一年一年收回来的稻谷和油菜籽说了，并且，它们都已进入了我的身体，在每一块骨头，在每一根血管里一直说着，这块地里，我父亲淌了多少汗，一圈一圈地来回走了多远的路程，父亲还对着我家那头老水牯都说了些什么，都是它们在时间深处一点一滴告诉我的。

也许是因为担心父亲老了累了，体力不支了，还是因为害怕让一个老人种地被人指背，我们兄弟俩都想劝父亲别再下地了，下了一辈子地，就不嫌烦不怕苦吗？父亲笑了，说再怎么样，这块地还是要种的，不然，三十年前那个晚上我替他抓阄就白抓了！

我还想说服父亲，但父亲说到祖父，我就不吭声了！

祖父去世的时候，正是农忙。那天，父亲把犁扛到这块地里，就去村里开会了，父亲说他连村里的点心都没吃，因为他惦着这块地还没犁，但父亲回村的时候，地犁好了，是祖父！父亲多么愧疚，他说他怎么能叫自己七十多岁又有腿病的老父亲犁地呢？祖父当晚又犯病了，很重，但祖父好像很满足，祖父说好久没犁地了，棉花田，土一浸水就化，泥巴软软的，舒服……

我能理解，一个人，一辈子，那么爱一块地，直到最后一刻，是完全可以拿命来爱的！

我只是担心，若干年后，真的到了那一天，我和我的兄弟，还能从我父亲手中继承到这块地，并且像父亲一样下地么？

一根扁担

一根扁担来自一棵树！

这棵树不一定高大挺拔，也不一定盘曲嶙峋，但必须是一棵成年硬木，具备做扁担的良好素质，能让人一眼相中它的骨感，然后才会把它砍回家，在情感上早已将它当成一根扁担了，而绝不是塞灶眼的柴。

斧剔刨咬，一个硬碰硬的过程，斧刨这些锋利的铁器虽将自己弄得伤痕累累，却仍然兴奋不已，这棵能做扁担的硬木让它们找到了真正的对手。疼痛中，扁担雏形渐定，微弯，中间略宽厚，两端窄而薄，再用砂布细细打磨，直到骨粉飞扬，扁担光光溜溜，木纹清晰可见，就可以上肩了。

一根好扁担必配一副好肩膀！

一副好肩膀要过扁担这道关！

人们常常感叹，肩上的责任又重了，其实，那是来自扁担的压力，生活的压力。人的双肩一挺，肩窝明显不明显，扁担看得最准，那是它常去的地方！扁担硬，弹性足，两端挑上足够的重量，扁担自会在肩上颤颤悠悠，和着坚定有力的步伐，一上一下，节奏从不出错，天长日久，颤掉人的懒筋。谁真要躲肩偷懒，扁担横在肩上，表情僵硬，硌得他肩膀生痛，脚底发虚。扁担实诚，不会弄虚作假，担子或重或轻，肩膀陷深陷浅，扁担将弯曲的身影投在大地上，一目了然。

扁担下，谁甘心输掉肩膀呢？

所以，生活的路上，常常左肩换右肩，右肩换左肩，那都是为了寻找强有力的支撑。春去秋来，肩膀起茧，那是扁担咬的，扁担光滑锃亮，那是肩膀磨的，汗血浸的！

其实，农家众多农具，如犁、耙、镰、锄，都是严格分出春耕秋收农闲农忙的，大多时候都处于休闲状态，需要保养，磨一磨，擦一擦，不然锈迹斑斑，越来越陌生了。只有扁担，从一棵普通的树跻身农具，凭的是自身硬度与韧劲，简单而朴素，一年到头忙忙碌碌，就是到了年关，一切农事告一段落，一日几担水或是上山挑一担柴回家，扁担都当成分内的事，一路颤悠悠，吱嘎嘎，对于生活总是无怨无悔，劲头十足！

农家人，一辈子都在培养自己与扁担的感情！

走在路上，扁担横肩，弯腰劳作，扁担插在田土里，保持一棵树的姿势。孩子顽皮，将一根扁担夹在胯下当马骑，一会儿又扔弃在地，当家人忍不了几句斥责，心痛地扶起扁担，悄悄地立于门角旮旯。这时的扁担内心又是另一种充实，那些鸟语花香，那些轻风流云，那些阳光雨露，都是扁担对一棵树的幸福记忆，是一根扁担诗意的养精蓄锐。

扁担无扎，两头失塌！这是扁担教给人的哲学，一路上千万谨慎小心！所以，扁担两头都留有小孔，要人嵌上木钉竹楔，并时常看一看摸一摸紧一紧，万一担绳没卡稳，沉甸甸的生活散泼一地，重新收拾起来就要费些日子了……

时光荏苒，扁担逐渐老去，不堪重负，咔嚓一声中断，那一刻，肩膀失去了依托，感觉全身骨骼轰然坍塌，好久了，还莫名地疼痛……

断了的扁担了却一生荣光，告别肩膀，又将自己变成一根棒槌，交给女人，一下一下捣去生活的污渍！

茶　枯

　　木榨里，茶油榨干淌尽，剩下那些渣滓，硬硬地结成块，下了钢箍，剥了草衣，厚而又圆，形似太阳月亮，是很有资格拥有"饼"的名字的。油茶饼无毒，却不能食，只是在物资匮乏的年代，那形状，仍使山里娃联想到月饼，动辄在梦里馋馋地流口水。油茶饼，家乡人却从不这么称。大家管它叫茶枯，抑或茶哭、茶苦，反正就那个音，一代一代都这么叫着，但名字听起来，极易让人感慨，甚至伤悲。后来我查词典，无意中发现真有"茶枯"这一词条。茶枯，老祖宗土里土气的称谓，竟蕴含了文化味。

　　茶油，乃油中上品，金贵，骄傲，近年竟卖到三十元一斤的天价。除非女人坐月子，寻常百姓的肠胃是很难享受到茶油的滋补的。而茶枯随处可见，贱而无用。

　　想想也是，谁会去喜欢渣滓呢？被忽略，受冷落，遭遗弃，那就认命吧。而茶枯，于我及我的父辈，曾是天然的滋养，朴素的温暖。

　　逝者如斯，勾起一番思绪。一段旧情，不忍割舍……

　　乡间黄昏。沟渠，溪涧，河湾，鲫呀、鲤呀、鲢呀、鳙呀，白光闪闪，让我们心花怒放。水面上漂浮着茶枯水泡泡，夕光折射，赤橙黄绿青蓝紫。茶枯的清香与湿润的水汽缠绕着，蒸腾着，荡漾着。起鱼了！网兜舀，竹筛张，双手捧，一只只鱼篓就满了，沉了……那番乐趣，今生难忘。茶枯毒鱼，当然不会有人这么讲，茶枯本无毒，那就换一个说法，闹鱼吧！但在我看来，都没有茶枯醉鱼好！你看，鱼饮了茶枯水，分明就是贵妃醉酒！发晕，打旋，嘴馋的，翻白肚躺在水面上，反正水生水养，淹不了。我们挑个大的捡了，茶枯水的"酒劲"一过，那些鱼呀虾呀都一一醒来，又于水中自由游弋，幸福得不得了。哪像时下，人们用炸药炸鱼，农药毒鱼，用电麻鱼，震天动地，乌烟瘴气，赶尽杀绝。河里只剩石子，只见淤泥，连水虫的影子也找不着了，才知下手太狠！悔之晚矣！

前不久看电视，知道广西有个叫红瑶的地方，那里的女子洗头发只用祖传秘方，其中的一味就叫茶枯。我敢说，当代人的头发易脱易白，干枯发叉，定是因为找不到茶枯。都是什么波、什么剂、什么精的，化学成分太多太多，不伤头发才怪。也有人满头染成黄毛、红毛、绿毛，标新立异，另类得很，哪还有什么美感？茶枯时代，村姑媳妇都拥有一头乌发，柔顺，亮泽，比之电视中广告女郎艺术化的美发，有过之而无不及，还那么真实，那么自然。这都是沾了茶枯的光。取一小块茶枯，捣碎研细，拿棉布包好，浸泡水中，用其溶液。那汁水澄明，纯净，醇香，不用此物的，定是忸怩做作之人，丝毫不解风情。所以，乡村那段日子，神清气爽的，洗头发头发香，洗衣服衣服香，连多少纯洁朴素的乡村爱情也都喷喷香了。

经了一场撞击和挤压，茶枯榨干自己的血肉之身，如今叫了渣滓。两套钢箍圈印，无数稻草纹，满脸沟壑，惨不忍睹。无所谓的，茶枯太懂得心理调整了。独处一隅，品尝品尝自己被榨干的过程，挺好……

直到深冬，干透的茶枯，又在家家户户的堂屋，在那四四方方的火塘里熊熊燃烧。喷喷，那个香，绕在屋梁上，飘在空气中，融在农闲的日子里，狗不吠了，鸟不飞了，牛羊也不吃草了。茶枯经过挤压，质坚耐烧。茶枯烧温火，显温情，就像人的好脾气，不恼不火，不卑不亢，不急不躁，总能熨帖人心。因此，那些孝顺的儿孙媳妇，都会为自家老人备几块茶枯过冬。当然，现在越来越"暖"冬，何况有电热炉有空调，茶枯也派不上用场了。方便是有了，但终归不太对味。清早起床，先在柴灶眼烧一块手板大的茶枯，通红通红，像一块烙铁了，就夹进柳树蔸脑雕制的烘炉钵子里，掩一层灰，掖在棉袄襟下，直到晚上睡觉前，也不用换火。老人一冬就这么焐着，柳木烘炉子焐得红光发亮了，儿孙媳妇的孝顺焐到邻家的热火塘上了，家长里短，焐得热烘烘、暖和和的了。

纸短情长，文字又怎能写尽天下所有茶枯？

让我们将目光投向那些旮旮旯旯，投向那一圈圈暗灰的身影。是啊，山前山后，你任意走进一人家，柴屋，茅厕，木房子的地楼板下，皆能瞥见一块或一堆，静静地躺着，默默地挨着的茶枯。茶枯，感受日出月落，感受冬暖夏凉，却鲜有问津者！但说不定哪一天，要一坨茶枯用用，你才猛然记起，搁角落里不知几多日子的茶枯。你被一种品质击倒，一败涂地！你的手在抖，你的眼睁了又睁，你百思不得其解！多少年了吧，茶枯怎么坚硬如初，怎么就没让虫蛀鼠咬，怎么就没风化腐掉呢？

事实上，油茶树一棵一棵砍了，茶枯渐成往事，化作一番思量。幸好，落了尘灰的词典里，我还能复习一下茶枯粗糙模糊的背影。

油　坊

油坊，我们一度忘记的一个词。

幸好去年，湖南卫视首推自制连续剧《血色湘西》，给了油坊好些镜头，也让我的双眼湿润了好些夜晚。我不知道剧组人员是找哪个地方拍摄成的，只是电视里那个叫麻溪铺的地方，真的让我在地图上找到了，就在邻县，从地图上看，离我生活的乡镇顶多一个手指那么远。后来，《湖南日报》又刊发了一组照片，名曰《湘西油坊》，硬将读者拽回历史。

就这样，我关于油坊零零碎碎的记忆，在那些日子里全都缓缓苏醒。

离我家二里地，有一座油坊，木柱子，木板壁，木地脚方，凹下一道道沟痕，那是时间老人一点点刻下的，比老祖父的皱纹还要深，还要粗。只是瓦楞上那一蓬蓬野草，因得了油坊的滋润，茁壮得很，葱绿得很，妩媚得很，似乎都能掐出油来。油坊门前，一条弯弯曲曲的窄土路，从家门前一直通向村小学，油坊，理所当然成为我们的歇脚点，成了我记忆中最快乐的一部分。放学了，将母亲用土布缝制的书包撂在油坊门边，我们就去掏麻雀窝，手中往往能攥上两三个雀子蛋，急得那雀子娘在我们头顶盘旋，叽喳。

封榨了，油坊大门常关着，那铁锁定是我今生见过的最大的锁，冷冰冰，锈斑斑，却也坚不可摧。但我们总有办法，想进去就进去了，我们绕着油坊周边侦察，一处豁口，一个裂缝，我们就能轻松进入。

如果不怕脏衣服，又能忍得母亲的荆条，就往那木地脚方下一钻，身子一缩，人就到油坊里面跳着跺着，拍打衣服上的尘灰去了。

此时，太阳还没落山，油坊，空荡，寂静，一抹阳光透过头顶亮瓦，穿过木板壁的裂隙，投到地上和侧板壁上，轻飘飘，亮闪闪，陡然增加了空寂的味道，而我们这时摸进油坊，就更像某种探险了，是靠了几分胆量的。摸摸油棒槌，踢踢木榨，骑骑碾杠，推推石碾！光脚板走在石槽上，滑滑的，凉凉的……一二三！口喊干了，石碾子却一动不动，作罢。

回想二三十年前，开榨打油的日子，油汪汪地幸福，咂吧着嘴地满足。

红日东升，我踩着窄土路，去油坊给父亲送饭。父亲和其他人一样，从自家饭箩子里拿出菜碗，看都不看一眼什么菜，就径直走向木榨出油口，手一伸，汪汪一碗油，亮人眼睛。父亲问我吃了吗，我一边强咽着口水，一边使劲朝父亲摇头。父亲应该是看到饭箩子里放了两只空碗两双筷子的，那是母亲特意为我们父子俩准备的。

写到这里时，我的笔尖似乎犹豫了一下，儿时的我竟然那么馋！那年头，油水少得可怜，而被派到油坊打油是要花大力气的，肚子里没油水，行不？所以，油坊里的人"揩点油"，别人不但不会说什么，反倒露出一丝羡意来。我，只是沾了父亲的光，那些日子，嘴巴上油汪汪的，总也洗不净，连说话的口气都"油"得很。

说起来，榨油算得上我们乡下一道复杂的工艺，既要体力，又要技术，先翻炒，再碾压，接着踩饼，最后上榨，任何一道工序都马虎不得的，否则出油率大打折扣，好比天亮了遗泡尿，一年的辛苦与劳累就白费了。谁也不想这种事摊在自己的身上。所以，在油匠师傅手把手地指点下，父亲和几个汉子都张着耳，小着心，亮着眼，攒着劲。当然，有的工作油匠师傅都是要自己亲自完成的，比如上榨，其他人只是打打帮手，递递工具，将套了钢箍、穿了草衣已经踩实的饼码放到师傅身边，就站在一旁观看。师傅将一块一块饼塞进木榨肚子，加上大大小小的油尖，手握木榔头，这里敲敲，那里打打，专注，庄重，肃穆，硬是让旁边的人生出一种敬畏来。

好了，该甩油棒槌加压了，只有不断地加压，那饼才会渗出油来，才会将自己榨干，才会滋润我们的生活。油棒槌正对着油尖悬在木榨前方，一个又粗又长的木钩钩住油坊最高最粗的那根横梁，又用三节活动的吊杆首尾连在一起。油匠师傅左手捂着油棒槌前端钢帽，右手抓住吊杆，一边用力，一边指挥身边的两个后生帮手，一声号子，就将油棒送了出去。油棒槌如一条绷直了身躯的巨龙，呼啸着，飙到油榨上头，又带着一股风飞回来。

就在这一刻，油匠师傅和那后面站定的两后生，眼疾手快，齐心合力，顺势捉住油棒槌，一送一推，本来只百斤重的油棒槌，猛然生添了千斤的力量，一头撞向木榨上的油尖，不偏不倚。咣的一声巨响，撞人耳膜，而那木榨岿然不动，只"嗵"一声，闷闷的，沉沉的，算是作了回应。油棒槌经这一撞，马上甩了回来，颤抖不已，那情形甚是吓人，但油匠师傅不慌不忙，轻轻一伸手，与两后生一起，又顺势将那油棒槌送了出去……

我们看得惊心动魄，纷纷朝自己手心吐唾沫，心想，等长大了我也要这样，咣咣咣，来它两油棒槌。是啊！甩油棒槌打油，多么过瘾！但长大后，我当了老师，摸惯了粉笔的手又如何甩得动那油棒槌？儿时的油坊也说没就没了，我只能每天守在电视机旁，晚饭后一直到深夜，然后对着地图找电视上那个叫麻溪铺的地方，然后动笔写下这些文字，怀念，抑或悼念，我也说不清。

记忆中，油棒槌与吊杆组成了一幅单摆，有实线，亦有虚线，吸着你的目光，连着你的视线，荡过来，荡过去，借力生力！咣当——

嘭！咣当——嘭！先是撞击声，一下，又一下，慢慢地，撞击声的短暂间歇里，叮叮咚咚，哗哗啦啦，你听到了，千真万确，油，这种清亮的液体，从木榨里淌出来了。你几时听到过这样的合唱？撞击声，流淌声，还有石碾轰隆隆的滚动，木槌头咿呀呀的摩擦，汉子们亢奋的号子，以及你身体里血液的奔流和歌唱！

一条老式操裆裤，一根布腰带，浑身土气，蛮气，侠气！在油棒槌一接一送的过程中，油匠师傅和那两后生的赤胳膊上的小老鼠，一鼓一胀的；他们的光脊背上汗水如溪，如瀑；阳光从瓦缝漏下来，他们的皮肤，青筋暴突，阳刚凸显。木榨里，那饼一点点挤紧，挤紧……团结就是力量，团结就能出好东西！老师都说，时间就像海绵里的水，挤也挤不完，但怎么就没有一个老师说时间像木榨里的油，越挤越流呢？

劳动的魅力实在是无穷无尽的，融进了我们孩子的游戏之中。天刚冷下来，我们就在村小学教室的角落里"挤油"。刚刚还只有几个人，转眼就是十几二十个，都贴着墙壁，都朝角落里一个方向，挤！拼命地挤！一二，加油！一二，加油！使出了吃奶的劲，不出油才怪哩！不断有人挤倒，哇啦哇啦叫。

这时，往往因为先前倒地的那一个，我们的"油榨"轰然倒塌，一个压一个，满地狼藉。女生还在为我们加油，她们边拍手，边弯腰，边跺脚，喊哑了嗓子，喊红了脸……教室里闹哄哄的，灰尘翻飞，我们也因此被老师揪耳朵，罚站。也是，那么多人一起用劲，万一挤倒了那堵旧砖墙，我们到哪里去上课呢？只是，那时，孩子们的游戏有根有源，真实，纯粹，充满了劳动的意识和情愫。现在回想起来，我的骨骼还会"咯咯"响。

三十多年过去，记忆中穿旧式操裆裤的油匠师傅早去了那个遥远的地方，他的手艺也没了传人。油坊一座一座倒了，拆了，连旧址也找不到了，还要油匠师傅做什么呢？只是现在，四十岁以上的人动辄就说，你这个油匠，那定是在骂某一个油嘴滑舌耍嘴皮子的人！

看来，人们心里还在惦记着。我们确信，油坊，在离我们不远的另一个地方存在着，在世俗的旮旯里存在着。

《农家书屋》2014 年第五期

乡村草鞋

草鞋，根在乡村！

草鞋的前身也是庄稼，比如水稻，根就深深扎在泥土之中，分蘖，扬花，其间虽经历一些小病大灾，虫蛀，干旱，洪涝，但都不会耽搁收获的季节。秋深了，水稻一律俯首大地，咔嚓咔嚓，镰刀过后，收获就有了两层意思，一是稻谷进仓，完全脱离土地；二是稻草过冬，喂牛沤肥，最终要回归土地，还有一些更幸运的稻草，结成草鞋，从此行走大地，留下自己的脚印。

从稻草到草鞋，要经历锤打、编织到磨合的漫长过程！

曾经，乡村每一个黄昏，每一处屋檐下，都会传来同一种声音，嘭嘭嘭，锤稻草，打草鞋。锤打是头道工序，极当紧的一环，马虎不得。"粘禾草，糯禾草，只要头遍锤得好！"这一俗语就是这样一遍一遍锤打出来的。一大把稻草，揸开手指理去弯弯绕绕的细碎散叶，剁掉末梢，一手紧握一端，一手抡起木榔头，嘭嘭嘭，轻重均匀，直到那干燥燥的稻草秆儿沿纹理损裂，连喷几口水雾，搁地上躺一会儿，等水润透，再锤，再润，简单枯燥的动作重复几遍后，性情就显出来了，缓缓慢慢，温温润润，但不知不觉间，稻草细细的，软软的，随时都能缠绕缕缕时光。编草鞋了，人就坐在长板凳上，腰身套草绳，另一端固定在草鞋靶上，绷紧，做鞋筋鞋骨，然后拿一绺刚刚锤好的稻草，扭结成绳，在上面绕过来，穿过去，十指翻飞，一袋旱烟没抽完，新草鞋就打好了。当然，新草鞋只是有了鞋的模样，人与草鞋的磨合，才是一个更真实更深刻的过程。人必须适应草鞋，好让草鞋成为自己身体的一部分。十岁那年，我拥有人生的第一双草鞋，长短宽窄合脚，我高兴地穿着它，兴冲冲地去数里外的山中砍柴。当我咬紧牙关挑柴回家，脱下草鞋一看，脚板充血红肿，布满血泡，火辣辣地疼痛，那记忆是刻骨铭心的。之前，我不止一次穿过草鞋，但那都是祖父或父亲的，松松活活穿着，在院子里一步一跨一摇一晃，脚板贴住草鞋，暖暖的，痒痒的，新奇而兴奋。后来，我懂得，那是生活给我的错觉，那是我没负重。再后来，我自己学会了打草鞋，自己要穿，用心就真，一双双新草鞋穿着才刚走了一两步，感觉早就是自己的了，又舒适，又轻快。

慢慢地，人们不再打草鞋，花上块把钱，到集市上照脚板割一双，立等可取。那是橡胶轮胎底的，我们叫它皮草鞋，耐磨是耐磨了，但只是盗用了草鞋的商标款式，跟草非亲非故了。刚上路，土地认生！特别是雨天，路上泥泞，滑溜溜的，皮草鞋到底生涩，一不留神，就将你摔倒，坐着手撑地，俯卧嘴啃泥，仰躺面朝天，或是斜靠来个美人侧目，这些造型还由不得你选择，全看土地心情，哪管你喜欢不喜欢！好在这仅仅是开个玩笑，土地最终还是认了皮草鞋。皮草鞋，也只多了一个皮字，当是晚辈吧！

草鞋，开始向往远方。

一个春日早晨，草鞋拉帮搭伴，穿过狭窄的田埂，走过弯曲的黄土乡路，上火车坐轮船，进城去了，鞋耳上还沾着露水草屑，染满乡村碧绿的目光。其实，进了城的草鞋比乡村更辛苦，但城市需要他们，就给了一个身份，农民工，是农亦工，还是非农非工，他们开始也懒得去管。只是每到一些日子，他们都要回到乡村，回到田野，回到秋天，但来去匆匆，再也没有多余时间打理那些草，索性一把火，在身后烧红了乡村的天空，哔哔剥剥，麦秸、稻草、油菜秆，统统化成烟，化成灰。但当他们又像当年一样火急火燎地返城，城里的街道好像又宽了，楼房好像又高了，广告牌的花样好像又翻新了，城市的表情好像有点复杂了，目光中再也藏不住鄙夷的味道。

低头一看，脚底草鞋灰扑扑的，腼腆拘束！

许多年后，城里任何一处工地，已很难碰到一双草鞋，人人戴着安全帽，穿着色彩刺目的工作服，脚下一双人造革皮鞋或地摊上那种廉价的薄底胶鞋，尽管一身臭汗，也夹杂了城市气息。而他们的后代，说不定早已拿到某一小区某扇防盗门钥匙，脱胎换骨，离乡村越来越远了！

但大地，总按自己的方式怀念草鞋！

那年冬天，冰雪封路，不断有人滑倒，坐在能照见影儿的冰块上，望着白茫茫的前方，目光犹豫，再也不敢起身。这时，路边往往站着矮矮的稻草垛，干瘪枯黄的目光竟那么亲切，那么温暖。脸上露了笑容，扯过一把稻草，理都不理，就分成两束，缠住脚底确实无可奈何的皮鞋，绑牢，竟一下找到了穿草鞋的感觉，满怀信心稳稳当当上路，什么都不怕了。城里没有这样的草垛，所以，那段时间，城里人只能困在自家水泥楼上，不敢轻易出门！草鞋，永远敦厚实在，贴合土地性情，任何时候，任何地方，都不会忘恩负义，不会无缘无故将人掀翻撂倒在路上！

突然想起一首民歌：穿草鞋那个背土枪哟咳罗咳，反围剿那个斗志旺罗咳罗咳，毛委员和我们在一起罗咳罗咳，咳，天天打胜仗打胜仗，打胜仗……

草鞋，走过乡村大地！

草鞋，走过一段历史！

抽空去乡村庄稼地走走

我确实是在城里工作，我从头到脚早已是一副城里人的模样，只是，我内心一直不敢忘记自己是农民出身。我现在不当农民，但我的兄弟姐妹、我的父辈祖辈，他们都是名副其实的农民，说着农民说的话，干着农民干的事，做着农民做的梦，我哪敢忘了他们呢？我已好久没陪我的农民亲人下地了，但我吃的大米白面是他们种的，就连我妻子天天晚上一碟一碟摆上桌子的青菜白菜，一钵一钵端到我面前的丝瓜汤冬瓜汤，那都是我的乡村母亲一篮一篮送到城里来的。我很爱我的农民亲人，我照样爱我乡村的庄稼地。我一有空就回乡下，有时带着妻儿，有时就我一个人，如果你以为我回乡下会孤单那就大错特错了，我就是在城里待久了、过累了，孤单了、苦闷了、迷惑了、彷徨了才回乡村的，不用哪个人陪，那么多那么好的庄稼跟着我围着我呢，我怎么会孤单？

也是，你跟我不一样，你生在城里长在城里，你在乡村早已没一个亲人了，这没关系，你就跟我一块儿上路吧，我不会骗你，乡村庄稼地也不会欺生。

别说没时间了，你跟圈里人搓麻将一搓就是通宵，不是你的时间？你坐在办公桌前整整一下午都在琢磨上司的意图，不是你的时间？你常常一个人立在人来人往的岔道口不知何去何从，还不是你自己的时间？走吧，走吧，我就是看你这些天老愁眉苦脸闷闷不乐才叫上你的，别犹犹豫豫了，不会叫你空手而归的。

　　你说你讲不来乡村土话，城里弯弯绕绕的字音庄稼也听不懂，你就别自责了，这又不是你一个人的错。其实这样更好，我们干脆就不要说话，千万千万不要开口，庄稼不像人，人只喜欢翻嘴巴皮，庄稼喜欢沉默。沉默是金！真理不吭声，真理还不照样是真理？你就迎着庄稼们绿油油或者黄灿灿的目光，感受它们内心深处的安静，到时你什么都懂了，是真懂。

　　你问换什么衣服穿什么鞋子，你错了，还是随便一点好，你在城里穿什么就穿什么吧，乡村那些庄稼地可不讲究这个，不看你穿着打扮，专跟你掏心窝子，心好才是真的好！

　　来吧，这边是稻田。

　　你别老是站着，我知道你身材高挑，但田里的水稻从不跟谁比高，人家水稻都知道埋着头。坐下吧，或者拣块田埂半躺着也行。你现在可以和水稻面对面了，水稻看着你，你也看着水稻，这么近距离的接触，你没悟出点什么？水稻们一出生就学会了低头，这是水稻的家族性格，不不不，那不是对生活悲观，不是丧气，它们都满怀憧憬，憧憬汗水、憧憬镰刀，憧憬秋天和未来。想想吧，又瘦又弱的身子，头顶沉甸甸的穗，不昂首挺胸不翘尾巴就不饱满了？就不叫穗了？谦逊、实诚，才是难得的伟大品质！

　　如果早来两个月，你还可以看到油菜。油菜开黄花，结黑籽，不为自己开，不给自己结。油菜将自己榨干，那要历经多大的疼痛，但留给自己的是渣滓，奉献给人的永远是营养丰富的香喷喷的油。你听到油菜发过牢骚么？你见到油菜流露出消极怠工情绪么？人生短短几十年，能做多少工作呢，为了家庭，为了亲人，为了所在的单位，为了我们这个社会，多讲奉献吧。

　　你是笑我讲得好，你又错了吧，我哪有这个本事，我讲得再好，也没庄稼做得好，一季一季的庄稼都是这么做的，但庄稼不爱说，我是在替庄稼表达。当然，你这不是怀疑庄稼，你现在只是有点不相信我，这不怪你，我刚才看见你笑了，笑了好，笑了就是心有所动。

走吧，我们再去那边坡地看看，那里住着好大一坡真理，朴素，深刻！

看清了，东边是玉米地，西边是薯地。乡村从来就这样，大家隔壁邻居，吹一样的风，淋一样的雨，晒一样的阳光，连那些蚂蚁、蝴蝶、蛇呀、鼠呀，还不都是才从薯地出，又进玉米林？哎哟，小心，可别踩痛了青青的薯藤，可别碰伤了玉米天花。你还是入乡随俗，就站在两块地交界处吧，瞧瞧左边薯地，再看看右边的玉米地，它们不会对你有什么不好的看法的。

你别老是羡慕人家玉米名字好听，别光想着那个玉字不肯放，你看着玉米，看出什么名堂没有？你没看走眼，玉米身上都长了两包玉米，一包大一包小，一包壮鼓鼓的，一包瘦瘪瘪的，这是为什么？你想，脚下就那么一点地，地里就那么一点水分养料，玉米知道自己也没长三头六臂，不会什么分身术，玉米最想得开，这辈子只搂着这一包，要那么多干什么，嫌少不怕多，到头一场空，该放弃的还得学会放弃，这是大智慧，大境界，但又有几个人真懂呢？你要让老父老母有一个安乐的晚年，你想给孩子一个快乐的童年，你还得给妻子一份幸福的生活，这是人之常情，也是你的责任，没什么错的，但你有工资呀，你有年终奖呀，你还在城里的小区买了一套商品房，这不是什么都有了吗？人和人幸福的标准是不一样的，别总和人家比，自己给自己找烦恼！

你想站起来走进玉米林看看，你这么诚心很好嘛，玉米肯定会欢迎的。不过要有心理准备哟，你比我高一手指，却高不过一株玉米的，看玉米，你得仰视！

是的，我每次来都要在薯地边待好久，静坐，或者趴下。趴下不是懦夫，不是低声下气，你看，这边青青的薯藤不就是趴着的，感恩养育我们的无私土地，趴下是最礼貌的姿势，心贴着土地，土地才能摸得到你的心。你再看地底下，地底下有大风景，当然，你不能用肉眼，肉眼还能看穿大地？用心吧，什么都看明白了。外面的世界好精彩，花开花落，莺歌燕舞，叽叽喳喳，吵吵嚷嚷，但红薯深居地底下，耳根清净，从不凑这个热闹。回头看看我们身边，看看那些城里人，还有更比红薯耐得住寂寞的么？

时间真快，月亮都出来了，但别急着走，你今天运气真不坏，再坐一会儿吧，听听庄稼们多么馨香的呼吸。你听出来了吧，乡村每一株庄稼，都把自己能天天晚上在这么美好这般纯洁的月光下自由自在地呼吸当作一生最大的幸福。

现在知道我没骗你吧，你这一趟真是没白来，重新回到城里，你看到城里的色彩不同了，听到城里的声音不同了，你闻到城里那些味道也不同了，你再去想城里那些人那些事，肯定也不同了！

你让我下次还带你来？用不着了，你一个人来更合适，乡村庄稼地，水稻、油菜、玉米、红薯，还有那些你没来得及踏访的棉花地、高粱地、黄豆地，它们早当你是亲人了。

《江河文学》2011 年第三期

《书摘》2013 年第八期

地畔有棵西瓜藤

这块地是父亲给我的，种什么不种什么，全由我自己做主。我种过辣子、茄子，种过苦瓜、瓠瓜、黄瓜、冬瓜，还种过西红柿，但绝对没有种过西瓜……

我一直在努力揣想，那颗种子是什么时候以什么方式进入这块地的？

也许，去年，甚至更久以前的某个夏天，我和我的家人在分吃一只大西瓜，我可能一本正经地对年幼的儿子和侄女说过，西瓜籽吃下肚了吧，明天，你脑瓜顶上就要发西瓜芽，结一个大大的西瓜！因为小时候，偶尔吃到一片小得可怜的西瓜，大人都是这样说的，但结果是，又饥又饿的我不知囫囵地吞下多少西瓜籽，脑瓜顶上却始终没长出一棵西瓜来。现在想想，这句不可思议的话里，其实隐藏了一个种地为生的农人内心深处对一颗种子的信任，而那种感情，从来就不必讲什么科学的。我们大口大口地吃着西瓜，舌头一卷两卷，熟练地把西瓜籽分离出来，随便吐在脚下，扫帚就有了表现的机会，三下两下，西瓜籽就被扫地出门了，有一些恰巧落在了地畔。或者，我们就站在门口，一人一片西瓜，噗噗噗，西瓜籽像子弹一样，纷纷从我们的嘴里朝屋檐外飞去，有的刚好溅到了地畔。我们咂吧着嘴，西瓜肉汁是多么清爽，多么甘甜，根本不会关心那些西瓜籽的去向。来到地畔土坷里或草丛间的西瓜籽，风吹，雨淋，日晒，有的被鸡啄了去，有的让老鼠咬了去，只有极少数幸存下来。想不到的是，可能就在我锄地挖土的时候，那些幸运的西瓜籽被深深地埋进了地下，开始了漫长的冬眠。

毫不怀疑，这是一颗健康饱满的种子，黑黑的坚韧的种壳，里面两瓣白仁，紧紧地合抱在一起。春天来了，它慢慢醒了，而一起埋在地底下的好些西瓜籽统统腐化成泥，走向另一种永恒。那是风，那是雨，那是雷，它听得真真切切，那是春天对一颗种子的召唤！它的身边，草根在呐喊，在奔突，草根们一点道理都不讲，竟然踩着它的身子爬上去了，肥大的草根挤得它几乎窒息。

但这是一颗希望的种子，尽管生命的开端已经慢了半拍，它仍然感谢上苍赐予它发芽的机会。

它终于出来了！它拱出地面的时候，我刚拔过地畔上的野草，好像无意间替它做好了接生准备。它微撑着一双小小的手掌，绿中泛黄，疲弱不堪。它刚刚经历了一场战斗！但在我眼中，它更像一个迟到的孩子，立在门边，怯怯的！这时，我地里的菜秧长得很高很高了，蓬勃茂盛，惹人爱怜！面对这样一位后来者，它们就有了先到为主的优越感。

那些日子，我倍加呵护它！想一二十天前，我的指缝间肯定丢失过一粒瓜种，黄瓜瓠瓜，抑或苦瓜冬瓜。我深深自责，一时的粗心，就让一颗种子成了独行者。

它是一棵西瓜！

这很让我吃惊，失望，更让我难堪。这是一颗尚未带上我的体温自己撞入土地的来历不明的种子！它不是我要的能让我充饥的蔬菜，它这几天的成长，跟我的期望毫无关系！再次锄地，那屡弱的叶，突然颤了一下，其实，天上没刮风，是它听到了我扬起的锄尖，带起一股硬硬的冷冷的风……

父亲的话救了它，混在草丛里的，不全是草，让它长吧，又不碍你事!

我恨不得将它一锄刨掉!

但我不能违背了自己的家人,何况儿子侄女高兴,自家的地里结西瓜,这是很让他们感到新奇的事。但心里面,我还是排斥它。它只是流落到这块地上的一个野种,占据的虽是窄窄的地畔,与杂草们混在一起,但总得跟我的辣子、茄子、黄瓜、苦瓜分享阳光,分享雨露,更说不定,它和草结成同盟,暗地里早把根伸到地中央了。

事实上,附近的瓜农摘卖第一茬西瓜的时候,它的藤只米把长,稀稀的绿叶间散着三两朵黄花,焦萎,可怜,了无生气。但是,儿子侄女一人手里捧着一大块刚从市场上买来的两块多钱一斤的西瓜,兴冲冲跑到地畔,看那西瓜藤下遮遮掩掩的西瓜儿。我不忍心打击孩子心中那个善良美好的念想,但我在内心里笑我父亲,种了一辈子庄稼,还看不出那样一棵西瓜藤肯定是长不出什么好果来的。我心里充满了不屑,甚至嫌恶,但那棵西瓜藤没时间来揣度我这些心事了。

天气日渐炎热,我们坐在空调房里,大口大口吞着那些用农药化肥喂出来的西瓜的时候,地畔那棵西瓜藤在透亮的阳光中,一直努力伸展着比先前粗壮好多了的青藤,虽然无人培管,但那掌形的叶,一点点宽了,密了,绿了,那全身布满漂亮花纹的西瓜儿,一点点圆了,大了。不过,我仍固执地阻止它们的生长与扩张,我一次又一次地,将它们伸向地中央很有点像开路先锋的藤条撩开,它们转过身朝另一个方向涌过去,一点一点侵占了地边的路面。这里没了辣子茄子,没了空心菜,我更肆无忌惮,皮鞋一次一次踹向它们匍匐的身子……

其实,我做着这一切的时候,固执得心虚,我的大半块地早已被它们霸占,特别是我真心爱着的空心菜,被那些密不透风的宽如手掌的叶压着,从此失去了阳光。

我彻底被它们打败了!

但是，故事的结局却让人灰心！

立秋过后，瓜市渐渐沉寂，而地畔，那棵西瓜藤下的西瓜，个儿还和先前一般大，表皮上那些茸茸的胎毛还没脱落。它们似乎根本不懂瓜熟蒂落这个理，错过了季节！这话刚从父亲口中说出，我内心一震，莫名地疼痛。

当我手执西瓜刀，小心翼翼地剖开一个个小如皮球的西瓜时，儿子侄女的嘴噘得好长，嘟囔着，这叫什么西瓜，不吃了！桌子上，堆满了一片片切好的西瓜，皮肉混沌不清，只有中心稍见一抹不经意的红，剩下就是白，白里透黄，色彩暧昧。零零星星镶嵌着的几颗西瓜籽，更难见一丝成熟的黑，就算还能回到地里，也做不了一颗合格的种子……

我强迫自己拿起一块，向那株西瓜藤致敬，却陡然生出一种生吞悲剧的感慨！

有些事，努力了，争取了，不见得有好结果！看到地畔那棵西瓜藤，你也就慢慢想开了，这世上有种品质，就叫，不放弃！

老式烟火

土 灶

土，搂抱着一把火，就成灶了，干干爽爽，温温暖暖。

炊烟，最先就是土灶升起来的！

乡下，新媳妇进门，儿大分家，必先起一口这样的灶。不请工匠，父子俩自己动手就行，几块土砖，几筥黄土，砌牢糊实，就是一口灶了。从此，家的味道充塞板壁、瓦缝、犄角、旮旯，弥散在所有晨起暮落炊烟袅袅的日子里。起灶虽不及筑屋上梁那么浩大隆重，但新灶烧火那天，女子娘家亲戚都要来贺喜，一担谷子、一篮鸡蛋、几块陈腊肉、几尺家织布，当爹当娘的另给女儿女婿备些锅铲碗筷，背一篓挑一担，叮叮当当而来，再放几挂小鞭炮，欢欢喜喜、热热闹闹。这叫"抬分火"，双方大人又一次尽心尽力为子女垫起家底。从此，小两口同心合力奔日子，劲头更足了；在同一个灶台上粗茶淡饭生儿育女，酸甜苦辣，那都是自己的岁月了！

远离庄稼，远离花草树木，远离蠕动在体内的根，刚刚烧过几把火的灶，怀念阳光雨露，甚至一遍遍臆想洪涝灾害。夜深人静，木格子窗口滑入一缕星辉，灶一点点冷却下来，闻着牛栏羊圈里熟悉的青草味，凝视着不远处曾经亲吻过的锄头、犁、耙，聆听着黑暗中蛛网霉尘轻微的颤动。灶越来越懂，自己到底还是一堆土，而炊烟就是长在身上的根，结着风调雨顺，结着春夏秋冬二十四节气。

烟熏火燎的灶，失去了泥土最初的柔软和色彩，却秉承了土的性情，平实虔诚，一视同仁。木屋茅舍，砖楼瓦房，灶永远都只要小小的一个角落，一蹲一辈子，一辈子一种姿势。日升月落，花开花谢，灶一心一意品尝烟火，对于柴，不论长短粗细老嫩干湿，灶从不挑三拣四，闷极了，顶多长长吐一口浓烟，呛人眼泪，偶尔咳嗽几声！

乡村多少朴素的爱情，也是从土灶开始的！

往灶门前矮板凳上一坐，手中握着一截干柴，一边看灶眼里"呵呵呵"笑着的火苗，一边看灶台后低头不语却双颊红云的女子，目光躲躲闪闪。其实，中意不中意，上心不上心，灶最有资格说话，但灶沉默不语，婚姻大事，得一辈子呵护，三言两语能说清么！多年后，女子拖儿带女回娘家，就有了满面烟火色，进得灶房，"娘！"那一声呼唤添了好些内容，女人都是操劳的命，一口灶台转一辈子，但一年三百六十五日，那灶台热热乎乎，烟火就是旺！

真正的灶，只属于乡村！

城里也有灶，都在水泥高楼里浮着，上不接天，下不着地，仅有一把邪火，跟土一点关系也没有了！所以，总有一些日子，忙忙碌碌的城里人忍不住频频回头，拖儿带女千里迢迢回家乡，就是因为灶。尽管来也匆匆，去也匆匆，灶都是热饭热菜招呼，常让人吃得眼泪哗哗、喉咙打嗝。拿起扫帚，到底有些陌生了，但仍要像儿时一样，灶前灶后，踮着脚尖扫扫蛛网烟尘，洗洗灶台上油渍污垢，一年到头也算尽了回孝心。

而土灶，越来越矮，越来越老，起来越丑了！

终于有一天，锄头筲箕这些曾经跟烟火走得很亲的农具，指手画脚，灶瞬间倒在一团烟尘之中，那么容易就还原成土了！

多少轮回之后，那些烟熏火燎的土块，能邂逅一双温暖的手，揉捏成泥，垒而为灶？

铁 锅

属铁，却没有铁的冷漠，腆起圆圆的铁肚，往灶台上一架，严丝合缝，熨帖亲切。

矮矮的土灶，并排两三只铁锅，情同手足，亲如兄弟，各守各家，就是偶尔离开一时半会，刮刮锅烟，也认得那形状，记得那烟火颜色，绝不会闹出鹊巢鸠占，同室操戈的事来！

土灶上的铁锅，本分，专一，这就是爱情，就是婚姻了！"吃着碗里的，看着锅里的"，这本是一句戏谑，说那东西好吃，肚子饱了，眼睛没饱，但谁能有这么大的胃口呢？当然，铁锅语重心长几次三番地提醒，却总有一些烟火中的男男女女当作耳旁风，结果弄得不欢而散，你走你的阳关大道，我过我的独木桥！

"砸锅卖铁"，谁又能真正掂出一个成语的分量呢？不到万不得已，谁敢轻易说出这四个字！但是，当那些生活在最底层的人，面对自己年老多病的父母双亲，面对自己即将升学的子女，他们都会亮出这张底牌，几多悲壮，几多决绝！架在灶台上的铁锅，除了感动，一个个默默祈祷，那是一个铁骨铮铮的汉子！

因此，普通百姓都爱惜铁锅。买一口铁锅，一路上，二话没说就将锅倒扣于头顶，那也是一方神圣的天呢，脚脚踩实，步步慎重。到家了，还得一丝不苟地烧锅：在家门前的空地上，搬三块大石头，架起铁锅，烧稻草麦秸，火光熊熊，铁锅通红，倒入桐油，扎一把稻草，里里外外，一遍遍擦，一遍遍抹，刺啦刺啦，手中稻草把儿呼呼燃起来了，而那沸腾的桐油全都渗进铁锅里。一时间，锅香油香以及稻草麦秸燃烧的烟火味，都混合在乡村上空了。铁锅，慢慢冷却，先前的灰黑都变成了铁青，疏密有致的纹理间，油油地闪着亮光，以后，即使日子阴暗潮湿，铁锅也不会生锈长霉！

从此，随便给一把灶火，铁锅，就开始幸福地歌唱，一生也不曾停止！贫富悬殊，荤素搭配，都是人间烟火。铁锅，感同身受！鸡鸭鱼肉，野菜猪潲倒进去，铁锅真心真意加热，绝不弄个半生不熟。至于蒸煮煎炒，还是油炸水焖，全看个人喜好，只要把握火候，油盐酱醋，酸甜苦辣，什么味都让你如愿以偿。

一年又一年，一天又一天，磕碰摩擦，铁锅圈圈消瘦，岁月留下伤痕了。不怕，有补锅的呢！农闲时节，补锅匠挑着担子，头戴旧草帽，肩搭一条脏兮兮的帕子，师徒三人走在村口的小路上，叮叮当，叮叮当，摇着铜板串儿，一路吆喝，补锅——子哟，补锅——子！开始，补锅子三个字还没几个人听懂，但叮叮当当一串铜板响，早让村口那棵老杏树意念一动，哟，补锅的又来了！一会儿，各家各户将铁锅送到杏树下，穿眼儿的、缺口儿的、裂缝儿的，都交给那一老二少的补锅匠。炉火呼呼，汗水淋漓，这里敲几下，那里锤几下，一口锅就补好了，摸一下，补丁光光溜溜、熨熨帖帖，补锅匠笑了，这才直身，扯过汗帕擦一把脸。

但一家好几口人在一只铁锅里抢吃的，你一铲，我一勺，再小心翼翼，谁又能保证铁锅没事呢？于是，男女老少都怀念杏树下叮叮当当的声响，冷不丁冒出一句：补锅匠，也该来了！

唰唰唰……这是村子里哪家在刮锅烟呢！一下，又一下，锅烟剥离，一块块，一团团，飞飞扬扬，又慢慢落在地上，油亮亮地黑，那就是烟火，是年月里最真实最纯粹的色彩，是人世间最丰富最厚重的色彩！那不是夜的黑，不是墨的黑，是撩进了多少霞光塞进了多少岁月，熊熊灶火积淀的颜色啊！当然，最最幸福的锅烟，是大爷婆子额头嘴角的那一抹，谁叫你当爷爷当奶奶呢，谁叫你得了胖孙孙呢？几挂小鞭炮，噼里啪啦，嘻嘻哈哈，那一天，乡邻们都没大小上下了，走进灶屋，指头往锅底一蹭，背于身后，突然朝那个笑得合不拢嘴的老人脸上一抹，那颜色一沾了喜气，竟是醒目得很！舍不得擦的，这叫吉祥，叫人丁兴旺！而好客的铁锅，在一炉炉灶火里，将鸡鸭鱼肉，将乡邻亲朋的片片情意，蒸煮煎炸得喷喷香了……

突然想起，那叮叮当当的铜板，那唰唰唰唰的锅烟，不知什么时候从我们身边消失了。是啊，土灶拆了，这些声音住哪儿呢？但没了真正的铁锅，贫血，怕是要成为社会通病！

汽 坛

陶罐，当地土窑烧的，中间略鼓，瓶颈又短，极普通，甚至丑。这样一只罐子，不论材料、形态还是色彩，运气再好，都不会撞上艺术的目光，不会被大师的手搁到玉女肩头，汩汩倒出一股泉水，触摸那圣洁的胴体，就是混进旧文物市场，哪怕弄一只赝品，也做不到的！

汽坛，土话一直这么叫，而字典词典或其他什么工具书，绝不会收录它。

汽坛，土气，俗气，却跟烟火走得很近！

一方土灶，并排三四只铁锅，锅与锅相隔，靠角落的地方，埋一只汽坛，圆圆的坛口露出灶台一手指，拿一块圆木盖住，里面随时备着热水。

坛属土，锅属铁，同处一方灶台，却生生分出了亲疏远近！烟火大多宠着铁锅，大把大把的热情，纵使无力让铁锅尝尽天下美食，也有粗茶淡饭油盐酱醋侍候。汽坛，谦谦如君子，默默立于灶眼边上，把守烟囱，不抱怨，不妒忌。那些火星儿不安分了，开小差了，伺机往烟囱里溜，汽坛腆起身子一阻，那火焰"嚯嚯嚯"笑着，不好意思扭转方向朝锅底飙。就这样，当灶眼里那一炉又一炉熊熊的柴火都化成了灰烬，仍没有哪一缕火焰正正经经跟汽坛亲热过，汽坛也不计较，尽职尽责，仍将一坛冷水抱得温暖热乎。

隔一段日子，铁锅都要出一趟门，唰唰唰，刮刮锅烟，看看蓝天白云，摸摸阳光，才心满意足地回到灶台。汽坛，从新灶烧火那天起，纹丝不动！一动，水就凉了！

汽坛的幸福，在那一肚子热水里！

小时候，冬天特别冷，放学归来，手指冻僵了，碗筷都拿不稳。但似乎总在进门的时候，母亲早已拿一只竹筒，往汽坛里一伸，递过一盆雾腾腾的热水。将手没入水中，热热的，痒痒的，融融暖暖的亲情浸透我的肌肤，直入骨头里去了，外头那一路寒气，再不敢跨进门槛。而我七十好几的祖父，每日睡前必用热水泡脚，不然，那呼噜怎么也打不舒坦。

汽坛好客，更是细致周到。喝了酒，吃了饭，揭开坛盖，舀一盆热水，浸一条毛巾，老少长幼，一一端去，来，擦把脸吧，自自然然的语气里面，怎么也挡不住那一番情意。客人礼让着，手伸进脸盆，刚捧起毛巾，又转过一张笑脸，你们家汽坛，真热水呢！直到回家的路上，那热情还在血管里哗哗流淌。是啊，没了汽坛，当家女人的贤惠，不知要减去多少！

但日子一长，总有些粗心大意的人忘了给汽坛加水，或是生活不顺心，往灶眼添柴加火的动作里生出暴虐之气，汽坛失望了，伤心了，哗啦，裂缝破碎，补也补不好了！

冬天，开始怀念汽坛热水，那种温度，真的还从未烫人肌肤！

柴 火

之所以将柴火放在最末，是因为离了柴火，土灶、铁锅、汽坛统统热乎不起来，面对冰冷，人们总要想起柴火，随便抓来一把，哧——点燃了，瞬间就燃起熊熊大火！

所以，除了柴火，我再也找不出第二个真心传递朴素与温暖的词汇来！

对于柴火，凡黎民百姓，从蹒跚学步的稚童到手扶拐棍的耄耋老人，都饱含一种情感，与生俱来的怜惜，甚至敬畏！山里孩子，打小放牛，曲曲折折的羊肠小道，夕阳西下，铃铛声声，他们瘦弱的肩上总扛着一小捆柴，到家了，老远就喊，"妈，捎柴回了。"讨得母亲和邻里的几句表扬，嘻嘻嘻将牛吆进牛栏去了。记忆中，印象最深刻的是外祖母捡干松枝。腊月杀年猪，父母便吩咐我去接外祖母，一条三四里长的黄土路上，我连蹦带跳，一会儿走在前头，一会儿立在路边催外祖母快走，而外祖母挪动她的尖尖脚，总落我好远一段路程。我不得不往回走！外祖母右手扶拐棍，一点一点弯下腰去，左手从地上捡起什么，然后借着拐棍慢慢直起身子。外祖母费这么大劲，捡起的只是一截枯松树枝，一截从路旁高坎的松树上脱落的，光秃秃的松树枝！外祖母笑了，让我好生拿回家，别扔了，可以打两个荷包蛋呢！

那天，外祖母一点一点弯下腰去的这个动作，刻进我的脑海了，再往灶眼添柴火，心中懂了珍惜，哪怕是一根麦秸，一片枯叶，都不敢嫌弃！

当然，"柴"与"财"谐音，我们没有理由不喜欢不祈求的。大年初一清早，不管刮风下雪，总有一些人天刚亮就从屋后山坡上砍一些树枝，或挖几棵树蔸树根，欢欢喜喜回家来，"进财"啦！也有一些人赖在热被窝里"焖财"，天大亮了还不起床，只为守住自己的发财梦！但一年三百六十五天，焖财，仅限大年初一这一天，这个理，哪个不懂呢？你想，穷得揭不开锅的日子，米粮可以借，油盐可以借，借不着，还可以等政府救济，就是没听说过借柴火的！柴火随处可见，贱不值钱，但最能看出一个人是真穷还是真懒。劳动惯的人，谁愿意背负起四体不勤的恶名呢？

出门不弯腰，进屋没柴烧！眺望坡边沟畔，放眼田间地头，无数俯向大地的身影，一生负荷的就是这个简单通俗的警句。挥汗如雨，气喘吁吁，直到自己的双手干瘦如枯枝，直到那些枯枝一根一根全都深深嵌进自己的额头老脸，也要在一片寓意昏暗的夕光中，背一捆稻草麦秸回家。

拾柴火，永远是劳动中最温暖的那一部分！

悬崖峭壁，猿猴一样攀上爬下，将一担一担的枯枝干柴挑回家，汗津津的，是青壮汉子；田间地畔，捆油菜秆，背干麦秸，脸红耳赤的，是妇孺孩子。小时候，我家门前的河夏洪暴涨，岸边站满了披着蓑衣的父老乡亲，捡"水打柴"。山中干透的枯枝荆条灌木树根，雨水一泡，浪花一打，根根吃水，枝枝饱胀，随满江洪涛汹涌着，翻滚着，眼前一晃，去了。上游的人连声惊呼，快点快点，一枝好柴，下游那个人还来不及瞟一眼，一个浪头打过来，那柴早已无影无踪了！欺山莫欺水，还是不贪心的好！一方水土养一方人，河流两岸，都是这条河的儿女啊！所以，捡"水打柴"见证一个人的性情。会捡的人，总能找得到一个河湾，那里风平浪静，江中猛涛急浪将柴送到这里，厌倦了，歇劲了，"水打柴"泊了厚厚的一层，连那黄汤泥水都看不见了。别急，这都是你的了，握着手中长竹箅，随意往后头一扬，不偏不倚，落在后头坡坎上的柴堆里了！

说来也怪，柴在水里不知泡了多少日夜，又暴晒几个日头，中和了两个极端，一进灶眼，噼噼啪啪，竟那么经烧。老祖母说对了，八卦柴！但令我吃惊的是，烧了一辈子柴火的老祖母，在生命的最后几年，双眼失明，仍然能在灶前柴枕上把干柴树枝砍成长短匀称的一节一节，又不急不慢准确无误地送进灶眼，将灶火烧得那么旺，那么红！

火要空心，人要实心！看来，柴火教给我们这些朴素温暖的真理，是要我们一生一世理解感悟，并行走天下的！

《东京文学》2010 年第七期

箬

　　暂时还是这样称呼吧，"箬"叶，祖祖辈辈都这么叫，惯了熟了，尽管有些出入，一代一代也没谁想过要改口，就像箬根，沾了泥土，一拔就伤了筋脉！

　　乡下，山山岭岭，坡坡坎坎，哪里没有"箬"叶，哪里没有一丛丛一片片蓬蓬勃勃翠翠绿绿的目光呢？而且，"箬"叶也总是跟炊烟升起的地方离得最近！一间木屋建起了，崭崭新新的，整座院落弥散着松木香、杉木香，主人擤了擤鼻子，敲了敲烟斗，立在檐下打望，屋场前的坡坎上，黄土鲜鲜，空空荡荡，总不能叫野草占了去吧，那东西没心没肺不讲情理的。于是，一把锄头一个坑，就将"箬"叶请来了。不麻烦你松土，"箬"叶长得快长得厚实！也不巴望你浇水施肥，洗菜水泡脚水一倒，它喜欢，大清早，孩子窸窸窣窣撒泡尿，它也高兴！该干什么还干什么，不用管，"箬"叶，无声无息地长起来了，一丛，一片，只三五个年头，屋门前的坡坎上，就都是"箬"叶的天地了。

　　春夏，雨水一场接一场，"箬"叶，竟将地底下的根悄悄伸到了屋檐下，张开两片嫩绿的叶，迎着风儿，在一家男女老少的眼皮下舞蹈，好不得意！还是那把锄头，三下两下，连那刚挺起的嫩腰一起斩断，随便一脚，踢得远远的。

　　也是，"箬"叶，怎么能老往家里爬呢！

　　记忆中，我家老屋门前没多少空地，屋檐不远就是一道陡坎，丈余高，密密匝匝长满了"箬"叶，坡下仰望，恰似一道绿墙，很是壮观！那些年雨水旺，山里好多地方滑坡崩坎，而我家门前粒土未损安然无恙。父亲吐一口长烟，说这都是"箬"叶的功劳呢！那箬叶呀，日夜在地下腾挪，绕过挡路的顽石，躲过盛气凌人的树根，默默地钻，默默地拱，根深深扎进了屋场，将厚厚黄土牢牢抱于怀中，雨淋水刷，也毫不放松的。

"箬"叶低矮，慈悲为怀，总是将更灿烂的阳光让给高大的树，将更充足的水分留给园里的菜根，自己消化斑斑驳驳，汲取点点滴滴，一年三百六十五天，依然郁郁葱葱，密密实实！久而久之，悄无声息的"箬"叶好像无关紧要了，就不搁心上了。你自己都不关心自己呢，何况，那么多高高大大的树呢，要砍要伐，那么多茂茂盛盛的草呢，要牧牛羊，就是山中任意一杆竹，脚底下还会冒出几个笋子来呢……

每年五月，包粽子了，才猛然想起，要借那"箬"叶将岁月蒸香呢！于是，摘"箬"叶时，就格外多了一份小心，一种虔诚，生怕裂了一丝缝，缺了一道口，灶火再旺，炊烟再香，那原汁原味的日子不知要漏跑多少呢！不像砍树那么狠心，不像割草那么随便，立在土坎上，面前都是"箬"叶呢，认真弯腰下去，一手往上轻轻地牵住"箬"叶，一手握剪，伸过去，咔嚓，咔嚓，收获的心情也是别别致致的！

冬日农闲，慵慵懒懒的目光还是投向了土坎，只有"箬"叶蓬蓬勃勃翠翠绿绿，从不让心事落空。打理一下吧，翻过年，"箬"叶更加淘气，三拱两拱占了路，说不定就爬到门槛下了！镰刀到来，"箬"叶哗啦啦歌唱，这才好呢，晒干了，还能化一缕炊烟，在家的上空幸福地舞蹈！又是那把锄，拦腰斩断，连根拔起了，然后在手中把玩半天，这不就是山上那些竹鞭吗，坚韧得很！

"箬"本为竹子，只是太普通，什么时候，连身份都弄丢了！

箬，一种竹子，茎高三四尺，叶子宽而大，可编制器物，还可包粽子。蓼，一种草本植物，也叫水蓼，与箬非一宗一族！搞了半天，竟是这蓼冒名顶替，捞了便宜捡了乖，对不起箬的！不过，草也罢，竹也罢，箬也罢，蓼也罢，都只是些名分，只请记住了，家门前有一种植物，根比草掘得深，叶比竹长得宽！箬，质朴实在，诗词歌赋附庸风雅，并非本意，都是些文人闲得好玩。你看，西塞山前白鹭飞，桃花流水鳜鱼肥。青箬笠，绿蓑衣，斜风细雨不须归。那份闲适，那份从容，不知惹得多少人羡慕，但普通农家只认得"蓼"叶，认得那笠，一抬头，就要对家门前的这种植物多出一种感恩了，人生变幻，不管凄风苦雨，烈日炙烤，从迈出屋檐的那一刻起，我们都能精心耕耘，头顶一片天！

　　看来，还得随父老乡亲称"蓼"叶，改口其实是一件很难很难的事，拔根带泥，伤筋动骨！而且，都改户口一样更姓换名了，箬呀箬的，年节，那些先人怎能认得回家的路！

棕

说它是树，却不能起屋造梁刨根柱子，不能做桌椅板凳随便打件什么家具，甚至连塞灶眼烧炉火化缕炊烟都不行；说它是草，又不能放牛牧羊剁成猪草，就是沤在水田烂在菜园当肥料也行不通……棕，这种不伦不类的属性，一度让我困惑，让我忧伤！

但近日，我越来越觉得，棕是树中前辈，最低也算兄长，不然，一个小小的"木"字，怎敢与高高在上的"宗"并排同坐呢？

记忆中，屋前屋后，坡上坡下，这里一棵，那里一株，棕，默默地站着，春去秋来，年年那么高，从来不长似的。立如松，坐如棕！棕到底没松高大挺拔，所以，人坐着时将腰杆直起，不必顶天立地，能像棕那样就行了。但那时候，我们手中白亮亮的刀一次次砍向松树削下皱褶的松树皮，仅仅是为了比谁的刀更快，谁的手法更利索，然后又像猴一样爬上树，叭叭叭剁断松枝，末了，对着近旁的树哗啦啦淋一泡童子尿，没一点尊卑上下，不晓得自己还骑在人家身上呢！对那些密密麻麻的灌木茅草，镰刀嚯啦嚯啦横扫千军，就更不放在眼里了！

但不知为什么，这样的事从未发生在棕身上！每次路过，我们刚刚还在灌木树梢上挥来砍去的刀一下就老实了，目光落在棕身上，移不动了，痛！只好一步步上前，伸出几个手指，小心抚摸一摞一摞密密层层的圈痕，快刀舔过，微秃，精致，自上而下，我们一圈一圈地数，数着数着，眼睛花了，怎么也数不清。手指一路摩挲而上，感觉软软的，伏伏贴贴的，是棕毛，也就是棕皮，单叫一个棕字。棕，一圈一圈一层一层长在刚才那些凸痕上，到日子了，经一双双握惯了犁耙锄铲的手完好无损地割下来，又添一圈新痕，格外醒目。我们手心触触，又翻过手背蹭蹭，痒痒的，都记在心上了，别在身后的刀，从未动过伤害的念头。多少年后，当我再次走近一棵棕，它仍然只高我一点点，但满身圈痕更密了，目光硌得生痛。突然明白，棕从成年那天起就开始剥皮，一圈就是一层，一生一世都在忍受疼痛，是永远长不高了！

记忆中，祖父的扁担扬过头顶，一下一下，都落在了我心上！

祖父把攒下的棕一叶一叶摞齐，捆紧，立在屋前晒场上，山似的，跟我差不多高。肯定要出一身汗的，祖父下手之前就脱光上衣，一条老式大裆裤，收腹，紧了紧腰带，操起一根扁担，硬朗朗走向晒场。嘭！祖父站站脚，重新立好桩，扁担高高扬起，一直过了头顶，腰身微微后仰，脚尖踮起，嘭！第二下扁担侧着落下，棕颤了颤，飞起一些棕屑，漫不经心的样子。祖父年近六十，臂上的肌肉老鼠开始萎缩，这时，一凸一凸的，格外激动，脊背上，汗流如注，沿着各自的河道水路汹涌而下……棕，静静地立在晒场上，静静地打量祖父，目光更加柔软了，先前的棕皮棕茸脱了飞了，细细的棕丝出来了。就在这时候，我感到祖父的扁担都落在我的心上了，嘭！嘭！嘭！一下又一下，我想，坡坎上的棕，肯定有了疼痛！

这叫剁棕，剁掉棕皮棕茸，剁出细细的棕丝，剁出柔韧的目光，然后抽丝成股，三股扭结，拧成一根一根棕绳，匀称牢实，那才是过日子的劲道。平日里，棕绳弯弯绕绕，躺在墙角，吊在锈钉上，一副慵懒的样子，没想一旦承受重量，拉直了是纤，绷紧了是筋，挑起沉甸甸的生活，还能一路吱嘎吱嘎歌唱！当然，风里来，雨里去，嘣的一声，棕绳断成两截，别恼，打个结没事了，生活本来就是这个样！

只是，门前那棕，一阵愧疚，当初，怎么也得提个醒！

乡下，任何一座木屋砖楼，檐下还会挂着一袭棕蓑，默默地守着风雨。我的目光贴上去，又悄悄离开，除了感动，我不知该说些什么。多少阴雨绵绵的日子，乡亲们的心都潮了，脊背却干干爽爽温温暖暖的，那都是棕蓑的功劳。等天晴了，早已沥干雨水的蓑，只在屋檐下目送你远行的背影，从不叫你背着上路，加重你的负担，从不分享你身上那片灿烂的阳光……

人们敬畏棕！

棕，割下最后一轮，生命走到了尽头，倒了，但都是寿终正寝，喜丧！锯不锯，斧不砍，锄不挖。那些活着的棕看着呢，伤了心，生了气，往后，即使割棕的刀能举起来，也没脸面落下去了！棕，不是一棵棵树呢，日子回潮了，都不忍心将它推进火坑化一缕炊烟，淡淡地离开的。屋前屋后，总有一条沟、一道坑，一步跨不过去的，将棕抬来吧，就让它躺这儿，垫你一脚，送你一程。棕，最终将自己倒成了一截路！

逝者已安！

愿门前的一棵棵棕，活得更好！

乡下老屋门前的晒谷坪

乡下，不管是洋气十足的砖楼，抑或是老祖宗留下来的矮矮的木屋，门前都有一块晒谷坪，黄土平平的，水泥光光的，管叫那稻谷、油菜、玉米、高粱晒得干燥燥，香喷喷，哪会让主人家的粮仓落空呢！

我们家也是。

晒谷坪，我还是喜欢黄土夯平的，那上面有我的记忆，但父亲要用水泥抹得光光溜溜的，这是他的权力，还轮不到我说话！父亲那天好像也给我打过电话了，那天我到底在干什么，开会呢，还是刚刚挤上一辆人满为患的公交车，抑或为评职称忙得焦头烂额？我接到父亲的电话，还没等父亲讲完，我想都没想就说晒谷坪一直都是你和母亲在用的，你看着合适你就做吧，想怎么做就怎么做……

晒谷坪父亲在用，母亲有时候也用，我从未真正用过。

但我知道，我的蹒跚学步就是在门前晒谷坪上完成的，我与伙伴们滚铁环、打陀螺、踩高跷、玩老鹰捉小鸡、学董存瑞炸碉堡，也都是在晒谷坪上进行的。我还在晒谷坪上弯着腰赶过一群蚂蚁，落雨天我曾用一把小小的锄头开沟挖渠将一绺不听话的水邀到了滴水沟里，我在一个春天里将田埂上扯回来的一棵桃树秧栽在了晒谷坪的边边上，那个黄昏牵着我家那头老水牛慢腾腾地走过，老水牛竟然当众拉起了牛屎，啪啪啪，从晒谷坪这头一直响到那头……晒谷坪记得这些事，晒谷坪还记得我就是那个挂着两垄黄鼻涕的男孩子。

父亲就不同了，父亲一直把晒谷坪用来晒谷子用。到时候了，父亲将自己的劳动，将自己的汗水，将一年三百六十五天的收成，统统交给晒谷坪打理，晒几个白花花的日头，黄昏时分，父亲随意拣起一颗，丢嘴里用金黄金黄的牙轻轻一咬，就从那嘎嘣声里听出燥得差不多了，要得了，然后放心落意存仓。

母亲堆在屋檐下的那么一大堆洪水柴，就是晒谷坪一点一点帮忙晒干的，最后又化成一缕一缕炊烟了。母亲用米糊一层一层黏合的鞋样，先贴在门板上，然后由我和小弟一前一后抬到晒谷坪上才晒到日头的。母亲给家人换洗的衣服一件一件都要交给晒谷坪边上的晾衣竿晒一日半日，我们穿在身上干干爽爽舒舒服服。小弟晚上尿湿的被子也是，晒谷坪肯定看见了那一圈连一圈的不规则的"地图"，也一定闻到了刺鼻的尿臊味，但晒谷坪什么也没说，晒谷坪可从没羞过一个小小的孩子。

这就叫日子，晒谷坪是真懂，晒谷坪做哪桩事都用心。

晒谷坪觉得最有意思的是晒黄豆荚。我父亲一大早趁露水未干就到坡土里割豆，又大担大担地挑到晒谷坪上晒。五黄六月，那日头才真叫日头呢，本就熟透的黄豆荚哪里受得了，里面睡着的黄豆子这时也醒过来了，也忍不住了，噼啪，先溅了一两粒，噼噼啪啪，一晒谷坪比赛似地开始乱溅。晒谷坪一点也不慌，晒谷坪知道，别看黄豆子一个个都蹦上天了，最终还是喜欢跌回晒谷坪宽敞舒适的怀里。晒棉花了，母亲摘来的绿球球，先是羞羞地启开一线白缝，渐渐地，全都在日头底下晒翻了花，一朵花，一团花，一晒谷坪的花，柔软蓬松、纯洁芬芳，晒谷坪猜它们肯定吃饱了白花花的日头，不然，由这些雪白雪白的花儿絮成的棉袄棉被，冬天怎就那么暖和呢？一年又一年，晒谷坪经历的晒事多了，就能记下一串串名字来。那看起来黄澄澄心里却永远装着养人的一粒白，叫稻谷；那细细的又黑又圆能榨出油来的叫菜籽，那叫玉米、高粱，那叫花生，那叫红薯……总有一些谷子呀菜籽呀没进仓，它们散在草丛里，藏在石子缝里，鸡咯咯咯地啄了，老鼠趁着夜色偷了，还有一些躲得最隐秘，却禁不住几场露水，忍不住几夜清风。空空荡荡的晒谷坪上，这里一团稻秧，那里一捧油菜苗，怯怯地抖，让人心痛呢，那是我的父亲母亲遗落的汗珠子！

晒谷坪跟父亲母亲一直那么亲，我可没法比。

我的父亲母亲下地回家，锄头锃光闪亮的，根本看不出有泥巴，但他们每次走到晒谷坪边上，都会不约而同地拿下肩膀上的锄，咚咚咚在晒谷坪上蹾两下，又沙沙沙地在杂草丛里擦几把。这叫习惯！我的父亲母亲喜欢穿皮草鞋下地，人还没进家门，前脚才踏上晒谷坪，就三下两下踢掉了鞋子，赤脚在晒谷坪上走，从不怕那些细细的石子坷垃硌脚板。这也叫习惯！我至今也没养成这个习惯！我那时候光着两片小脚丫颠颠歪歪地走在晒谷坪上，那些看似很不起眼的石子沙粒硌痛了我的嫩脚板，硌红了我的白脚板，我的脚板还没来得及长出父亲母亲那样的硬茧，我就穿上了皮鞋袜子开始学着在城里的柏油马路上为命运奔跑。如今，我一个人孤孤单单走在路上的时候，才明白晒谷坪待我实在不薄，人生漫漫，要蹚过多少荆棘，要跨越多少坎坷啊，晒谷坪用心良苦，早在我懵懂无知的年代就给予了这么多暗示。

乍一看，我家老屋门前父亲抹得光溜溜的水泥晒谷坪好像跟城里的街道马路没两样，但实质不是一码事，相差不知有多远呢，这我心里最清楚。我那天带着妻儿回家，我们三个人都穿着在城里行走的皮鞋胶鞋，但一踏上晒谷坪，我就感觉出来了，这里的水泥只是穿在外面的一件衣裳，晒谷坪照样还是我家老屋门前的晒谷坪，感情上的事，烙进灵魂深处了，哪会说变就变呢！走在这样的晒谷坪上，我这颗奔走在城里街道马路上又苦又累的心，竟一下变得这么轻松，这么柔软，这么温暖。我问妻儿觉得怎样，他们很神秘地笑笑，什么也没说，但我已经找到答案了，他们都是我的亲人，还不照样都是晒谷坪的亲人！

我知道，总有那么一天，父亲母亲都会离开我的，乡下老屋就由我来继承了，门前那么宽阔那么平坦的晒谷坪也由我继承了。晒谷坪归我一个人使用，我用来晒什么呢？我生在乡下，长在乡下，但我从未耕过一块地，从未播过一粒种，从未收过一颗粮，我拿什么出来晒呢？这些年，我倒是坐在电脑前制造了好多好多文字，但那都不是土地里长出来的，没吹过风，没淋过雨，更没见过半个日头，肯定不经晒，一晒就只剩空壳壳了。

我如何向父亲交代，如何跟晒谷坪坦白……

算了，再想那么多也没用了，我还是将这些年一路走过的轻飘飘歪斜斜的脚步收回来晾一晾吧，顺便将我的心也捧出来晒晒！

温暖老屋及其构件

人到中年，夜梦明显多了起来，这本不足为怪，中年嘛，对生活对命运不知不觉就多了几重感悟，但梦中背景却常常是纯木结构的老屋，温暖、柔软、慈爱，那门槛、那壁板、那椽、那柱、那檐……

这使我陷入了沉思……

愿文字替我们拾回一些温暖的旧时光。

——题记

门　槛

一块普普通通方方正正的木头，一躺一横，就是门槛。笔直，僵硬，挺着窄窄的脊梁。记忆中，我们乡下，任何一间温暖的木屋，必有这样一道高高的门槛！走进来，抬脚！走出去，抬脚！

耄耋老人，青壮汉子，美丽村姑，蹒跚学步之时，响亮地吸着两垄黄鼻涕，将比自己身体矮不了多少的门槛当成坚实的靠山，沿着门槛，左移几步，右移几步；或让小小身躯伏在门槛上，睁一双好奇的眼睛，看云卷云舒，蜂飞蝶舞……

小时候，我喜欢骑在门槛上，一只脚里面，一只脚外面，脚尖勉强点地，我将门槛想象成一匹战马，而我自己就是一名策马远征的勇士，驾驾驾，口水喷了不少，却始终奔不出门槛慈祥的目光。上学了，体育老师教会我们跳高。回到家来，将书包一撂，把门槛想象成横杆，我们一个个跃跃欲试，稍加助跑，身轻如燕，过了，嗯嘿，门槛这么不经跳！于是，朝手心呸一口，摩拳擦掌，想来一次立定跳，站在门槛前，那门槛竟高过膝盖一两拃，但还是气沉丹田，憋足了劲，嘿哈一声，自己给自己鼓劲，有的过了，有的没过。胳膊膝盖蹭破了皮，鼻子撞出了血，牙齿磕脱了一颗，终究是见红了，痛，泪水在眼眶眶里转，硬是叫自己不哭出声来。现在想来，躺着的门槛，用自己的身躯，默默地垫起一个高度，是提醒我们迈步人生时先要做好充分准备，不然，是要付出代价的。无论对于哪一个子嗣后代，门槛，一碗水端平，从不娇惯，从不溺爱。

那一年，在外闯荡多年音讯全无的邻居大哥，突然回家来。刚刚在村路上还与叔伯兄弟们嘘寒问暖有说有笑的，一脚跨进门槛，闯过世界满脸沧桑的邻居大哥，竟一下扑进瞎眼老娘怀中，牛叫一般号哭起来，声泣如血，肩抖如筛。门槛，看着儿孙后代一个个长大，又目送他们一个个远行！不论荣辱成败，当你哪天累了，伤了，想转身归来，门槛，跟谁都照样亲。

大学毕业，我挑着行李回家。父亲，坐在门槛上，靠着门框打瞌睡，指间的半截"喇叭筒"不知什么时候已熄灭了。我的脚步让父亲吃了一惊！父亲站起身，一边接下我肩上的行李，一边嗔怪，怎么不先写封信讲一下，我好去接你！我用双手揩了一把脸上的汗，说没事的，东西又不重。跟着父亲跨进门槛，我突然发现，门槛矮了，瘦了，且伤痕累累，触目惊心！那是生活压的，日子咬的，岁月磨的！

几十年，上百年，细细聆听儿孙后代的脚步，默默地扛着日升月落春去秋来！如今，老屋门槛，依然在我的梦中，如弯弯的月亮，美丽而动人！

其实，我们乡下，一个平凡女子的人生，就是从一道门槛走向另一道门槛，柴米油盐，子女香火，其间的路有多长，日子有多难，门槛心明如灯。十几年前，那个阴冷的冬日清晨，夜色茫茫，雪粒沙沙，我与父母兄弟姊妹一干亲人依次跪在堂屋门槛下，痛哭声声，泪水涟涟！丧堂内，悬一只百瓦灯泡，亮如白昼！祖母的灵柩缓缓抬出门槛，那一瞬间，黑亮亮的灵柩重重地颤了一下，我的胸中一阵疼痛，锥刺一般。我知道，这一次，祖母真的跨出了门槛，只有她的魂，永远留在门槛里面那一方高高的神龛上了！

人生就是这样，一出一进间，我们不知抬了多少次腿！

祖母过世的第二年，老屋就拆了，新修了一幢三层钢筋水泥楼，连门槛处也抹了水泥，镶上光溜溜的瓷砖了，抬腿这一动作倒省得干干净净。但是，我愈来愈觉得，屋里屋外，一进一出，动作里多了闲适，少了警醒！

踏脚岩

一块石头长年卧在门槛外，安静、安分，虽然还是石头，也拥有坚硬冰冷的外表，但它的内心早已变得多么柔软，多么温暖，多么慈爱。

想想，那门槛也确实太高了，对于老人和孩子，那是怎么也迈不过的一道坎，对于肩挑手提重物的当家男人和女人，那是不必再增高的生活的难度，让人进退两难，而对于那些上门的邻居和远亲，门槛好比主人的脸色，表情就有点冷漠了。这时候，踏脚岩来了，高高的门槛下，踏脚岩安于自己的低和矮，安于自己一成不变的俯卧的姿势。进屋，它撑起你的脚步，送你进入生活；出门，它又不声不响地接住你的脚步，让你稳稳踏入大地，不会一脚踩空，还未启程远行就先栽了个跟头。但仍有那些毛里毛躁的后辈，老是看不见踏脚岩，想一脚跨入外面的世界，结果身体失重，栽倒在家门前。这个时候，踏脚岩像无言的长者，总用慈爱的目光拍打儿孙身上的灰尘，那意思是说，小子，出发了，自家门前摔个跟头，不疼，但在远行的路上跌跤子了，流血不流泪，自己将自己扶起来吧。

老屋建成于何年何月何日，具体时间已无从考证，但我猜它应该有上百年的历史了，那么，踏脚岩在门槛下这一卧就是整整一个世纪。我想，它来自离老屋很远的上游溪涧，跟众多的石头一起，被时间之水、被历史之洪、被命运慢慢推动，最终搁浅在老屋门前的河床上；或者，它原本属于一道险峻的山峰，曾经举起一朵无名野花，牵过一根柔韧的青藤，托住一片洁白的云影，但因为一场地壳运动，山崩地裂，石头无法逃避坠落的命运，全都裸露在山坡上。混在石头堆里，它朴素、普通，看起来，与别的石头毫无二样。老屋建成的那天早晨，朝日红霞，祥光万丈，我的先人走进河床，又爬上山坡，只为寻几块心中的好石头，从此改变了某些石头的命运。我想，那位先人到底有着怎样的眼光呢，他把握着一块踏脚岩的标准，既具审美性，又有实用性，二者缺一不可。当然，也说不出具体哪里好，就是觉着那天然生成的形状、纹理、成色，看起来舒坦，合心合意，伸开五指，横着拃拃，竖着量量，内心里就涌起一阵不小的激动，不错，就是这块了。

最初，乡邻肯定有过一番品头论足，眼前这块石头，不长不短，不宽不窄，不高不矮，那纹理，那成色，好像专为门槛而生，一石一木，竟然那么匹配。听着那些赞羡之词，我那位先人的脸上泛起了怎样的表情，我这个后人当然是看不到了，在此，如再挖空心思去揣摩并辅以文学的描述，也没什么意思。但我想，人与石头是要讲机缘的，一个家族还用说吗？那第一个将自己进出家门的脚步放心大胆托付给一块石头的，必定是我勇敢的祖先，智慧的祖先。从此，一双双赤足、草履、布鞋、胶鞋、皮鞋，依次走进来，走出去，一个家族越走越庞大，越走越兴旺。

老屋里出生的每个子嗣后代，触摸并认识到的第一块石头，就是踏脚岩，服帖、安静、敦厚、慈爱。从最初穿着破裆裤吸着两垄黄鼻涕的男伢女娃起，到走路靠拄着拐杖都要颤颤巍巍的老头老妪，到最终离开老屋再也走不回来那天止，其间漫长一生，少说也有几十年，进门出门，到底要踩踏多少次踏脚岩，那些脚印叠加起来，肯定比山还高，比路还长。

其实，踏脚岩除了承载一个家族的脚印，还要忍受来自生活的疼痛。老屋拆毁前的那几天，我重新打量堂屋门前的踏脚岩，苍老，还是清瘦，我一下拿捏不准，但我发现了踏脚岩满身是伤，伤口叠伤口，疼痛加疼痛。每一道伤口都有一个故事，每一处疼痛都是一种记忆。你看，这里损一块，我不知道是谁用什么重物砸下的；那里缺一角，我也弄不清楚，到底是哪一位祖先留下的；这里刻几条沟，有一条我认识，那是我磨铁丝磨起的，但那铁丝穿回来的蚂蚱，我家的鸡很喜欢吃；那里凹几个坑，都是砸桃骨砸的，浅浅的，弯弯的，这么多月牙，这么多眼睛，这么多美丽的伤口，可惜没有一个是我一个人的功劳，祖母们砸过，母亲们砸过，哥哥姐姐们砸过，最后我也砸过……

转眼间，踏脚岩不见了踪影，美丽的伤口随之消失，它们被砌进了水泥新楼的地基里，从此，完全隐入时间深处，让后人缅怀。

柱　头

柱子，我不太喜欢《现代汉语词典》里的解释，仅仅一句话，"建筑物中直立的起支撑作用的构件，用木、石、型钢、钢筋混凝土等制成。"太理性，太冷静，学究味重，感情色彩全无。明眼人看看这个字就知道，柱，木中的主心骨，生活的主心骨。就算是望文生义吧，但犯一次知识性错误总比薄情寡义强。

柱子，老辈人叫柱头，从不单叫一个字。其实，这绝不是一个字那么简单的事，而关乎乡村伦理。乡下，总有一群坚守长幼尊卑伦理秩序的人，从不直呼任何一位长者的名字，对村子里出了五服辈分又高的乡邻，就是年纪比自己小，也一律称爷、伯、叔，学晓爷、维尚伯、维喜叔，多叫的这一个字就是伦理，就是恭敬。

人人重情重义，柱头，谁敢不敬呢？一棵树，生长几十年上百年才能成材，但却不是所有的树都能充当柱头的。扎根悬崖峭壁上的树，能够活下来就是万幸了，何况，一阵风可以令一棵树扭曲变形，一场雪可以让一棵树拦腰折断，只有那些忍受了贫瘠、抵御过风雪的树，长得高大挺直、圆实硬朗，最终可能被人发现，继而委以重任。小时候，我和伙伴们上山砍柴，一边走，一边抡起手中的刀朝路边栎树砍去，刀起枝断，毫无怜惜之心，每一次都由着自己的性子来，在它们身上，我们肆无忌惮。这是乡下孩子小小的势利，对于那些老长不高的灌木杂树，内心总是不屑，而在一棵参天耸立的大树面前，又常怀恭敬之心。那一刻，所有的孩子都远远地站着，仰着头，眯着眼，让目光一点点蹿上去，蹿上去，然后，争先恐后地扑过去，揸开十指又是拃又是量，要么干脆将小脸蛋贴上去伸开双臂搂一搂抱一抱，郑重其事地在胸前估一个模拟的虚圈，口中啧啧赞叹，可以做柱头了！孩子激动而兴奋，以后每次上山，目光就有了攀升的高度，心中就有了向往的榜样，在这样一棵可以做柱头的大树面前，手里的砍柴刀要多老实就多老实，要多恭敬就有多恭敬。这是一棵树的最高荣誉！

让柱头一直保持树的站姿，拥有树的圆实，是对一棵树的尊重，更是对一根柱头的信任。一根柱头比谁都清楚，站着并不是炫耀挺拔的身材，而是为了最大限度地负重，板、梁、枋、檩、椽、瓦，要想各就各位、各司其职，哪一个离得开柱头的承载与支撑？生活，需要柱头就这样硬朗地站着，而站着，成了柱头一生的责任。一根柱头比谁都悟得透，在"方"与"圆"这两种基本形态中，"圆"是最佳选择，圆实、圆满、圆润、圆通、圆融，哪一个不是百分之百好听的词？生活，不需要太多的棱角，同属老屋，同样生活，就得和睦共处、同心协力，哪能互相诋毁彼此伤害呢？圆圆的柱头，憨憨的柱头，让那些板呀、梁呀、枋呀、檩呀，无论在哪个方向、哪个角度，全都真心真意接受，方方面面处理得细致，照顾得周到，没见哪个闹情绪而消极怠工。

老屋百年不倒，生活千年不腐，柱头们功不可没。

柱头一贯沉默。我小时候总是傻傻地长时间昂头看堂屋中柱，好高，真的好高啊，内心里佩服得不得了，直看得脖子僵了、麻了、痛了，眼睛花了、涩了、流泪了，但中柱心无旁骛，昂首挺胸，面无表情，就像我一向严肃的父亲。他是家里的中心轴，责任大，担子重，眼里只有田地，只有永远干不完的农活，哪有闲心逗一逗我这个小屁孩呢？但记忆中，廊柱好像更让我们亲近并依赖。乡村每一幢老屋，屋檐下立一根廊柱，它除了擎起几根童柱，撑几根檩椽，再盖一些青瓦，其余就不用负重了，所以，廊柱算是柱头中最轻松的、最悠闲的。孩子更愿意将廊柱看成长在家里的一棵大树，空闲时，一个个捋袖甩手，又朝手心呸一口唾沫，像一只小小的蝉一样贴在廊柱上学爬树，你刚下来我又上，汗水淋漓，气喘吁吁，照样越爬越上劲。我想，看着这些孩子，廊柱就像我从田地里闲下来的祖父，面容慈祥、满怀仁爱，虽不能像我祖父一样跟孙儿孙女们掰手腕，但它的内心跟孩子多么亲，只是不会说话罢了。偶尔，孩子做错了事，砍柴时弄丢了一把旧柴刀，或者不小心摔破了一只土碗，讨骂挨打了，还被父母惩罚不许吃饭，孩子的心里多么委屈，跨出门槛，却又舍不得离开，便一个人抱着廊柱偷偷流泪，那一刻，廊柱理解了一个乡村孩子的无辜，廊柱抚慰了一个乡村孩子的伤痛。小时候，我还发现，老祖母每次梳头发，总是从廊柱的裂缝里取出木梳竹篦，最后又把脱落的头发绕成一束，小心地塞进廊柱的裂缝深处，祖母解释说，头发是身上长出来的，不能随便丢弃，但为什么要塞进廊柱，她老人家只是笑笑，什么也没说。我想，祖母对一根柱头的信任是不需要理智分析的，它完全属于一种情感，而祖母过世时，廊柱的裂缝深处肯定有过一阵撕扯般的疼痛，只是我们什么也不知道。

柱头，就是这样理解并体贴老屋里的生活，乃至生死的。

多年后，老屋拆除了，柱头们卸去所有负担，纷纷躺下，轻松倒是轻松了，却浑身不是滋味。水泥楼房不需要木质的柱头，除了解成一块一块的模板，除了填进灶眼做烧火柴，这曾经担当重任的原木还能做什么呢？但经霜乔木百年心，当斧子举起又落下，一根一根的柱头被劈开，呈给我们的，是被金属利器弄坏了的依然赤红赤红的年轮……

壁　板

柱头立起了，梁枋都上榫了，檩椽钉稳了，青瓦也盖严了，最后才能装壁板。凡事都讲究先来后到，这就是程序，何况，离了柱头梁枋，壁板想站起来都不可能，没了檩椽青瓦，壁板就得经霜淋雨，就得在日头底下暴晒，而这一切，壁板都心知肚明。

壁板生就一副好脾气，哪个乡村孩子不知道呢？有一种游戏叫"撞猪脑子"，常玩游戏的是一群四五岁可爱如小猪崽的男伢女娃，嘭嘭嘭，咚咚咚，拿自己的脑袋往壁板上撞，一个比一个撞得响。这个摸摸自己的后脑勺，那个也摸摸自己的后脑勺，你望着我，我看着你，都说一点儿也不痛，都说自己的脑壳最硬，都说自己是大拇指。老祖母正在屋檐下眯起双眼对着天光穿针眼，这会儿回头笑了，也当了一回裁判，说莫吵了莫吵了，娃儿们的脑壳呀，个个硬！孩儿们听了，真像领到了天大的奖赏，一个一个又往壁板上磕，越磕越有味。到底谁的小脑袋硬呢，只有壁板最清楚，但壁板沟壑纵横，慈祥满目，一边打量着单纯可爱的孩子们，一边嘭咚嘭咚地跟孩子一起乐，就是什么也不说。壁板薄，有韧性，在它身上，再重的撞击也能得到缓冲，嘭的一声，壁板就将一切暴力轻易引渡到自己身上了，替别人解痛消灾。

"找死啊，一个耳光扇到壁板上粘起，锅铲都铲不下来……"

乡村当父母的常朝自己的孩子吼出这样的狠话，不仅是因为孩子淘气捣蛋，他们要管教自己的孩子，更是因为他们早就摸透了壁板的好脾气，吓不坏孩子，更伤不着孩子，不然，怎么不说一个耳光扇到硬硬的踏脚岩上，扇到尖尖的犁头上，扇到刚刚磨得雪白雪白的镰刀斧子上呢？

壁板，乡村人是真心爱护的。

盛夏，乡村干燥的空气里时不时弥漫着淡淡的桐油香，在山坡树林里萦绕，在庄稼田地里飘荡，在柴草炊烟里升腾，那是家家户户都开始给壁板刷桐油了。河塘里，那冲凉的老水牯突然从深水里探出头来，两只弯弯的角左拐一下右拐一下，弄得满河满塘的水花飞溅，又哼呀哼呀地叫几声，只知道香味自村庄来，却怎么也弄不清到底来自哪一道屋檐。最有耐心的是乡村的狗，全不顾天气燠热，三三两两，争先恐后，汪汪汪地从村东叫到村西，又从村西吠到村东，造起很大的声势，终于找到了答案，原来年年岁岁香依旧，岁岁年年情相同。

我家住的是祖上留下来的老屋，旧得不成样子了，但每年夏天，父亲都要给壁板刷一层桐油，踮起脚尖或爬上木梯，一次次抹，一遍遍擦，动作由慢而快，由轻而重，直干得大汗淋漓，手臂发酸。完工了，烟瘾很大的父亲却不会急着卷"喇叭筒"，而是久久地站在屋檐下，一遍遍打量才刷过桐油的壁板，从左到右，自上而下，父亲不会漏掉任何一道沟壑，不会放过任何一块蛛网，不会给壁板造成一点点遗憾。但我想，父亲那么长久地打量壁板，壁板必有可看之处吧？好奇心驱使我偷偷地站在父亲背后，偏着脑袋装模作样地打量壁板，一股桐油香竟从父亲身上飘下来，而壁板上，除了刚刚刷上去的黄亮亮的桐油，沟壑还是那样的沟壑，褶皱还是那样的褶皱，桐油，终究没能掩住壁板的苍老与陈旧，我才涌起的好奇心一下子消失得无影无踪。小时候，我不止一次地听父亲说，谁谁谁家的壁板年年刷桐油，红彤彤的，这样说的时候，父亲毫不掩饰自己的歆羡之情。我记住了父亲的话，每到一个村庄，我都会不自觉地打量人家的壁板，出神，发呆。那些老屋壁板褶皱叠褶皱，沟壑叠沟壑，且板缝开裂，榫头松动，泛黑，无光，难看到了极点。就是那些刚修好没几个年头的木屋，壁板虽表面平整，纹理如初，色泽如初，甚至还闻得着淡淡的松木香、杉木香，但都没有父亲所说的那种红彤彤的光泽，那种让人看了还想看的美丽的光泽。是什么让老屋壁板有了那么难看的模样，让那些木香、纹理、色泽消失殆尽？是风，是一阵一阵吹个不停，轻易将一切都吹旧了的风；是时间，是几十年几百年能让一切生命在不知不觉中统统老去的光阴。我想，老屋壁板每一道或深或浅的褶皱里，又该储藏了多少艰辛却美好的记忆，又该怀着对未来生活怎样的憧憬与向往呢？我的纯朴的父老乡亲，在老屋里生，在老屋里死，其间漫漫几十年的日子，酸甜苦辣，他们心中总能升起一轮红彤彤的太阳，温暖着，幸福着。

这辈子，到死我也不会忘记父亲的话，不会忘记老屋壁板。真的，老屋壁板用自己独特的方式，体贴过我们的伤痛，抚慰过我们的心灵。经年的老屋壁板常引来一种我们叫喜子的小蜘蛛，结网，小如扣，形圆，色白，还是一贴极佳的止血膏药。小时候上山砍柴，不小心割破了指头，渗出殷红的血，我们忍痛紧握受伤的指头回家，老祖母忙用嘴吮我们还在渗血的脏指头，然后从老屋壁板的某个角落撕下一片洁白的喜子网，轻轻贴在伤口上，两三天刀口子就愈合了，且不会留下明显的疤痕。下次砍柴，我们自然更加小心了，但我们翻山越岭的脚步更快了，双手更加有力了，因为心中充满了对老屋壁板的感激，对祖母的感激，对生活的感激。只是近几年，六十多岁的父亲竟莫名地感叹，还是木壁板好啊，冬天温暖，但我只能替父亲遗憾，如今的乡村，还能找得到几间木质的老屋呢？冬天，堂屋火坑里生一堆柴火，父亲喜欢坐在火坑边，背靠壁板打盹，家人都不会叫醒他，因为木质壁板显温情，内心热热乎乎，无论靠多久，也决不会让父亲有丝毫不舒服，哪会冻着自己的亲人呢；但现在的水泥墙壁，外表光洁，看是好看了，但生性寒凉，不近人情，你要靠着它打个盹吧，不让你鼻涕乱流、喷嚏掀天才怪呢！

怀念老屋壁板，怀念木质的乡村。

桁　条

小时候写作文，不知道"桁"怎么写，就拿别的字代替，一会儿"红"条，一会儿又成了"横"条。呵呵，管它呢，反正就那个音，老祖宗都是这样叫的，错不了，"红"条，抑或"横"条，还不是一辈子老老实实待在老屋顶上，能跑哪去？后来才学了"檩"字，但我不是很喜欢它，因为"檩"不仅笔画多，写起来麻烦，还读lǐn，跟老祖宗称的红或者横的读音相去甚远，檩、檩、檩，太生涩，太别扭，读着不顺口，一点感觉也找不到。要动笔写这篇文字了，没办法，不得不去百度"檩"，没想找到了"桁"，音héng，这意外的收获，让我激动不已，不懂文化的老祖宗脱口而出的方言土语，竟跟普通话里的字音一模一样，沾上了文化味！

桁条、桁条……

我在心里吟诵了好几遍，又盯了它好久好久，突然发现这两个字排在一起真有意思。

看看吧，桁和条这两个字里都有"木"，明摆着的，桁条，原本就是一棵棵树，而且是一棵棵高挑苗条身材极好的树，不然，怎会被唤作"条"呢？那些灌木，那些弯曲变形的树是绝做不了桁条的，那些百年大树，可以当栋梁，但却没资格做桁条了。你想，那么粗的腰身，要多沉就有多沉，让柱一辈子高高地擎着，还不早累趴下了，老屋还能百年甚至千年不倒吗？桁条，是树中的帅哥美女，十几岁，顶多二十多岁，正当青春美丽，豆蔻年华。

再看那个桁字，左边"木"，右边"行"，这不就是说一棵树自己在行走么？告别山涧溪泉，告别野花芳草，也告别清晨的露珠以及欢蹦乱跳的鸟雀，树义无反顾地下山了，行至村庄，跃上屋顶，只为给乡村以真情庇护。

年轻的树们，一心一意构建老屋，献身乡村温暖的事业，无怨无悔，它们很伟大，我一生一世只能仰视。

桁条担在高处，别看它这端搭在柱头上，那端枕在柱头上，桁条可从未偷过懒，从未歇过劲，更不会昏昏睡着。桁条悬空，一上来就将自己置于危险之中，一辈子一个方向，一辈子一种姿势。桁条身上钉满了橡，橡上盖瓦，瓦上承载风霜雨雪，还有阳光，这一切，都得由桁条先背负着，然后传递下去给柱头，给大地，生活才不至于没正式开始就轰然坍塌，一败涂地。

桁条担在高处，俯瞰惯了老屋里的喜怒哀乐以及生老病死，什么都看清了，看明了，却依然平静、平淡，从不言语一声，从不激动一下。

桁条担在高处，人只有在卸去所有负担真正躺倒的那一天，才有资格坦然面对高处的桁条，其他时候，只能老老实实放低目光，面朝大地。

青 瓦

瓦，一块一块普普通通的黏土，十指揉捏，窑火煅烧，质坚色黛，名曰青瓦。青瓦，片片微拱，那形状又专为老屋而生，只要上了屋顶，一凹一凸，一阴一阳，随便组合排列，都能彼此相枕相依，管叫那日子冬暖夏凉，舒适干爽。

青瓦，自前后屋檐层层铺叠而上，殊途同归，于最高处汇成一线屋脊，整个屋脊恰如无数"人"字拼成的坡，那精致美丽的坡度，亦专为老屋而成。即使暴雨如注，青瓦也能不慌不忙将雨水分拨成若干急流，檐下挂一道雨帘，摇摇曳曳，哗哗啦啦，如舞蹈，似歌吟，天长日久，老屋回应两排滴坑，疏密深浅，全由青瓦做主。那些无风无雨的夜晚，瓦楞瓦槽间亦哗哗有声，月光流泻，老屋院落积水空明，诗意温馨。

出窑那一刻，指头轻叩，锵锵鸣鸣之音，如陶。若干年后，青瓦变黑瓦，再叩，声音短促，尾鸣尽失。记忆中，青瓦栖于老屋最最危险的位置，努力保持凌空飞翔的姿势，永远以一种静止的动态，俯瞰大地，庇荫老屋。几十年上百年，日晒雨淋，冷热干湿，青瓦不怕，怕只怕灰尘，怕断枝烂叶。阴雨绵绵的日子，先是某一片瓦泛出点点绿意，淡淡的，若有若无的，转眼就是一垄、两垄，迅速蔓延扩张开去，老屋背上斑斑绿苔，蓬勃中已透出腐朽气息。最可恨风儿多事，挟来一两粒花种草籽，偏偏生根发芽、散叶开花，一蓬，两蓬，又开始在瓦楞上招惹风。但那草长得不是地方，太扎眼了，人远远地就看见，无奈手够不着，也只能任由它自荣自枯……

这些年，我的家乡修建了一幢幢漂亮洋楼，两三层，三四层，巍然耸立，暗中攀比，外墙一律白瓷砖，炫目，不宜久看，楼顶浇筑水泥平台，四周女儿墙镶嵌琉璃瓦，流光溢彩，富贵华丽。先前拆卸下来的老屋青瓦就摞在附近的菜园边上，日月如梭，早就苔痕斑斑，芳草萋萋。常有一些瓦砾被人踢到路边，但那微拱的形状，那青不青黑不黑的色彩，谁又能从记忆中抹去呢？

小时候，最早种下瓦这个概念是从耳朵开始的。夜深人静，"沙沙沙"窃窃私语，是细雨；"叭叭叭"步履匆匆，是阵雨；"哗哗哗"驰骋厮杀，是暴雨！"早下两天，庄稼还有盼头"，大人们含混不清地说着，一个哈欠又睡过去了，而旁边年幼的孩子，睁着眼睛，在无边的黑暗中听那瓦背上的稀奇乐章。稍大，便架起木梯掏雀窝，没想一片青瓦半空飞下，叭一声碎在地上，母亲责怨，父亲用脚尖心痛地踢踢碎片，目光追过来，孩子一动也不敢动，渐渐认准一个理，瓦是不能伤害的！下一次，手便有了轻重，多了谨慎，含了小心！

后来上学了，小学中学大学，走得越来越远，每次迈出屋檐，走到村口那道半山坳，仍频频回首，亲人早看不见了，唯见一片青瓦，一抹高高的屋脊，一线低低的瓦檐，眼睛忍不住一阵酸涩。而每次放假归来，只有走到那道半山坳，远远望见熟悉的老屋青瓦，才算真正到家了，心中刚刚踏实，眼睛又湿润起来……

转眼间，老屋拆了，青瓦卸了！那个早晨，木匠在老屋中堂烧了一把黄纸，代老少屋主请示过列祖列宗，又拿斧子在门槛上砰砰砰连击三下，示意父亲可以爬上木梯了。父亲立在梯杠上，目光最后一次意味深长地掠过凹凸有致的瓦背，手犹豫了好几秒钟，小心翼翼地揭下第一块瓦来，才正式进入到老屋拆除程序。这恐怕是青瓦享受过的唯一一次优待，之后，历史抛弃了青瓦，水泥楼顶没了位置，青瓦，很难再回到泥土中去了……

　　只是多年后，当我们再次疲倦归来，能否在格式化的水泥平台琉璃瓦间找到属于自己的家？

　　我们的目光能落向何处？

《华夏散文》2015 年第七期

笭索叙事

一

笭索，以棕索最常见。它就来自一棵树，棕。我曾在一篇散文中说它是树中长者，所有属树的汉字中，它是唯一能跟"宗"平起平坐的"木"。我终于醒悟，我儿时的柴刀一次又一次狠狠地砍向那些高大挺拔的松树、杉树、油茶树，一次又一次毫无顾忌地割倒那些茅草灌木，它们最终都做了柴火，化成了灰烬，而为什么这样的事却从未发生在棕身上，为什么在棕面前，我手中的柴刀向来老老实实，本本分分。

这是与生俱来的一种敬畏！

从树到笭索，坚挺起来，它是农具，一心一意做好自己的本职工作。事实上，笭索很多时候处于休闲状态，耷拉在笭筐上，慵慵懒懒的，盘在土地上，弯弯绕绕的，挂在锈钉竹楔上，安安静静的。这样的笭索看起来无筋无骨，但周身的茸似乎更密了，毛刺刺，硬扎扎，人们的目光不会长久驻足，而一些记忆总在不经意间醒来，疼痛。

心理断乳期，这是我当老师好几年以后阅读教育学、心理学专著碰到的一个名词，我弟弟那年十七岁，正处在这个年龄阶段。弟弟十一岁读到小学四年级就再也不肯背书包去学校，任家中所有亲戚苦口婆心相劝也无济于事。弟弟十三岁跟人学裁缝，又半途而废，说堂堂一个大男人学做裁缝，羞死人了。弟弟无所事事，很快跟邻村年龄相仿的几个小青年混在一起，游手好闲，一连数日不归屋。慢慢地，父亲就听到了一些风声，那时，正是收割季节，父亲一咬牙便将打稻机扔在收了一大半的稻田里，四处寻找他的小儿子。第二天黄昏，弟弟回来了，闷闷地跟在父亲后头。一进家门，父亲二话没说，就三下两下从箩筐上拆下一根箩索，将弟弟绑在我家老屋门前的木柱头上，啪啪啪，又狠狠地连扇好几个耳光。弟弟的脸上，顿时鼓起好几道红红的指印，两行泪水源源不断地滚下来。我不明白，一向倔强的弟弟这次为什么不跑，但我相信，弟弟都十七岁了，只要弟弟稍微挣扎一下，父亲手中软耷耷的箩索想要绑住一个大活人是不可能的。祖父来了，伯父伯母来了，邻居们也都来了，但父亲不顾任何人替弟弟求情，更不许任何人给弟弟解箩索松绑。父亲搬一张小板凳，坐在弟弟面前，什么话也不说，就一支接一支地卷"喇叭筒"，将自己彻底淹没在又浓又呛的旱烟中。

夜深了，父亲硬要我和母亲以及我正读初二的小妹统统去睡觉，什么也不要管。我和衣躺在床上，张耳听着外面的动静，一个是我父亲，一个是我弟弟，偏偏一根箩索掺和在中间，我真的害怕会弄出什么事来。那个夜晚，父亲到底对绑在柱头上的弟弟说了些什么，我一直都不知道。但弟弟在外面和他那帮朋友都干了些什么，弟弟自己记得，父亲也很清楚，当箩索一点一点勒进弟弟皮肉的时候，那种钻心的疼痛，可以说是痛在弟弟身上，痛在父亲心上，当然也疼在我这个兄长的心上。

只是谁也没想到，第二天，弟弟就跟着父亲及家人去收中稻了。当他们父子俩挑着一担一担沉甸甸的谷子走在田埂上，听着箩索绷直身子一路吱嘎吱嘎叫的时候，我不知道我这两个亲人的心里都有些什么感受。许多年后，我弟弟当年那些不务正业的哥们，有的染上了毒瘾，有的进了监狱，而弟弟在父亲的管教下结婚成家，又经过自己的打拼，成了一个建筑包工头，还将我的侄儿侄女接到城里，让他们接受更好的教育，我想，这一切，是不是跟笭索有很大关系呢？

关于这一点，村里的成贵叔肯定比我弟弟感受更深刻。成贵叔的父母是在三年苦日子里饿死的，成为孤儿的成贵叔到处流浪。成贵叔有一个亲哥，但哥嫂自己都难以养活自己，哪有心思和精力管他呢？重新回到村里的成贵叔手脚就有点不干不净了，今天东家门锁被撬了，明天西家盛在饭篓里全家人要当晚饭的几个荞糍粑不翼而飞了，这准是成贵叔干的，但邻居们除了叹气，从未说啥，一个孤儿，不是饿坏了，谁会干这样的事呢？但有一回，村里人忍无可忍了，二十出头已经是一个精壮劳力的成贵叔从生产队的仓库里偷走了一笭筐蔗糖。这还得了！那时，成贵叔已被人强摁着扑通一声跪在全队社员面前，吓得筛糠似的浑身直打哆嗦。成贵叔的心理防线就要崩溃了！我敢肯定，那一瞬间，他勾着头，一眼瞟见了社员手里拿着浑身毛茸茸的笭索，他才铁了心要矢口否认的。鬼才相信呢，不是你成贵，哪个"王八蛋"会做这种缺德的事呢？别跟他啰唆了，一笭索捆起来，送到公社办的学习班去。后来，我听人说，那次，完全是因为队长和几个老人从中解劝，说大家都是叔伯兄弟，屋檐搭屋檐住着，给个教训就行了，没有十拿九稳的证据，笭索捆人又没个轻重，万一弄出人命案就不好交代了。成贵叔虽然暂时躲脱了笭索，但他跟跄着起身的时候，早尿了一裤裆，地上都湿了好大一片。

我仍记得生产队牛圈前的那一大堆牛粪，其实也不是牛粪，只是牛吃剩下又被牛蹄踩烂的各种草料，大人们定期从牛栏里清出来特意沤在这里当肥料的，散发出一股特殊的气味，冬日黄昏，上面干干爽爽、温温暖暖，我和我的伙伴常在这里翻跟头、摔跤。我们谁也没想到，有一只盛过蔗糖的笭筐就埋在牛粪下面。那天是成贵叔这一辈子永远也不会忘记的一个日子，全队青壮劳力将牛粪往田里挑。那么大一笭筐糖，成贵叔是自己一个人吃了，还是分给了某些人，抑或卖给了谁他自己得了钱，这些我都不得而知，就是那天审了成贵叔整整一个晚上的队长和其他干部，也没能从成贵叔口中审出一点点有用的信息。而现在，我却止不住傻傻地想，如果箩筐上的那根箩索像沾在筐底的几片蔗糖一样沤融了，一节一节断了霉烂了，成贵叔可能不会那么快就被五花大绑。当然，我这样并不是同情成贵叔，我那时只有五六岁，对偷生产队蔗糖的成贵叔照样恨得咬牙切齿，那一大箩筐糖，其中就有那么小小的一两块是完全可以融化在我舌尖上，帮我解馋的。事实上，那根箩索除了沾了几块沤得黑黑的牛粪，散发一股牛屎臭，连颜色也没变，依然那么坚挺有力。当成贵叔挑了一担牛粪回来又去挑第二担的时候，有几个人拆下箩索合伙将成贵叔反绑得结结实实，不用人摁，这回成贵叔自己一下就跪在了牛粪上，他的面前，就摆着那只沾满黏糊糊的糖渍的空箩筐。第二天，成贵叔被押到四里外的公社。还是那根箩索，从成贵叔的后颈弯绕过去，又在双臂上缠了好几道，一提一锁，两只胳膊死死地反贴在后背上，那种滋味，只有挨过箩索的人自己知道。

那天早上，全村的孩子都来看稀奇，一路边追边喊：贼！贼！

孩子有恃无恐，那是因为箩索制服了成贵叔。

如今，成贵叔五十多岁了，去年当上了爷爷，但当年那些事，村里人从未跟他打听，背后也没人说，但我想，成贵叔现在能过上这样的日子，证明他当年那一箩索确实没有白挨。

二

目睹了箩索捆成贵叔，我自己也遭遇一件事，吓破了胆，至今回想起来，还隐隐地感觉到那种惊骇。

初冬，离我家不远的油坊里，隔壁生产队在榨茶籽油，牛拉碾，人们便把甘蔗嫩梢砍了喂牛。那天，我本来和伙伴们玩得好好的，突然想起要到外祖母家去，外祖母家离我家只有两里多路，我母亲也就放心地答应了。那个年代，孩子们几乎没有零食吃，嘴都特别馋，我走到油坊门前的时候，就到那里翻拣甘蔗梢棒。其实，我刚刚剥开青灰的叶子，还没有尝到那种寡淡寡淡的甜味，就听到一个苍老嘶哑的声音吼起来，我猛一惊，抬头看到一个白发老者正从里面慢腾腾地走出来，他手里拿着什么东西，一把镰刀，或者菜刀，亮亮的晃我眼睛，似乎还有一根笿索，从他指缝间垂下来的一小节荡荡悠悠的，蛇信子一般逼过来。我转身就跑，他却追了上来，还使劲跺脚，不跑啰，笿索绑起来，杀吃了！我惊叫着长哭，拼命朝外祖母家跑，但一个六岁的孩子，又是冬天，穿着臃肿的棉衣，脚步怎么也迈不快。那老者好像还在追，还在跺脚，还在放开苍老嘶哑的喉管吼。现在，我细细回忆，我那时吓得魂都丢了，其实只听到了几个关键的字：笿索，杀。但这已经足够了，我一直跑到外祖母家，躲在外祖母的怀里，还在上气不接下气地哭。

从此，我知道了那老者叫恶狗婆，他的正名叫什么我一点也不感兴趣，单这诨名就已经吓死人了。后来，我外祖母颠着一双小脚，一个人到油坊将恶狗婆骂了个狗血淋头，具体骂了些什么，外祖母没说，我也没问，但我想，恶狗婆到底心虚，连半个字也是不敢回的。

现在回想起来，恶狗婆那时也只是手拿笿索逗着我玩，决不会真的捆人，但他的意识深处是不是附带了其他什么东西呢？我外祖母那时的表现，除了对我这个外孙出自母性的庇护，是不是还跟笿索有关呢？

我外祖母出生在大户人家，五岁缠足，解放前，她嫁给我外祖父的时候，离外祖父家很近的一个小山冲里，那一大片足有二十多亩的梯田只是她嫁妆的一小部分。当然，那些田后来大多拿来抵了外祖父的壮丁，解放初，剩下的耕地耕牛，以及包括笿索在内的所有农具都归公了，但那个年代，再菩萨心肠的外祖母也只能是个地主婆，动不动被她那些抬头不见低头见的乡亲们揪斗，还用笆索将我外祖母捆起来，轮番审讯。他们中有一个人叫得最凶，斗得最积极，他就是恶狗婆。在他看来，一个缠着小足的地主婆，有那么多田产做嫁妆，肯定还有其他什么资本主义的东西随嫁，比如鸦片，比如地主的枪支弹药，但被笆索捆得不能动弹的我的外祖母，什么也不承认。我外祖母为人厚道善良，左邻右舍谁没得到过她的资助，借一升粮，借块把钱，甚至借几尺家织的布，大家心知肚明，这个小脚女人是个好人。但恶狗婆可能觉得他自己好歹算个爷们，就这样收场了对不起自己的诨名，关键的时候总是他将笆索紧一点，又紧一点，外祖母的脖后颈椎骨"咯咯"响，疼痛难忍，好几次昏了过去。可怜我的外祖母那时五十岁了，不老，但也不年轻，却还要饱受笆索之苦。

当然，那个年代，挨过笆索的远不止我外祖母一个，有说错话的公社干部，有城里下放的连带着海外关系的临时赤脚医生，有忘带伟人像章就进教室给学生上课的老师，还有被抓了壮丁侥幸逃回家种田的老实巴交的农民。他们的问题似乎都不是很严重，但无一例外地撞上了风口，连起码的人格都失去了保障。而每次揪斗，最先扑上来叫他们肉体疼痛，使他们肉体和精神倍受折磨的，偏偏是笆索，曾经与他们同心协力挑过五谷杂粮，背过柴火，捆过稻草麦秸的笆索。

外祖母挺过来了。

长大后，我常去看望外祖母，她老人家坐在那张旧藤椅上，九十多岁了，满头白发，还能直起上身，微笑着同我说上几句话。只是外祖母从不和我提及当年那些事，包括我六岁那年她如何骂恶狗婆，都一个字也没有说。她似乎什么也不记得了，但外祖母颠着一双小脚走到人生尽头，享年九十有五，寿终正寝，算是有福之人。

三

外祖母是坚强的，但这跟箩索本身一点关系也没有。箩索，只是偶然察觉了一个人的内心。但那绝对是一个脆弱的年代，不是所有的人都能扛得住一根箩索。

箩索，在人手中，怎么用，那是人的事情。

当然，有些事我实在是没有亲眼看到，就是看到了，我那时也刚刚出生，根本不可能留下什么深刻的印象。在这里，我只是重新拾掇并整理某些记忆片断，我不会借助文学手段夸大什么，也就不存在刻意回避什么，但这绝不会影响我的叙述与表达，我深信这些诚实而本分的文字，将引领读者一步一步抵达一个时代。

我读三年级时，村小学教室不够。其实，那时村还不叫村，叫生产大队，我们全班同学在老师的带领下搬到大队礼堂的台子上上课。偌大的礼堂成了我们的乐园，一下课，我们男孩子争先恐后从台子上跳下去，从不走两边台阶。我们打纸板，滚铁环，捉特务，你追我赶，礼堂里人声嘈杂，灰尘飞扬。突然，不知哪个捣蛋鬼最先叫了一声，吊颈鬼来啦！所有男同学便都高声大呼：吊颈鬼来啦！吊颈鬼来啦！一窝蜂跑到礼堂大门外，嘻嘻哈哈笑倒一大片。我们经常这样吓唬那些正在跳绳踢毽子的女同学，虽然逃不脱老师的批评责骂，甚至揪耳朵打屁股，但我们总是屡教不改，乐此不疲。我们的叫喊源于一个故事，但记忆中，老师从没把这个故事说给我们听，是老师以为我们这帮孩子什么也不懂，还是担心说出来了女孩子害怕，抑或是老师怕唤醒自己某些伤痛的记忆，我想这些顾虑都是有可能的。

曾经，大队礼堂里吊死了一个人！

又是箩索！

　　我知道，笼索走向那个人的时候，浑浑噩噩的笼索并不明白自己要做什么，在做什么，而那个人只是说了几句话，那些话也早化成了田间地头的笑声，让吃了上顿没下顿整天愁眉苦脸的人们乐了整整一个上午。那人说他们家分得的那点口粮足够了，他一个人吃饭，婆娘吃他的卵，孩子吃婆娘的奶，狗吃孩子的粪粑粑！这话有点黄，但绝对是实话实说，那年代，谁的肚板皮不是饿成了两块夹板？但大家都忍饥挨饿，凭什么你一个人说出口啦。我想，那个人能说出这几句话，他多么开朗乐观，生活因为他才有了不少笑声。但当笼索将他捆起来，一点一点扣进他的皮肉，又让他跪在礼堂台子上，当着那么多乡亲的面坦白从宽的时候，他眼前肯定是一团漆黑，什么也看不见了。夜深人静，一个人被关在礼堂里某间小房子，他真的绝望了，那一瞬间，他应该想起了家中的婆娘，想起了他正在吃奶的孩子，想起了那只吃孩子粪粑粑却依然朝他摇尾舔舌的瘦狗，但他还是将自己彻底交给了一根笼索。好多年后，我们这群不谙世事的孩子在大队礼堂里打闹叫喊无比快乐的时候，大人们常说的眼珠子暴出舌头伸出好长好长的吊颈鬼，从没出来吓唬过我们。我相信那人多么善良！直到今天，我也想象不出那是一根长到什么程度的笼索，能让一个大活人在大队礼堂里那么高的横梁上吊死。

　　笼索一旦惹了命祸，沾了晦气，也就走到了生命的尽头。

　　那天早上，我就亲眼看到父亲将一根半新半旧的笼索丢进熊熊的大火之中。那是一根普通的笼索，它可能挑过玉米红薯，背过柴火，捆过稻草麦秸，甚至顺便拴过牛牵过羊，但那一刻，父亲不可能想到这些，父亲点燃一堆干稻草，便将笼索丢进了火中，同时落入火中的，还有我父亲悲伤的泪水。

　　我已记不清我小姑长什么模样，我想象不出小姑到底遇到了多大的过不了了的坎，我也不可能明白小姑选择那种方式离开的真正原因。

我那时只有五六岁，记忆力与理解力都是极其有限的，就是现在，小姑将箩索套在她脖子上，又用脚尖带倒小板凳，这些细节我也无法让它们在我的想象中连缀起来。其实，箩索是无辜的，箩索不会说话，箩索根本不知道我小姑那天清早要它干什么，直到我父亲将箩索扔进火中，懵懂的箩索才感到了毁灭的疼痛。

疼痛到底来自哪里……

四

要是永远软似棉条，有些人就不会想到箩索；永远坚硬如铁，人握住箩索的时候也得掂量掂量。一句话，箩索惹上是是非非，完全是因为它能屈能伸、软硬通吃的天性，而最大的悲哀，恰是箩索自己又做不了主。所以，箩索教育我弟弟和成贵叔，浪子回头金不换了，后来，箩索又紧紧攥在恶狗婆的手中，让我外祖母痛昏过去，时不时还被我小姑这样死脑筋的人拉下水，一步一步走向鬼门关。

箩索，经历并记住了一些事情，但箩索真的身不由己，无可奈何。

那个阴冷的冬日清晨，将那副棺木连同里面睡着的外祖母一路紧紧抬上山的，竟是箩索。那是我见过的最粗最长最有力气的箩索，那些拴牛牵羊的箩索，挑谷背柴火的箩索，当年一点一点勒进外祖母皮肉的箩索，统统无法比。我想，外祖母安然躺在棺木里，她也许知道，从家门到后山那口小小的土坑，是她在人间的最后一段路程，除了亲人哭拜着护送，箩索起了关键作用。那时，我和我的亲人们身穿孝服，手拿哭竹，点一把香，沿路插在两旁，但这些东西除了帮我们表达悲伤，似乎什么用处也没有。当然，还有圆圆的纸钱，翻飞着，又轻飘飘地落在地上，早就踩踏成泥了，还有鞭炮火铳，还有洋鼓洋号，一支送葬的队伍缓缓行进在山道上，但这热闹不属于箩索。箩索，一路神情肃穆，心无旁骛。箩索知道，棺木不重，重的是棺木里的灵魂，是我外祖母一辈子幸福与苦难的总和。最后一刻，棺木一点一点下沉，箩索一节一节抽出自己的身子，我听到一阵吱嘎吱嘎的声音，那是箩索跟棺木告别，跟棺木里的灵魂话别，到了，安息吧！

箩索做这场事，早就是一个老手了，每完成一次，它就回到那间黑屋子里，静养调息，耐心等下一桩事。箩索见多了生离死别，箩索抱起棺木的时候，表现出常人无法达到的理智与冷静。

有一回，我却听出了箩索的悲悯与叹惋。

邻居四毛死了，死在广州，晚上睡得好好的，第二天早上就起不来了，听说是猝死，人没有回来，回来的是一只四四方方的黑匣子。出殡那天早上，箩索刚抱起棺木，就感到了异样，一位白发老娘失去了儿子，一位妻子成了寡妇，两个女儿成了孤儿，而一路上，箩索看得最多的是孝服拖地的两个年幼的孩子被人牵着手，始终走在前边，一步一回头。

恍惚间，箩索感到棺木向下沉了一下，又沉一下，箩索明白，这不是棺木有多重，棺木里是空的，一个灵魂还没回家。

那天，所有抬杠的人也都感到了棺木格外压肩，这是以往没碰到过的事，不过谁也不曾觉察，箩索动了恻隐之心，上有老，下有小，走不了呀！

吾家门前有高坎

一

二十世纪七十年代，三叔四叔相继结婚，祖父留下来的老屋更加拥挤不堪，父亲凭着年轻力壮，硬是在村东山坡上立了两进四间的木屋，低矮简陋，但父亲先请木匠给其中的一间装了松木壁板，另外三间，父亲自己砍竹子织篱笆，然后抹上稻草泥巴，也算勉强能遮风挡雨了。第二年，我上小学一年级，我虽然可以独占一间，就着煤油灯昏暗的光写家庭作业，但对父亲这样的新屋，我还是不太满意。新屋门前没多少空地，屋檐下又是一道高坎，土坎底下是春生老伯家种棉花的旱地，土坎陡得很，有时风大雨大，屋檐雨被风拽着扯着，哗啦啦乱扭着身子直冲到土坎上去了。父亲再三嘱咐我不要到屋檐外玩，更不允许我邀伙伴们来新屋玩，其实我也不敢，玩滚铁环、丢手绢、老鹰捉小鸡这些游戏连地儿都没有，万一失脚跌到坎底下，落个残脚断手，到时后悔就来不及了。

父亲自己却开始后悔了，当初不该将新屋场选到这儿。门前一丈多高的土坎，不是说砌起来就能砌起来的，附近没石头，得到几里外的山上用炸药炸，再用车子一车一车地运到村子里来，这笔开支有多大，父亲算过，父亲的"喇叭筒"卷了一根又一根，烟雾缭绕，却无论如何也遮挡不住父亲紧锁的眉头。

父亲想到了栽箬。

箬，就是箬竹，是一种生命力极强的植物，不管土地多么贫瘠，它都能落地生根，拼了命地向土地深处钻。真的，那箬一来到土坎上就好像明白了我父亲的心事，短短三四个年头，我家门前的土坎就成了一道箬墙，密密匝匝，翠翠绿绿，从坎底下打望，很是壮观。那些年雨水旺，山里好多地方滑坡崩坎，而我家门前粒土未损。父亲吐一口长烟，说这都是箬的功劳呢！那箬根根呀，日夜在地下腾挪，绕过挡路的顽石，躲过盛气凌人的树根，默默地钻，默默地拱，根深深扎进了屋场，将厚厚的黄土牢牢抱住，雨水冲刷，也决不松劲。

父亲说到动情处，唾沫星子飞溅，小时的我不住地点头。其实，父亲说的道理我似懂非懂，只是父亲说这话时的情绪确实感染了我。现在想来，那是一个农民对生活的憧憬，是一个农民内心里对过日子的全部念想。父亲好不容易在村后山坡上造了这几间木屋，好不容易立了一个新屋场，给妻儿安了一个新家，父亲想让屋基牢靠一点。那时，父亲将这一切都寄托在这片茂盛的箬林上了。郁郁葱葱却无声无息的箬，帮父亲护着我家门前高高的土坎，护着我们的家。

绵绵雨季，雨一下就是好几天，生产队不出工，父亲就拿一张长板凳紧靠屋壁板坐下，或者一屁股坐在门槛上，摸旱烟袋卷"喇叭筒"，目光却穿过瀑帘一样的屋檐雨，静静地凝望着檐外绿莹莹的箬叶。有时，父亲嘴里还含着大半截"喇叭筒"，湿乎乎的，就顺手摸起身边的一顶旧斗笠扣在头上，蓑衣也不披，径直走进雨中。父亲一个人站在我家土坎底下，久久地仰头凝望，那一刻，父亲的目光肯定已经透过密密的箬叶，顺着细细的箬杆，抵达我家土坎内部，与那些坚韧的箬根紧紧拥在一起了。

因为箬，那些漫长黑暗的雨夜，父亲的鼾声才那么均匀悠长，听着雨打箬叶，我们的梦才能幸福平安。

二

但分田到户后，我家门前的这道高坎，又成了父亲的一块心病，而这一回，那密密实实的箬，父亲再也指望不上了。

那时，父亲和乡邻们一样，热情多么高，劲头多么足，一天到晚侍弄着自家那几亩责任田，耗一身力气，淌一身臭汗。夜深人静，父亲终于可以将自己的身子放平，却辗转反侧怎么也睡不着了。父亲哪能睡得着呢？生产队里的田土、耕牛，以及那些犁耙、刀锄、筐儿、篓儿，能分的都分了，只有晒谷坪没分，晒谷坪暂时没分是因为乡亲们要晒稻谷、玉米、油菜籽，要将一年的好收成、好心情在这里摊一摊，晒一晒，然后才能归仓。当然，有些人家屋前空地本来就宽，整平夯实了，就是一块崭新的晒谷坪，铺几床晒簟，爱怎么摊就怎么摊，想晒多久就晒多久。我家门前没空地，再怎么整也整不出晒谷坪来！那时，父亲看着我家土坎上绿得发亮的箬，心事重重，目光再也抵达不了土坎深处，再也不能与那些坚韧的箬根紧紧相拥了。那时，我的父亲只能吭哧吭哧地将刚刚从水田里收来的稻谷，一担一担地挑到生产队的晒谷坪上摊晒。

晒谷坪是公家的，大家都可以晒，晒谷坪就划成了屁股大一块一块的，但等一家一家的稻谷都晒完，那得等到什么时候啊。我家在村东，晒谷坪在村西，来回一趟少说也有两里路程，几千斤稻谷早晨挑出去晚上又挑回来，费力又费时，所以，晒稻谷的日子里，父亲和几千斤稻谷一起，晚上就睡在晒谷坪，一睡就是十几二十天，甚至个把月。时间长了，老鼠吃了不少，雨水也淋湿了不少，雨水一淋，谷堆深处的谷子就长芽，发芽的谷子人不能吃的，只能拿去喂猪，种地的人谁不心痛？

转眼到了一九八四年冬天，父亲以十七块八毛钱一百斤的价格一下就卖掉了一千多斤余粮，怀揣着种地种来的两百多块钱，父亲雄心勃勃，憧憬着来年秋天，来年秋天就能在自家的晒谷坪上晒稻谷了！父亲叫上当石匠的姑父一起进山，打炮眼，炸石头。黄昏里，几声春雷一样的闷响滚过一座座山峦，滚过一道道田垄，挂在了村口那几棵光秃秃的杏树尖上，落在了村子里一片挨一片的青瓦屋脊上，也落在我家门前密密匝匝、翠翠绿绿的箸林里。村子里的那些老人正靠在热烘烘的火塘一角，正将长长的旱烟管伸到热火堆里，老人闷了好大一会儿神，等那轰隆隆的声响一点一点消失干净了，才吧嗒一口黄亮黄亮的铜制烟嘴，长长吐出一口浓烟，像平日一样叫着我父亲的小名，说铁伢子真行啊，又放炮了！那些坐在老人旁边，平日里跟我父亲一样在各自的责任田里耗力流汗的汉子，接过老人递来的旱烟袋，正慢慢卷着"喇叭筒"，也闷了好一会儿神，张着耳朵捕捉那轰隆隆的声响，这时也回过神来接过老人的话头说："是呀，放炮了，连放三炮呢！"

第二年正月，父亲拿自己栽辣椒、茄子、黄瓜、豆角的一块肥地，换了土坎下面春生伯家只能种棉花的瘦地。父亲是想连春生伯种棉花的地一起砌上来，砌一块村子里最宽的晒谷坪。

父亲这一砌就是两三年。

父亲也不是不想一次性就砌成功的，但那么高的坎，要填那么高那么厚的新土，说不定雨水一泡，化脓成汁，坎崩泥泻，心血就全白费了。父亲准备打一场持久战。父亲避开雨季，利用农闲时间，今天码几块石头，明日填几箸土，冬闲又砌一层石头，春上再压一层土……

时不时就有村子里的人来参观，村子里的人先是站在坎底下打望，同正在一丈多高的坎上躬着腰码石头的我父亲打招呼，然后来到我家门前就要竣工的晒谷坪上，刚经过屋檐下就抬起左脚跺两下，走到坎边上了又抬起右脚跺两下，开玩笑说这就是我们村里最宽的晒谷坪呢……

石头撑起来了！

石头在山中的时候，撑起的是一片坡，一座崖，一道冈！

石头来到我家门前，撑起的是一道高坎，是村子里最宽坦的晒谷坪，是我家牢靠坚实的屋场，是我父亲的一个梦想，是一个农家越来越富足的日子！

记不清多少次了，我站在齐整整的坎底下，一个人长久地静静地，打量着按照父亲的意愿重新站立起来的石头。

我想数一数这些石头，但栉风沐雨的石头身上不是长满了岁月的绿苔，就是隐在杂草青藤的身后，如何数得清？我又试着横数一层，竖数一摞，心想，这样一来，我只要再做一次简单的乘法运算结果就出来了。我很快发现，我这也是自作聪明，徒费心机。我家门前的这道坎，中间高，东西两头矮，这些石头又大的大，小的小，父亲砌坎看似随意潦草，实则最讲究章法，长的短的，方的尖的，厚的薄的，父亲碰到哪块砌哪块，上面的这层和下面的那层，东边的这摞与西边的那摞，多少块石头排在一起，又有多少块石头码在一起，一个如此简单的公式怎能算出结果来呢？

三

父亲爱惜晒谷坪，看到一片小小的瓦碴子，都要捡起来，扔到坎底下，一块裸出小半截并不怎么碍眼的石子，父亲拿指头抠出来，用锄头挖出来，然后小心翼翼地填一捧土，踩紧。父亲用心护着我家门前高高的石坎，每年冬天，父亲爬上长长的木梯，扯掉那些枯黄的藤条草蔓，父亲说没这些茅茅草草不行，这些藤条、草根帮着护坎呢，但多了也会坏事，多了，它们钻来钻去，时间一长就把石头挤松动了。

那时候，来我家串门的邻居，哪个不说我家的晒谷坪宽坦呢？就是从我家门前路过的外村人，谁不是都走去好远好远了还要扭着脖子朝我家的石坎多望几眼，心里一直念叨着，这坎砌得真是高、真是好呢！但那些年秋晒后，父亲卷起最后一床旧陡簟，父亲扫了好几灰盆满是细土坷垃只能拿去喂鸡养鸭的稻谷，父亲穿着皮草鞋左一下右一下踢踏着晒谷坪边上的草丛，那里还藏着好多好多金黄金黄的谷粒，只能等着鸡去啄，只好由着它们在一场雨水后发芽……

隐隐地，父亲心痛自己的粮食，心痛自己的汗水！

岁月的脚步跨进二十世纪九十年代后期，村子里的人纷纷外出打工，乡下找不到几个篾匠，乡场上又没得陡簟买，而一年秋晒下来，父亲的七八床陡簟破烂得不成样子，不是这里被晒谷坪上的石子硌了几个洞，就是那里断了边绳，竹篾碎的碎，散的散，用这样的陡簟完成一年的秋晒，稻谷不知要浪费多少。一颗汗水一颗粮，父亲怎能不心痛呢？而黄土晒谷坪，始终不会忘记长些杂草、生些小小的石子坷垃，一场雨水过后，该流走的早哗哗地注入小溪小河了，该渗入地下的也早悄悄隐没了痕迹，好像什么也没留下，但那些刚刚拔过刨过的草又发芽了，又从四边往晒谷坪中央包抄而来，那些浮在眼皮子底下的石子，明明才拣了大半筲箕倒往屋东边的刺蓬蓬里了，这时候，晒谷坪上又是这里两三颗，那里三四粒……

事实上，就在砌成后的第二年春，我家门前的石坎因雨水浸胀而外凸变形，后来还豁过三四处口子，幸亏父亲补救及时，才没出现大面积的崩塌。

还是水泥筑的好，哪像这黄土夯成的呢！

我理解父亲的这种情感，我没有理由不相信自己的父亲！

父亲这一辈子最喜欢做的事就是种田，做起来感到最踏实最幸福的事，就是从土地上收割粮食，就是在晒谷坪上一层一层摊晒粮食……

2001 年冬天，父亲将二十世纪七十年代的木屋拆了，新修了一栋三层砖楼。

2004 年夏天，父亲用水泥浇筑了门前高高的石坎，又把晒谷坪抹得光光溜溜的，还焊上了漂亮的不锈钢管栏杆。

……

父亲今年六十有五，一大把年纪了还在下田，劝也劝不住。父亲说祖父过世那年七十多了还在驾牛犁田，他才六十几岁，犁田有耕田机，打禾有收割机，他只是立在田坎上打打望，还做个十年八年的肯定没问题，现如今农民种田又不缴税不交粮，国家还有补贴，种子、农药、化肥钱都不用自己掏腰包，哪朝哪代有过这样的好事呢，再说，这么好的水泥晒谷坪，不种粮了，拿来晒什么？

一个农家，全心全力弄出一块像样的晒谷坪，不就是为了多晒粮么，将门前的高坎砌稳砌牢，不就是为了护住一家的屋场，护住幸福安康的日子么？

站在门前高高的坎底下，我仰头重新打量这水泥沙石凝结的墙，阳光抚摸过，雨水冲刷过，风也吹过，霜也冻过，但模板的印痕依旧，水泥青灰的色彩依旧……

又是一年秋晒！

这个季节的阳光总是最好的，早起的父亲，每天都会立在晒谷坪边上，手扶栏杆，眯着眼眺望东方，抬头望天，这时候，捷足先登的几缕晨曦，已在照得见人影的不锈钢管上跳跃，在父亲的手背上闪烁。父亲才用谷耙将谷堆均匀地摊开，大把大把的阳光就泻下来了，宽坦的水泥晒谷坪上，混合着稻谷与阳光的馨香……

我看见父亲额上的汗珠，粒粒晶莹饱满。

欢迎收割机进村来

　　我这篇文章写出来阳生叔肯定是读不到的，六十出头的阳生叔除了认得自己的名字，其他箩筐大的字也识不了几个。当然，作为一个晚辈，我完全可以坐下来逐字逐句读给阳生叔听，只是，我有这个闲情，恐怕阳生叔也没那个闲时。阳生叔一大早扛着一把锄去田里了，就算他纯粹只是东走走西看看，只是让露水打湿了他的裤腿、他的草鞋帮子和裸露的脚背，其他什么事也没做，也远比坐在家里听我读什么狗屁文章有意思得多。

　　欢迎收割机进村来！

　　想来想去，我还是确定用这句话来做标题，这有点在大路上糊标语、呼口号的味道，好在我要表达的那些意思，它已经帮我全都表达出来了。这，足够了！

　　我要声明的是，这话不是阳生叔说的，阳生叔只是听到了收割机的声音，然后出门，然后整整一上午看着那个巨大的铁家伙轰隆轰隆一下吃掉一丘稻田，一下又吃掉一丘，阳生叔很兴奋，一道田埂一道田埂地跟着看，但绝对没说过这样的话，就是后来在电话里他一个字也没提。那天晚饭后，阳生叔坐在堂屋吊扇下吹了一会儿凉，又起身去仓房里收拾了十多条蛇皮袋，明天盛稻谷就要用的。手机就在这时候响起来了，老大打来的，问田里的稻子收了没有，这么热的天，嘱咐他爹千万千万别自己下田，那一亩多田的稻子承包给别人收也就两三百元钱。阳生叔嗯嗯嗯地答应，却说他刚刚把蛇皮袋都准备好了，承包给收割机，一百元钱开销还不到呢！其实，现在犁田有耕田机，打禾又有收割机了，人站在田埂上望一望吩咐几句，就把那些农活都解决了，他就想明年一定要把自家的那几亩责任田统统收回来自己种。阳生叔本来是个急性子，什么事都要立竿见影，但那天阳生叔在电话里硬是没跟儿子媳妇说，从头到尾一个字也没提。阳生叔知道这事急不得，哪是能在电话里一句话两句话说得清的呢？老大在城里工作，时不时都要抽空回家看看他二老，老二老三一个在广州，一个在东莞，但年底也会奔回来过个年，到时候，一家人围坐在火塘边上，一边喝酒吃饭，一边慢慢地跟孩子们说说这事，就不怕孩子们不同意。

不许下田，这是孩子们孝顺，阳生叔心里当然明白。那年收中稻，阳生叔也就五十六七岁吧，四五亩田，中途也请了几个帮工，但前前后后还是收了六七天，真累，天又热，完工那天晚上，阳生叔在地板砖上铺一床竹席就躺上面，阳生叔身体一直还算是很硬朗的，没想到第二天早上却爬不起来了，住院打了四五天吊针，花了钱，又连累了孩子。孩子们就商量着不让养牛了，说山坡土坎的，万一摔了呢，后悔也迟了。不养就不养吧，反正犁田有机子，不用一日两朝地看牛，人还落得清闲，但要把责任田全给别人种，那怎么行呢？当农民的不下田，还叫农民？

老大不是农民，老大十五岁那年初中毕业考上中专，后来分配到县城工作，他名下的那份责任田也早收回去分给村里其他人了。时间真快，老大今年应该是满四十二了吧，孩子都上大学了。老二老三就不同了，这俩小子压根就不是上学的料，高中没毕业就去打工了，不过现在也不错，兄弟俩在村子里一人一栋漂亮的楼房，还把孩子接到自己打工的城里上什么民工子弟学校。老二老三什么都好，就是不想回家种田，兄弟俩各自将名下的责任田都给了人，两兄弟只认个主，还说只要田不荒着就行了。这像什么话？那次出院后，阳生叔记得他们兄弟俩你一句我一句，硬要他将自己和老伴两人名下的责任田给别人，哪怕什么也不种撂荒了都无所谓，一句话，不能再下田了。老大到底是读书人，说让爹娘种着自己的那一份吧，还说什么一个人一辈子做惯了一件事，完全放弃是很难的，阳生叔记不清原话了，大概意思就这样。

阳生叔想不明白的是，自家缸里米啊、油啊的都可以拿出来给人，衣兜里的钱也同样可以大大方方地捐出去，乡里乡亲的，谁家没有个难处？就是那些刀锄、犁耙、扁担、箩筐，隔壁邻居要用，自己随便拿，反正闲着也是闲着，哪个不晓得家伙越用越好用？但就是从未听说过拿自家土地随随便便送人的，属于自己的那份责任田都不要了，给座金山银山又怎样呢，还能天天当饭吃？当然，阳生叔知道孩子们不是这个意思，兄弟几个的孝心在村子里是挂得上号的，远远近近认识的人哪个不羡慕他二老？家里明明有座机，还要买个手机，说万一人不在家里，手机带在身上更方便些。孩子们每月还给四百元钱生活费，但他和老伴用不了那么多，剩下的都存起来了，也许百日之后派得上用场。不知怎么搞的，阳生叔时不时回想起刚分田到户那些年，大伙种田的劲头多足，一门心思全在自家那几亩责任田里，谁家的庄稼长势旺，谁家地里的杂草又抬头了，谁家晒场上摊晒的粮多，邻里之间都是看着比着的。那时候，阳生叔才三十出头，一个人经营四五亩水稻，常常是汗一身泥一身，但阳生叔从不觉得累，晚上睡一觉，第二天早上又是劲火掀天。时间过得真快，一转眼就是三十年，现在农村的日子好得不能再好了，种田不缴税不交粮，政府每年还有补贴，种子、农药、化肥这些开支都不用自己掏腰包，哪朝哪代有过这样的好事？但不知怎么搞的，时代真是变了，乡下年轻人都跟老二老三一个样，喜欢到城里去挣钱，责任田都不管了，难怪电视上经常报道说，一些城里人反涌到农村去承包土地，几百亩上千亩，一会儿耕田机，一会儿播种机，一会儿又是收割机，热火朝天，胃口也越来越大了。当然，阳生叔不想承包别人的地，阳生叔仅仅只要耕种原本种着的自家那几亩责任田，一把锄肩上扛着，一把镰手里攥着，田坎上转一转看一看，满眼都是自己的庄稼，多好！阳生叔记得，孩子的爷爷过世那年七十三了，都还在嗨哧嗨哧地驾牛犁田，是啊，老爷子当了一辈子的农民。现在种田哪有那么辛苦，犁田有犁田机，打禾又有收割机，人立在田坎上打打望其他什么事也不用干。这叫现代化吧，以前开会听说过，电视上也放过，总以为大平原上的农民才能享受现代化呢，哪晓得这么快就进村了。

......

我暑假在村子里陪父母亲住了一些日子，那天清早，在村口碰到阳生叔。阳生叔才到田里转了一圈回来，裤管半卷，一只高一只低，明显看得出有露水蹚过的湿印，碰见我，笑着将肩膀上被田泥摩擦得锃光闪亮的宽板子锄头立在路边。我给他递烟，点火，我们站着聊了一会儿家长里短。眼前是绕村而过的小河，叫宣扬江，江对岸就是连成一大片的绿油油的稻田，我虽然看不到阳生叔种的那几丘，但我看清了阳生叔黝黑的脸上连同那些深一道浅一道的褶皱里，都荡漾着笑，幸福满足的笑。我问阳生叔种了好多田，他说年纪大了，不敢贪多，加上老二老三的，也就四五亩吧。

阳生叔还说，去年请收割机收的中稻，一根稻草也没留下，都让收割机给嚼碎了，不过不养牛了，稻草也没多大用处，他自己还得感谢收割机，不然，孩子们哪放心？

分手的时候，阳生叔让我帮忙弄些蛇皮袋，他说灌稻谷用，我满口答应。

我们家的土地词典

也许是缘分吧，从一九八〇年农历五月开始，这几块地就归我们家了，棉花田、九担谷、过水丘、桃儿田、月田、沙田、井田，每块地的大小形状、土质泥性以及哪块地适合种什么庄稼、哪块地最耐旱，甚至哪块地喜开什么花、哪块地爱长什么草、哪块地的虫子蚂蚁多，我们都能如数家珍。今年二〇一二，三十多年了吧，我的父亲母亲，我的兄弟姐妹，曾经在这几块地里淌下多少汗珠子，这几块地又为我们贡献了多少粮食，谁算得清呢，而且，只要国家政策不变，这几块地很可能就永远归我们家了。

想想，这才是真正的天长地久啊！

——题记

棉花田

这事说起来，好像不怎么光彩，为分到棉花田，我父亲以权谋私，玩过手脚。不过，现在看来，棉花田作为一块地，感恩都来不及呢，因为幸遇我父亲，不然，棉花田肯定也逃不脱撂荒长草的命运。

棉花田，生产队众多土地中的一块，但三十多年前的一九八〇年，人人想它，是真想。我父亲那时当生产队长，将棉花田那个阄纸揉捏得最细最黑，但好汉抓阄定事，谁会想得到，队长还来这一手呢。当年我十岁，小小年纪竟受命于父，一手就抓到了棉花田，16号阄，最细最黑的那只阄。如今，我一看到"16"这个阿拉伯数字，脑海里就会立刻浮现出三十多年前的那一幕。

为何叫棉花田，为何棉花田里从未栽过棉花，为何父亲要冒着毁掉自己生产队长威信的风险费尽心思弄到棉花田，棉花田真的有那么好吗……我脑海里浮出好多好多问号，那时，我的白胡子祖父还在，但他老人家嘴角冒起了两坨白沫，一支"喇叭筒"不知不觉燃到了指尖，自己悄悄灭了，却还是讲不出所以然来。

我没有理由埋怨祖父，在一块地面前，人，无论你胡子多白，都永远只是一个孩子，两片薄薄的嘴巴皮再会翻，又怎能轻易讲透一块地的来龙去脉呢？

棉花田及周边的那些地，皮带子、三牯子、方田、农田……曾经都是旱土，一律只能栽种棉花。后来，村人掘渠引水，又一齐改种水稻，才成为名副其实的水田。我想，大大小小十几丘曾经都栽过棉花的地，曾经都给我的祖先提供了温暖柔软的纯棉，制成棉袄、棉裤、棉鞋、棉帽、棉被，为何现在却只有棉花田这一块地承袭了"棉花"这两个字，人们凭什么要对一块地另眼相看呢？父亲曾向我解释他为什么那么想弄到棉花田，在这里，我借用他老人家的原话：只有棉花田最送阳春，不管年成好坏，也只有棉花田，从没叫人失望过！

棉花田，成为周边那十几丘水田共同的记忆，负责向后辈讲述一段小小的乡村农业史。

棉花田，脱颖而出，这是它的殊荣！

分田到户这些年，父亲每年都要栽中稻，收了中稻又种其他的，或油菜，或白菜，或甘蔗，或蚕豆，和我父亲一样，棉花田一年到头劳累不停，年年丰收，样样丰收。村里和我父亲年纪相仿的老农，聚在一起的时候，总喜欢说说自家某某地的亩产，这块地多少，那块地又是多少，但我父亲一说到我家的棉花田，他们就要赖：哪个要跟你家的棉花田比啊！

看看棉花田里的肥土吧！周边的田土黑，棉花田的土也黑，且黑中流油，透着微香；周边的田土质细软，棉花田的土质也细软，且更细得匀称，软得糯粑。我喜欢在自家阳台上，用花钵栽种些花花草草，爱人问我到哪里取土，我想都没想就说："棉花田。"年数久了，一到春末夏初，爱人就催，该到棉花田换土了。

父亲年事渐高，体力一年不如一年，我们做儿女的就年年劝他，旁敲侧击，善贵家的皮带子，辉叔家的方田，还有学柏家的农田，都不种了，荒在那里了，草都好深好深了，您老也歇下来吧，吃养老算了！父亲拗不过，但最终，他那没剩几颗牙的嘴一抽一抽，半天，突然蹦出一句话，"再怎么样，棉花田一定要种着的，不然，16号阄，白捡！"

九担谷

其实，除了九担谷这个名字，我还可以写月月红。

月月红，最早只有我父亲这样叫，后来，父亲硬要我们全家跟着叫。父亲的意思明摆着的，以这种方式让全村人改口，九担谷，以后不叫九担谷，叫月月红。至今，村里人，不管男女老少，却仍叫九担谷，月月红这个名字，连它的原创，我六十多岁的老父亲，也不叫了。

三十年前，分田到户第二年，我九岁，平生第一次帮家里干农活，就在九担谷。

那一年，九担谷栽中稻，收割那天，我穿一条裤衩，深一脚浅一脚地奔跑在九担谷田里，将自己弄成了小泥人。好多年后，我的孩子到了我当年的年纪，父母亲还当着他的面表扬，说你爸这么大的时候，啧啧，在九担谷田帮着递稻把子，手脚几多麻利。九担谷，在我的记忆里，它的意义是物质的，也是精神的，后来，我学会了许多农事，主要是九担谷为我提供了操练的场地。那一年，九担谷的收成不是九担，而是十二担，满打满十二担。月月红，月月红啊！我的父亲激动、兴奋，他第一次，也是全村第一个叫出了月月红这个名字。老辈人都说九担谷是一丘好田，但真要收九担谷，还得碰到好年成，我三十出头的父亲一开始就收了月月红。

我的父亲这样叫，还让我、我的母亲、我的兄弟姐妹也跟着叫："月月红，月月红。"父亲要在村子里造舆论，借舆论的力量让全村人改口，为一丘良田恢复名誉，九担谷不叫九担谷，叫月月红。

作为儿子，我理解自己的父亲。

九担谷，三十多年了，村里人却没见谁改口。

最终，父亲只得放弃。

前几天，因为这篇文字，我特意征询父亲的看法，九担谷，还是月月红呢？父亲笑，是那种从额头皱纹深处涌出来的暖意，一个农民缘自一块地的幸福。但自始至终，父亲都没有直接回答是或者不是。

九担谷，月月红，还不都是责任田？不是我吹牛皮，九担谷这几年产量更高了，十三四担、十五六担都收过。其实，除了这些年水稻种子的不断改良，一块水田，人莫乱来，顺着它的个性，该种什么种什么，该如何种就如何种，保证年年丰收。你看看，父亲突然扬手，很有气魄，很有节奏地挥了一下，"你看看，我们家那几块水田，哪一块好地跟我扯过皮……"

父亲的意思，我懂。

乡村，没有一块自命不凡的地！

九担谷，抑或十三四担、十五六担谷；月月红，抑或日日红、时时红，甚至分分红、秒秒红，都是人加给一块地的表层符号。九担谷还是九担谷，沉默，宽厚，忠诚，竭尽所能……

产量才是硬道理，至于这个名那个名，九担谷不感兴趣。

过水丘

我们家有一丘水田，两头尖，中间稍鼓，东西长起码六七丈，而南北最宽处不足两丈，一只典型的梭子，按说，因形赋名，叫梭子田再形象不过了，结果没有，它却叫过水丘。

过水丘，地处村东那片稻田的最西，位置又最高。一条水渠自西曲折而来，满渠活水一头荡进过水丘，哗哗有声，那晶珠银浪隐入密密的稻林之中，不复再现，从我家过水丘匆匆出来，未来得及喘一口气，又向东汇入一段水渠，才灌到后头那二十多丘稻田。

有肥莫施过水丘！

这是一个农人的精打细算，是乡村大地上最朴素的实惠主义。过水丘，施肥也白搭，渠道一放水，肥被刮得溜溜光，都让后边那些田吃了，自家田里的稻禾，可怜巴巴，光打望。

大集体时候，每年春耕，村东那二十多丘水田犁了两遍又耙完两遍，秧全都栽下去了，远远望去已经呈出一片淡淡的绿意，而过水丘除了日夜不停地为渠道下游那些田源源不断地放水送水外，一片冷清，还没开犁呢。

过水丘，最先迎接那一渠春水，其他都轮到了最末。

大集体时候，乡村日子难，为争一只破碗的继承权，兄弟姒娌间眼看就要闹架了，邻居就出来打圆场，劝了这边劝那边，但反正就那一句话："你就再莫作声了，当回过水丘，上点当有么子紧呢，肥水不流外人田呀……"一场又一场刚刚擦出火星的乡村硝烟，就这样熄灭了。

过水丘分到我们家几十年了，父亲，从没怠慢过它。

父亲曾有两次甩了过水丘的机会。第一次是一九八五年，我初中毕业考上师范，按政策，村里将我名下的责任田抽回重新分给了其他人家；第二次是一九九二年，小妹考学，又有好几丘田被抽。但父亲留着过水丘。大伙都是种田吃饭的，父亲不能将那些好地拱手让给别人，这是一个农民的自私，但父亲也不肯趁此机会将过水丘硬甩给别人，这是一个农民的厚道。做人凭良心！

过水丘也是一块地，是地就能好好地长庄稼！父亲一直这样想。从分田到户第一年开始，每年秋季种油菜，父亲大担大担地往过水丘挑牛粪、猪粪，用手均匀散开，一年一年的冬雪，一年一年的春雨，肥气就渗到泥土深处，成为过水丘的一部分了……

父亲也有说不出口的时候。那年，父亲第一次使用复合肥，他没忘记过水丘。前一天，父亲站在过水丘田埂上，扯开喉咙喊："大伙田里要放水的放水啊，明天，过水丘要加复合肥了啊。"父亲很兴奋，父亲是想，复合肥不是粪肥，是精肥，只要隔它两三天，渠道不放水，过水丘就吃到肥了。但施肥当天下午，就有人从过水丘放水灌田了，复合肥打了水漂！父亲叹口气，没作声。母亲要去找那人说事，父亲不让，还怪我母亲不明事理。

三年前，一条水泥小渠从过水丘边上穿过，直通村东那二十几丘水田，从此，过水丘过水已成往事。

过水丘，村里人一直记着这个名字。

当然，还有村东那二十几丘水田，肯定也记得。

月　田

一块地的名字，来历被时间弄丢了！

这在我们家，乃至整个村庄，月田是唯一的一块。我曾问过父亲，为什么叫月田，父亲笼笼统统一句话，前辈人都是这么叫的，改不了了。看来，父亲是真不知道。大凡时间弄丢的东西，人的记忆力更靠不住。

从我家往西，拐过一道不足两百米的山弯，上坳，再下坡，就到月田田埂上了。

月田，是我们家的上等田。当年，我和小妹先后考上中专，村里按政策抽回责任田重新分给其他人家时，就有人打九担谷的主意，还有人要棉花田，要桃儿田，就是河对岸的离村子那么远的沙田也有人要，但从未有人提过月田。也许，他们心里暗暗想过，但决不会说出来，他们怕担了黑良心的坏名声，遭村人指背。

月田，是我们家秧田。

农家，敬畏秧田；我们家，器重月田。

因为月田，我又学到了两个新词，闲冬和泡春。

秋收过后，父亲又开始犁地种油菜，却总是把月田撂荒。月田，起先是一片光秃秃的稻茬，横一行竖一行，斜着也成行，两三天不见，枯黄的稻茬里抽出嫩嫩的禾叶，那叫次青，弱弱地在秋风里抖。再过些日子，各种野草全长出来了，茂盛翠绿，再也见不到黑黑的田泥，慢慢地，冬天的脚步就近了。以这么闲适自然的状态入冬，在我们家，能享受这种待遇的，只有月田。父亲说这叫闲冬，但说闲不闲，好比一个人挑担子，总要歇歇肩的，等缓过劲来，又蓄足了气力，新的重担就要上肩了。

立春过后，天气一天比一天暖和，往往是开犁前三四天，就要泡春了。一个春雨绵绵的早晨，父亲戴一顶笠，披一袭蓑，扛一柄长锄，挖两块软泥，将月田埂上敞了一冬的水口堵住。稍微有一点想象力的人就想得出，此时的月田，就像大地上盛开的一只碗，一只完好的没有一处缺口的巨碗，碗里蓄起盈盈春水。父亲告诉我这叫泡春，一泡，睡了一冬的月田就醒了，它知道自己该做什么了。

春天的第一犁，我们家土地的第一阵疼痛，属于月田。

月田，我们家永远的田娘。我们家的秧苗都是由月田繁育的，说白了，这么多年来，我们家收获的所有稻谷，我们用来长肌肉、长骨骼、长思想的大部分营养，都源自月田这块温暖而无私的温床。

月田，对我们家恩情最大的一块地。

月田的形状不像月，弯月不是，圆月更不是，它凭什么叫月田呢？我的祖先有过怎样美丽的发现，才肯毫不吝啬地给一块普通的地一个如此充满诗意的名字呢？

一个月夜，月要亏不亏要圆非圆，却亮得努力，亮得执着。我上晚课回家，九点多了，天亮如白昼，村庄、河流、油菜田、峰峦，全露在月光中。我走到我家西边的那道山坳上，一回头，惊诧不已。月田正在泡春，满满当当的春水，月亮、月田、山坳上的我，三点构成一个三角形，月光照在月田，像一块巨镜，又恰好反射到山坳上，刺中了我的眼睛。这时，我慢慢发现，周围的油菜田一片阴暗，而月田，银光闪闪，春水哗哗。

那个晚上，我是跟月田最有缘的人。我是跟不知多少年前创作"月田"这两个字的祖先最有缘的人。

我一直延续着祖先们诗意的生活。

但那晚的秘密，我却没跟任何人说，包括我那在月田里耕作一生的父亲。

井　田

人和人是一定要讲缘分的，不然，世上那么多人，为什么这四五个人成为一家子，那五六个人又成了另一家子呢？以此类推，人与地也要讲缘分，比如，我们家跟井田。

井田于我们家有恩，我们欠井田的。

我们家门前有一土坎，三四尺高，坎下就是井田。也就是说，站在我家门前，撒泡尿，尿水就哗啦啦将一道弧桥画到井田了；夜晚，只要我们家檐灯一亮，啪，灯光就全跑到井田去了。反过来讲，如果在井田里捉到一条泥鳅，手一扔，泥鳅就来到我家门槛下了，蹦跳不已；如果翻了一节玉藕，手一扬，放在土坎上就等于搁家里了。更有缘的是，分田到户那一年，那么多的水田，那么多的人摸阄，偏偏我父亲摸到了井田。不是我父亲手有多巧，是井田跟我们家有缘，也许是命中注定的。

因为有井，田才叫了井田，但如今，井田无井，井田虽然水源依然那么丰富，却连真正意义上的田都不是了。

三十多年前的一个黄昏，当村里的阳生叔双手托着水淋淋的堂妹，大声直呼我叔母名字的时候，我四岁的堂妹肚子胀鼓鼓的，人事不省，如死去一般。我年轻的叔母听到了阳生叔呼喊声中的异样，人从灶屋里弹了出来，号哭一声，女儿的小名还没喊出口，人就昏倒在阳生叔脚底下……

人命关天！

幸亏阳生叔当年正值壮年，赶快抱起我的堂妹朝河滩飞奔而去。堂妹趴在宽阔的水牯背上，大水牯才走了两三步，哇的一声，堂妹哭了，肚里颠出的井水自水牯脊背两侧淌下，又打在河滩青青的草地上。

四岁的堂妹捡回一条小命，现在生活得很幸福。正应了村人说她的话，大难不死，必有后福。

井田，却遭牵连！

井田，却无言！

那时，我祖父健在。当晚，祖父首先亲自领着堂妹上门拜谢救命恩人阳生叔，接下来就是催着我父亲马上填井。

祖父认为，他的宝贝孙女虽然没被淹死，但想想仍后怕，如果井不填，危险就无时不在。那天，堂妹在屋门前玩，似乎好久好久没听到我叔母叫她乳名了，小小年纪，玩着玩着就独自一个人朝着那危险走去了。堂妹撅起屁股蹲在土坎边上，是扯那棵狗尾巴草呢，还是掐那朵田埂菜花呢？当然，这都不是问题的关键，关键是我的堂妹已经从三四尺高的土坎上摔下去了，掉到井里去了，又差点被淹死了⋯⋯

井是村里的井，危险也是村里的危险，一口废井，再没人要去挑水喝，填吧，填了好，填了大家都安心。谁家没小孩呀，谁能保证以后不发生什么不好的事呢？ 村里人都这么说，我祖父感动得泪眼花花。

井，说填就填了。水往哪里去？

那年，中稻分蘖时候，天老爷一连半月不下一滴雨，村里有的人家全家出动抗旱，提的提，挑的挑，结果徒劳无益，稻田龟裂，裂缝差不多可以塞下一个拳头。我家井田却屁事也没有。我家门前土坎底下有泉眼，井填了，但细水长流，确保井田在旱灾中安然无恙。这就让我们家可以集中所有人力物力去其他稻田抗旱，惹得众乡邻羡慕不已。

后来，村里修了水渠，靠天吃饭的时代结束了。井田里的水完全自给自足，渠水灌不进，但水稻产量一年比一年低，最终，我们家从井田里收回的只有又矮又细的稻秸以及稻秸上苍白的空壳壳。

众乡邻惊讶不已，原来是这么一回事！

井填了，但泉没死，泉水源源不断地滤进井田，总是排不尽，沥不干，那水清凉得很，彻骨凉，时日一长，谁受得住？按中医的说法，那是寒湿症，自皮肤入肌肉再渗进骨骼里，最后浸淫五脏六腑，一丘好端端的水田就这样废了，再也种不了水稻，再也找不回自己了。

再后来，父亲在井田里随便埋了几节藕种。每年夏天，我除了在屋门前就能享受"映日荷花别样红"的美景，还能下到井田里，弯腰捋袖摸泥鳅。隆冬时节，父亲站在屋门前的土坎上，面对着眼前的残茎断秆，再看看周围翠绿的油菜，心中悔愧不已。

井田无悔！

井田，是不是也知道当年掉入井里的那个小姑娘，就是自己的亲人呢？

我想，如今，我年将四十的堂妹在小镇医院当医生，从事的正是救死扶伤的工作，这是不是对井田最好最好的报偿呢？

《大地文学》2014 年第一期总卷十四

怀念一块地

我手握镰刀，弯腰割稻，不小心割破了指头，鲜血流出来，我将受伤的手指放进嘴里，用力吮吸；打一双赤脚板，搂着一束一束割倒在地码放齐整的水稻，深一脚浅一脚地奔跑在泥田里，麻利地递给将打稻机踩得轰隆轰隆叫的父亲，而那些糯糯的、凉凉的底泥，滑过我的脚板，溜过我的趾间，翻涌上来又没了我的脚背，那些虚浮着的黑乎乎稀糊糊的汤汤泥浆，溅满我的脑尖、我的眼角、我的嘴里、我全身的每一处地方。或者，上学放学的路上，我们顺手抓一把绿蚕豆，掐一根嫩嫩的油菜心子，一路嚼，一路跑，书包里的文具盒一路咣当咣当地响。或者，扯一大抱光秃秃的油菜秆，拿竹签镶一挺机关枪；要么，扒来一大坨糯湿的田泥，蹲在村院里的石板路中央，揉揉捏捏，做成一只泥碗，朝碗底吐一口口水，用力往石板上一摔，叭叭叭，比着谁的泥炮响得更脆更亮……

这是几十年前的情景，现在，都已成为一种遥远的却格外清晰的记忆，夜深人静，隔三岔五地来到我的梦境。而这一切，都跟一块地相关。

分田到户的第二年五月，我同父亲一起割油菜，父亲站在田埂上，手握镰刀，指着眼前的油菜田，说等我长大后那块地就是我的了。那年我刚满十岁，还不能真正理解父亲的话，但心里涌起一阵激动。我扬扬镰刀，手攥得更紧了。然而，最终我却没能成为那块地的主人，透过一页薄薄的录取通知书，我开始重新打量这块地，目光渐渐有了异样，内心深处，我还暗暗地，却很彻底地、潇洒地说了声：再见！我进城读大学的第二年秋，父亲替我完成了这块地里属于我们家的最后一次收割，从此，这块地就从我的名义里被划了出去，分给村子里真正需要土地的新媳妇和刚刚出生的孩子。

我怀揣一沓厚厚的粮票，跟着一纸农转非的户口，人模人样地进城了。城里是没有地的，城里的地都被硬硬的水泥遮盖了，连那些道旁树的下面，都铺了厚厚的道板砖，仅留一孔或方或圆的"地门"，供树干钻进地里汲取营养。现在看来，那像极了古代锁在囚犯脖子上的木枷。当然，那时候我不会有这种感觉，我意气风发地往返于教室、寝室、图书室和食堂之间，我皮鞋擦得亮铮铮的，我见不得一点粉尘垢渍。在我眼中，粉尘是泥土飞翔的形式，说不定就来自城郊的某一块地，而它们，跟文化、跟考研、跟我的人生理想，一点关系都没有。但那时候，我多么幼稚，我怀里捂得热烘烘的粮票，哪一张不是一块小小的地呢？

直到有一天，我手里那本绿色封皮的购粮本成了一张空壳，再也买不到一毛四分钱一斤的商品粮，再也称不回三四角钱一斤的指标油，我一下就慌了神，没了主张。

那一瞬间，我首先想到的是那块地！

我知道，那块地，我再也要不回来了！

我买来几只花钵，土是问附近的农民讨的，我开始侍弄花草。我松土，浇水，拔草，我还整夜整夜开着客厅卧室里的电灯，想给那些可怜的花草多造些阳光。终因我住的楼层太高，地气不足，连阳光也是人造的，那些花花草草自始至终都蔫头蔫脑的，一点也打不起精神。但我仍然一下班就回家，仍然一心一意侍候，拯救花草，拯救我自己！

又一天，我五岁大的孩子一个人在家里的客厅玩。那是一盒七彩泥，比我儿时玩的泥巴漂亮，只见孩子掏出一块白泥，往盒子盖里侧一压，就是一只白兔，再掏一块泥，往盒子外侧一压，一朵红花捧在他的手心里了，不满意，把红花一揉两揉，再压，活生生一只红兔……孩子玩得多么开心，玩得多么入迷。我加入了孩子的玩泥巴游戏！但我还是担心，若干年后，当孩子像我这么大的时候，除了这一坨小得可怜的假泥巴，他对土地的记忆还能有什么呢！

作为父亲，我得带孩子郊游，踏青，多接受地气！

黄昏的村街上，走过三三两两的乡民，他们扛着锄，锄尖上带着泥，挽着裤腿，腿肚上沾着泥，他们穿着草鞋或打一双赤脚，脚趾间夹着泥，甚至，他们的脸上还印着被汗水冲刷过的淡淡的泥渍，他们的发间落满细细的土屑，还有半节草根、两片花瓣。他们的手中多半会握着一个黄瓜、一束豆荚、一把青菜，互相打着招呼，开着荤荤素素的玩笑，踏着夕阳回家。这是最动人的一幅画，他们刚从地里来，就那么一块地，他们将日子过得那么简单而快乐……

这是我的文字记录！怪就怪在这里，每次，我坐在电脑前，轻敲键盘，我的指尖就自然而然地流露出这些意象和情绪，在液晶显示器上一闪一闪。

突然明白，这些年，我不断远离一块地，又无可救药地怀念一块地！

《中国国土资源报》2009 年 11 月

种着一块地

当我问父亲要这块地的时候，父亲脸上的表情突然变得很复杂，但又觉得自己年近四十的儿子不会开这样的玩笑，就说你真心要你就拿去吧，反正是一堆烂砖头，你把它弄出来，荒着确实可惜了。我说干就干，手心里呸一口，摩拳擦掌，竟然是上阵叫战的架势。当然，劳动工具都是父亲的，锄头、箐箕、扁担，还有钢钎铁锤这些重家伙，都是摸惯了父亲的硬茧，闻熟了父亲的汗味的，但我坚信，只要人是自己的，力气是自己的，汗水是自己的，就没有弄不好的地！

曾经，这里是牛栏猪圈，是我家老屋拆除又新修三层楼房后空下来的宅基地，横竖不过五米，断砖碎瓦堆成小山。我很快就进入了劳动状态，手指头被砖瓦擦破了皮，肩膀让扁担硌得绯红，但汗水这么痛痛快快地流，让我全身每个毛孔都无比地通畅和舒坦。砖瓦被我一担一担挑走了，下面露出大块大块不规则的青石板，石缝间父亲用水泥糊过。我用钢钎撬，用铁锤砸，再下面，就见到土了，润湿，糯软，显出久经覆盖不见天日的新鲜土色，黄而不媚，红而不艳，上面印满了曲曲折折、粗粗细细黑乎乎的线条，那是猪尿水长期浸泡从石缝间慢慢渗透的结果，那是任手工怎么也绘制不出来的生动有趣的地图。我启开了一坛窖封多年的老酒，土地的味道，青草的味道，牲畜屎尿的味道，混合着，弥散着，使我陶醉！我听到了夜深人静时，老牛细细咀嚼月光的声音，听到了母亲一边喂猪食，一边又跟猪说着那几句家常话……

我终于可以种着一块地了！

这块地是父亲给我的，种什么，怎么种，都不能叫父亲失望，得对得起这块地！

当然，现在它只是一块生地，我相信，只要我一心一意待它，流汗，甚至流血，它很快就会变成一块熟地的。我认认真真把它挖了两遍，又平了一遍，开了沟，分了畦，然后，我就去农贸市场找种子和秧子。但那些种子都是用厚厚的塑料纸密封包装的，我担心它们窒息得太久太久，发出芽来天生缺氧；那些秧子全拿白泡沫盒养着，绿是绿得很，但感觉上蔫蔫的，一点也不真实，移到我的地里，弄不好就水土不服。我空手而归，受打击不轻。乡亲们笑我，说我太较真，哪见这样死心眼的人！又说，跟我去分些秧子吧。于是，东家一株辣秧，西家一根豆苗，东家一束葱芽，西家一捧蒜子，我这块地马上就郁郁葱葱了。不过，我想在地角栽一株苦瓜、一棵丝瓜，它们都爱牵藤，后面就是斜斜的塄坎，爱往哪儿牵就往哪儿牵。我还要在地周围栽一圈空心菜。我是真心喜欢空心菜，叶儿嫩嫩的、绿绿的，一掐就出汁，但更让我敬仰的是，空心菜无心，无心就是无所求，这是多么大的境界啊！

锄草了，我锄下自然添了几份小心，更多的时候，我情愿动手，弯腰下去，一手扶锄，一手搂着菜根，将那些簇拥着菜根的野草连根拔起。我知道，草也是这块地长出来的，但草的命很贱，很贱的东西到哪儿都能活得很好，没必要跟我的菜蔬争地盘抢养分。当然，我会把草平铺在菜根周围，让草的灵魂守着这块地，春天一到，它就能还阳。对付那些青虫，我也不会喷洒农药，农药不光杀虫，还伤及菜蔬，更害了地，这是多么愚蠢的事，一点也不合算。我用手捉，要么捏一根牙签，一刺一条，青虫小小的身子一扭一卷，溢出一泡绿意。青虫是命，我也不是不知道，但它不该啃噬我的菜叶，我不消灭它们，这块地对我会有看法的。

　　每天，我都要分足够长的时间给这块地，捡起一颗石子，掐掉一片不知什么原因未老先衰的枯黄的菜叶。有时，什么也不做，就那么静静地立在地角，久久地打量，指缝里夹一支香烟，我的五官与地之间，烟雾袅袅升腾。我在反复琢磨自己的一篇散文，哪个句子过于冗杂，哪个词有点晦涩，哪个字打错了，哪个标点要改改，句号好呢还是省略号更合适……但我知道，季节是唯一的主题，这一点是不能随意更改的！

　　种着一块地的最大快乐是，果实大家尝，但收获是我一个人的。每一年，我都是亲手摘下第一颗辣子、茄子、冬瓜、西瓜什么的，送给我父亲先尝，然后，我才安心地吃。那些乡亲，我让他们自己随便摘、随便采，这有什么要紧的呢，我春天里播下的种子，还不都是他们给的？当然，我得顺便给我的同事们捎一点去，一束豆荚、一把青菜、一只胖嘟嘟的冬瓜，哪怕一个萝卜、一根蒜一棵葱，心意到了就行。

　　没想到大家挺羡慕的，除了上班，我还种着一块地！

《商丘日报》2009 年 11 月

《中国国土资源报》2009 年 12 月

坐在一块荒地里

一

我今年四十了，也就是说，从娘肚子里出来到现在，我已经在土地上行走了四十年，吃土地上生长出来的粮食蔬菜已经四十年，饮土地里渗出来的清甜的泉水也已经四十年了。还有，小时候，我穿的衣叫土布衣，裤叫土布裤，鞋还叫土布鞋，它们最初都叫作棉或者麻，都来自土地。现在，我穿皮衣着皮鞋，这些都是牛羊为我提供的，但牛羊还是因为吃了土地上长的草，才长成又厚又韧的牛皮羊皮的。

土地于我有恩，那是大恩！

我这四十年，最初的那几年，从早到晚都在土地上玩，从脚板底到脑袋尖都是黄土屑，或黑土屑，一澡盆水洗下来，也都是黄汤水，或黑汤水。接下来好几年，因为依靠土地，才长了一点点力气，我就跟在父亲母亲身边，将身体里分泌出来的汗一颗一颗地淌进土地。后来，我考学，参加工作，虽然将农村户口弄成了城镇户口，本来村里分给我的那几块责任地，也被抽回去重新给了别人，但我记着自己永远是一个农民的儿子，我生命的脐带永远连着土地。这些年，我跟同事和朋友说话还是一口土话，写了那么多的豆腐块块，我也一律亲切地称它们乡土散文，每个字、每个标点，也都是我生命里的黄土屑和黑土屑。所以，我一直以为自己是热爱土地的，我跟土地最亲，我所做的一切，也都是为了报答土地的大恩大德。

但，我错了，错得太远太远了。

二

那天，要不是独自一个人坐在一块荒地里，我肯定还想不到这一层。

没人陪着说话，就一个人，静坐，刚才因为要行走而跳荡不止的心逐渐平息下来，就这样，慢慢地，自然而然地，那些东西全都自己跑到我脑子里来了。

我根本不懂土地，我连一块土地最需要什么都没弄清楚，什么是土地的自由，什么是土地的幸福，什么是土地的安逸，我压根就不知道。

这块荒地，它就在我常走的那条小路边。其实，我可以沿公路一直走到单位大门口，或者花一块钱坐班车去上班，但我都不想，我喜欢走小路，早一趟，晚一趟，越走越有味，越走越来劲。我想，这不但因为那是一条捷径，更因为那是一条乡村土路。

我记得，这块地是去年夏天开始放荒的。那些日子，周围的地都已经栽上中稻了，禾苗满垄了，绿油油的，风一吹，绿浪一层一层地翻，一排一排地涌，极具美感，这块地却一直荒着，长草了，也没哪个人去管。

去年下半年，我的想法还很简单，很肤浅。清早，我走路去单位上班，日头偏西了我走原路下班回家。这块地荒了！这块地的主人肯定是个大懒人，政府分给他一块地，他却不肯为这块地出一点力气，真是白白荒废了一块好地！那些日子，我能想到的就只这些，多么简单，多么肤浅，纯粹是一个过路人的身份，纯粹是一些空话。这块地的主人到底是谁我也不知道，他是不是去了很远的地方，干什么更要紧的事了，我一概不知，我不可能了解这个人的真实想法，我更无法钻进土地，像一条小虫子一样深入这块地，聆听并感受土地的内心世界，还有那些事，怎么可能毫无来由地全都自己跑到我脑子里来呢？后来，见怪不怪了，干脆什么也不想了，每次都是匆匆而过，命运早为我预备了一桩又一桩重要的事，排着队在前方等着我去做，谁还有剩余精力和闲心闲情去管一块荒地呢？

直到今春，那个看起来跟往常毫无异样的黄昏，因为有个人坐在一块荒地里，变得不一样了。下班后，我大步走在那条小路上，许是因为春天了吧，走了不远，脊背微汗，跟往常一样，我就一边走路，一边脱下了西装外套和羊毛衫，重又穿上西装，将羊毛衫胡乱披在肩上，继续走我的路。但那天，我刚走到这块荒地边，突然不想走了，也不知怎么的，特别累，特别想找个地方坐一坐，歇一歇。于是，我走到了这块荒地正中央。就在那时，一个老乡横着担子从小路上过去了，接着，一只狗摇头摆尾旁若无人地过去了。

我突然觉得这很好笑。想想吧，刚才我要是坐在路右边那块青石板上，挑着这么一担大箩筐的那个老乡就得为我调一下姿势，右肩换左肩，我就是及时地收回伸到路中央的两条腿，但仅只有那么宽的一条路，老乡也只能小心翼翼地过，脚下千万得留神，不然，箩筐就撞到我身上了，最好笑的是那条白狗，恐怕只有走回头路了，俗话说好狗不挡道，但要是一个大活人挡了狗的道，除了向后转，狗没别的办法。

幸好有这么一块荒地，省去了好多麻烦事。

三

偌大一块荒地，足足一个篮球场那么宽，就坐着我一个人，想想，这确实太有意思了。

116

　　我索性仰躺下来，将自己摆成一个"大"字。我敢说，连皇帝老子都没有睡过这么宽的一张大床，而且，我发现，这张床软绵绵的，是紧贴大地的真实的软，比任何一张钢丝弹簧支撑起来的席梦思舒坦安然。这让我想起自己的父亲母亲，他们都是六十好几的人了，睡了一辈子铺草的老式木板床，但那年冬天修新屋，我硬要他们换成席梦思，说装修全新的屋子，摆着一张老式木板床，一点也不相配，二老劳累了一辈子，也该享享福了。父亲和母亲的脸上一百个不乐意，但最终长长地叹一口气，顺了儿子的心。好长一段日子，他们睡在崭新的软绵绵的席梦思上，总不踏实，失眠，还腰疼，后来，情况稍微好一点，但在床上转个身，下面的钢丝弹簧常常吱嘎吱嘎叫，好像快撑不住了，要散架了。还是睡老式木床舒服！这话父亲说过，母亲也说过，我笑笑，但他们却不许我换，说算了吧，现在到哪里去找木板子床，适应了就好了。我后来一直忙别的事，也就没再过问，我的父母亲是不是早就适应了席梦思，是不是已经忘记了老式木板床。但那天黄昏，我一个人伸脚摊手躺在那块荒地上的时候，突然明白了，父母亲说还是老式木板床舒服，那是因为床板上铺了一层厚厚的草，像我躺在大地上一样，身子下面全是草，绿绿的草，密密的草，软软的草……

　　草，才是土地自己自觉自愿长出来的东西。在草上做梦，不会有噩梦。

　　我那时仔细看了周围的地，一律种着油菜，花已谢，荚已壮，腰已弯，一丘挨着一丘，一片连着一片，密密麻麻，牵牵绊绊，但把任何一棵单株油菜拉直了，肯定比成人要高，真是茁壮得很，茂盛得很。当初，每一块地的主人给它们是下足了劲的，施了多少肥，浇了多少水，除了多少草，油菜知道怎样感恩，怎样让人有个好收成，这一切，土地心里也很清楚。那时候，人驾牛犁地耙地，又扬起铁锄将一块一块土坷垃全都敲碎，又别有用心地狠狠地洒了一遍除草剂，一块被人耕来耘去的地，只好默默地将怀中已经受伤的草芽草根掖好藏好。人不许土地长草，不给土地自由，这一切，一块替人长了一茬又一茬庄稼的土地不是不知道，土地只是不想跟人理论，土地懂得自己给自己疗伤。当油菜刚刚绿了一块地，还谈不上茁壮茂盛的时候，那些草根草芽在土地的怀抱中很快又恢复了元气，悄无声息地探出来了，它们贴在土皮上，这里一片，那里一丛，数也数不清。但是草不会跟庄稼争，因为土地自有分寸，谦谦有礼，适可而止。一块地一旦被人翻耕、播种，土地总是极力克制着自己的本性，全心全意关照庄稼，所以，那些叫水稻、玉米、油菜、麦子的庄稼，随着季节已经长高了，茁壮了，茂盛了，草只能一直默默地伏在庄稼的脚下，尽管矮小细弱，面黄肌瘦，也不会喊冤鸣不平，只要庄稼能从密密的枝叶间滤下点点阳光，漏下丝丝雨水，足够了。这是土地固有的品性，土地与人的恩泽。

地是主，人是客！这"主""客"二字，哲理不浅，但话是从人嘴里说出来的，土地不曾张口。人向土地要粮食，让土地给人增产，这是人对土地的信任，土地愿意背负起这个人命关天的大任。但凡事都有个节制，土地真是越来越弄不懂了，人怎就那么贪婪，怎就向土地施加了那么多的化学肥料，怎就喷洒了那么多的农药，怎就连带着将那么多的蛙呀、蚓呀、蛭呀也伤害了，而真正的害虫却越来越多？过去，人对付草还算毕恭毕敬，弯腰，伸手，将草一根一根地拔起来，抖抖根上的土粒，再拿去喂牛养羊，最终变成粪肥回到土地，或者顺手铺在庄稼脚下，保湿，养土，草总算一辈子不曾离开过土地。而现在，你看看，你看看，人再也不会向一棵小草屈膝弯腰，一上场就使用除草剂这种独门杀器，什么扑草净、百草枯、草甘膦，一听这名字就知道是来者不善啊，还有什么异恶草松，这名字别有用心，但恐怕不是草恶，而是人心不古吧！

结果，土地板结，人心僵硬！

也许，我的这些话不中听，已经引起了某些人的反感，甚至抗议。

但是，土地为了庄稼，为了人，只是一直努力克制着自己，却从未放弃过自己长草的愿望，这总归是事实吧。你看田埂上，地沟边，还有房前屋后，只要是没长庄稼的地方，哪里不长草呢？哪棵草根不是亲亲热热地搂抱着一撮土？哪片草尖不是虔诚地挑着一颗亮晶晶的露珠？哪棵草茎不是努力地顶着一朵朴素的大地之花呢？古人云，有所为而有所不为！土地才是真正的大圣、真正的大哲，它最懂得什么事该做，什么事不可做。

四

你没有独自一个人坐在一块荒地里的经历和体验，你就不知道我那时到底产生了怎样的想法，我的这些看似乱七八糟的想法又到底是因何而起。我那天四仰八叉地躺在荒地中央，沐浴着暖暖的夕光，闻着一块荒地独有的气息、泥的气息、野花野草的气息、虫子们呼吸的气息、蚯蚓吐浆的气息，渐渐地，我感觉我有点受不了了。这些自然真气全部混合在一起，太浓了，太稠了，我一个人享受，五脏六腑是无福无法消受得了的。而且，我的耳郭一直到后颈弯的皮肉热辣辣的，像有无数只手在不停地抚摸，不停地揉搓，又像有无数只毛毛虫爬过来爬过去，原来，那是野花野草要跟我亲热呢，但我还是坐起来了，我何德何能，受得起它们这么隆重、这么热烈的礼节呢？我扭头看看我的身后，好多草被我压折了，好多花被我压碎了，我有点后悔，我的行为竟让野花野草受到如此巨大的痛苦，但它们没有呵斥我，更没有半点儿要将我赶走的意思。一块荒地就有这么大度，一块荒地就有这么大善，随时都能包容一个人的擅自闯入。我小时候到油菜田里扯猪草，到水稻田里捉泥鳅，到玉米田里躲下荫，从蚕豆田里抄个捷径，常被田主大声斥责，被揪着耳朵牵到父母身边，挨顿臭骂是小事，被同样种地为生的父亲扇几个耳光就太不值了。我因此认定，一块地要是被人种了就归别人了，主人不同意别胡来。单就这一点说来，一块荒地比人的庄稼地不知要强多少倍，你愿意进就进，愿意出就出，愿意躺就躺，愿意坐就坐，荒地没啥意见，不会大声斥责你，别人也不会吃家饭操野心。

荒地不长庄稼，荒地只长草。

草是荒地自己的庄稼！

我不知这些草都遵循了什么样的天道法则，这么大一个家族齐聚一块荒地，看似杂乱，但乱中有序，乱中见伦理，乱得让我心动。你看，最下面的是马背烂草，身子紧紧地贴着泥土，密密麻麻地织满了整块荒地，叶片纤细、青翠，规规矩矩地连着茎蔓，连着大地。一层地毯式的马背烂上面，长着马齿苋、田埂菜、芒阿菇、苜蓿草，以及点缀其间的蒲公英和半边莲，再往高处就是地荠菜、芭茅草、牛筋草，这里几蔸，那里几丛……写到这儿，我慢腾腾的，平日里那么灵巧的十指，竟然在键盘上半天也敲不出一个字，纵使搜肠刮肚，绞尽脑汁，也找不到几个合适的词语准确表达出我心中的那份感动，那份因天道自然的感动。杂草，全是杂草，有名字的，没名字的，大家生活在一起，好大一个草族啊，遵循自然伦理，草子草孙，永世同堂，我挽着你，你牵着我，吹相同的风，淋相同的雨，晒相同的阳光。翠翠绿绿的枝叶间，缀满红花、黄花、紫花、白花，残阳斜照，荒地星光灿烂。

这是一块荒地自己的排场。

播种是天，收割是地。

还有那些虫子，也都是荒地尽心尽力喂养的。随便拨开一处草丛，掐下一个花瓣，或轻轻地翻起一片小石块，定会寻到它们的踪影，有的憨憨愣愣的，你会忍不住发笑，有的还没等你看清它们的可爱模样，早就从你眼皮下跃入附近的草丛里，再也找不着了。但我敢肯定，虫子不会轻易离开这块荒地，虫子有过教训，相对于有人耕种的庄稼地，荒地更安全！这让我明白了一个道理，为什么真正愿意待在地上的虫子只占极少数，而绝大多数常年生活在地底下。虫子，以生命的代价认清了这条路，越往地底深处越安全，因为如果不是掘地三尺，人类无法抵达。

想到这儿，我下意识地挪了挪屁股，没想放了一个屁，一个响屁。这让我自己都忍俊不禁了。放屁是人正常的生理现象，但谁敢毫无顾忌地当众放这样一个响屁？我躺在被窝里不敢，那是怕妻子嗔怪；我坐在公共汽车上不敢，那是怕周围人一边捂着嘴巴一边拿异样的目光看我；我站在讲台上读课文时也不敢，那是怕学生偷笑和议论；我在办公室里上班时也不敢，那是怕同事揶揄我不注意形象。我却在一块荒地里大大方方地放了这样一个响屁！那巨大的声响，好比一记炸雷，肯定吓着了虫子，但这些可爱的小小生灵，不会议论我，更不会骂我，那迅速弥漫开去的氨气，就是一枚臭弹，但野花野草不嫌弃，不会用异样的目光剜我，反而投我以翠绿，报我以芬芳。

我站起来，拍拍屁股准备离开，我怕自己这一百多斤的身子太沉了，长时间压在上面，草伸胳膊蹬腿就不自由了，虫子呼吸也不顺畅了。

五

我百思不得其解，那块荒地为什么常在夜深人静的时候，一次又一次毫无征兆地进入我的梦中，让我半夜醒来，再也不能正常入睡。

白天，我依然上班下班，依然经过那块荒地，依然在想歇歇脚的时候走进那块荒地，坐一坐，站一站，看一看周围的庄稼地，还有稍远处的村庄、河流、山峰，还有头顶的蓝天、白云、飞鸟……

一块荒地，到底要告诉我什么，到底能告诉我什么？

野草，可能是土地草种的返祖现象！

我虽然记不起自己到底在什么时候、什么地方看到过这句话，但它肯定早已贮存在我记忆的某个角落，只是我一直浑然不觉，当它在这样一个时刻，自己突然跳出来，着实让我心底一惊，又一震。一块荒地，因为逃脱了人的耕种，离开了农药化肥和除草剂，卸去了为人增产增收的思想包袱，草，长得更朴质更自然，花，开得更大方更美丽，虫，叫得更有底气，更有韵味。

再过几年，那些田都要荒了

我上网浏览新闻时常看到农田抛荒这类报道，其中"耕地""三农""荒芜""反思""对策"这几个关键词反复出现，因此获得了很高的点击率。但我父亲是农民，大字墨墨黑，小字认不得，他写不出这样的好文章，只能说出一个简单的句子。当然，我的农民父亲不需要点击率，良心才是真正的读者。"再过几年，那些田都要荒了！"父亲说这句话的时候，他刚走上田埂，腿肚子上还沾着没洗净的黑泥巴，他刚从善铜家的大门里出来，并将那根海南纸烟狠狠地丢到了旁边的油菜田里……

善铜年纪比我父亲只小两岁，但按辈分他该叫我父亲叔，铁叔。善铜两口子回家过年，父亲就去了他们家。他们家有一股很重很重的霉味，父亲赶紧捂住嘴巴，但还是打了一个喷嚏。好多年不见了，善铜两口子铁叔铁叔地喊得很亲热。我父亲递旱烟袋，但善铜摆了摆手，说旱抽不惯旱烟了，抽这个吧，便从衣袋里摸出一包纸烟，说是海南带回来的，这边可能买不到。父亲感觉眼前的这个善铜有点变了！善铜烟瘾蛮大的啊，刚分田到户那几年，善铜也是铁叔铁叔地叫着向我父亲讨教秧谷催芽技术，我父亲的旱烟袋就放在吃饭的桌子上，善铜卷一筒，又卷一筒，就像是卷自己的一样，哪还要父亲给他递过去呢，这才隔了多久，就忘了！但我父亲没生善铜的气，笑眯眯地接了带把的海南烟，便开始说责任田的事。善铜又开始摆手了，说喜老麻不肯做我也没办法，不要一斤粮，他还是不肯，我总不能还倒贴给他开工资吧。父亲刚要说善铜两口子你们还是回来好，都六十多了还待在那么远的地方，不好，儿女们回家了，屋子里这股霉味怕是也难闻啊！善铜猛吸了一口烟，把烟子全闷进肚子里去了，憋了半天才说道："铁叔啊，你晓得我这几年在海南干什么吗，耐雄要我帮他守材料，两千六百块钱一个月"，善铜伸出三个手指头，"差不多三千啊，当爹的哪能要儿子开工资呢，你猜耐雄那小子怎么说，他说给别人开也是开，钢筋水泥等材料有时无缘无故不见了，开给自己的亲爹，肥水不落外人田。"善铜散第二根烟，我父亲没接，他指缝里夹着的烟还没燃到一半，善铜就自己点了一根，"不瞒你铁叔，田里结的谷、打出来的菜油，我一个月工资就全买回来了。"我父亲知道善铜这是在显摆呢，也是，村里那么多人在外面打工，就善铜的儿子耐雄混出点名堂了，在海南拉起一个建筑队，自己当老板。但儿子当老板，老子就不是农民了么？当农民不做田，还叫农民？当然，这话我父亲没当面说出来，这个当年向我父亲讨教过秧谷催芽技术还问他借过粮的仅小两岁的老侄，对我父亲够客气的了，不然，人家"关你个卵事，要你管？"一句话就噎死你，父亲说："那善铜你真不打算回来了，那些田就那么一直荒下去？"善铜站起来，话有点硬，"不回了，谁爱做谁做，不问我要工资就是！"

父亲从善铜家霉味浓重的屋子里出来，走了不多远才记起指缝里还夹着一根早已熄火的海南烟，随手一扔，丢到旁边的油菜田里了。

父亲看不得好好的一丘田长草，但热脸贴到冷屁股上，善铜过了正月十五就去海南了，这几年一直没回来。我想，在海南那片"稻可三熟、菜满四季"并且有着"天然大温室"之美誉的土地上，善铜这个远离土地的老农民，他永远也扎不了根，他的梦永远有一处旮旯属于荒芜！

再过几年，那些田都要荒了！

这话我也是无意中听父亲说的。我是父亲的长子，但就对土地的感情来讲，父亲从来没把我当作一个能说得上话的人。一个当了半辈子教书先生的儿子，握惯了粉笔却扶不动犁耙，教得好学生却伺候不了庄稼，怎么可能成为农民父亲的知音呢？但这是一个好多人情愿背井离乡外出打工也不肯在家种田的时代，父亲却说出这样不合时宜的话来，再过几年，那些田都要荒了，而且说得那么严肃，那么动情。

父亲本还有杀猪的手艺，分田到户第二年，镇上有人请他合伙打屠卖猪肉，亲自上门邀了三四次，父亲都说没本钱一口拒绝了。其实，哪是这么回事呢，没本钱是假，舍不得那几亩田才是真。还有，二十世纪八十年代末，我初中毕业考上中专，属于我的那一份责任田被抽回去分给别的人家了，父亲心里就像剜了块肉似的，几多不好受。多年后，父亲还在埋怨政府的人怎么就那么急，好歹也让他有个心理准备不是。就凭这两件事，我还能怀疑父亲说这句话的动机吗？父亲这一辈子，除了爱我母亲，除了疼我们兄妹三个，花费精力最多，用情最真最深的，恐怕就是我们家那几亩农田了。

父亲对田是真心的。别人老嫌揉脱了菜籽的干瘪瘪的油菜秆留在田里硌脚刺手，干脆一把火烧光了事。父亲不怕！父亲知道这都是田里长出的庄稼，人收了一部分，剩下的那一部分得还给这块田，这才是一丘田真正需要的上好的肥。父亲就操起一根硬木扁担，将竖在田里的光秃秃的粗秆噼噼啪啪剁断，又把一堆堆蓬蓬松松的细秸秆均匀地散在田里，沤烂在田里，久而久之田泥就松了软了，父亲双脚踩进去，好舒服。父亲更看不得好好的一丘田里长草，那都是些不怀好意的家伙，稗子就更可恶了。当初它们都是混在秧苗里侥幸躲过父亲目光的，但日久见人心，它们到底藏不住了。别看它们模样个个亭亭玉立，搔首弄姿，妩媚惑人呢，那是勾引到这块田里来串门的风，勾引雨水，勾引田间的阳光，扬扬得意的，它们以为自己得逞了，就在下

丢失的乡村夏夜

面给水稻使绊子，暗地里扩展它们的根系，竟与水稻真真假假纠缠不清了。父亲坚决地除掉它们！父亲挽起裤腿，小心翼翼地一脚一脚蹚过去，生怕惊了正在受孕的水稻，那是不能有什么闪失的。父亲深深地弯腰，我知道，父亲是没必要在一株野生稗子面前那么绅士的，这恭恭敬敬的一鞠躬，是父亲对一块水田真诚的问候，是为自己当初一时的麻痹大意赔礼道歉啊……

再过几年，那些田都要荒了！

父亲说这样的话，也不仅仅是因为善铜家的田荒了，善铜当面铁叔铁叔喊得那么亲热，但父亲也知道，就是自己的辈分高那么一点点，还不知出了多少个五服了，算个什么叔啊，有胆火叫人家回家做田，也没本事给人家每个月开2600块钱的工资！父亲就是想，好好的一丘田荒了，不秧油菜不栽中稻，光长杂草，怎么也得提个醒，不然，良心何安！

喜老麻养了三个儿子，都已成家，都在外面打工。刚开始，他们三兄弟农忙时节还会回来帮着他父亲喜老麻搞"双抢"，搞完"双抢"，又搭火车"回城"了。我知道，"回城"这个说法是绝对错误的，但他们自己硬要这样说，硬要把进别人的"城"说成是回家，我也没办法，就只好照直写在这儿了。但后来他们就不回来了，老大不回，老二不回，老三也就不回了，他们都没事似地将自己的责任田统统丢给共同的也是唯一的老父亲了。喜老麻本人没说什么，谁叫自己当老子呢，自己还能做，不帮就不帮吧，只要老子有口气在，回来照样有饭呷。喜老麻是我们村子里最能做的人，他除了做自家五个人的田，还承包了善铜家三个人的田，差不多十亩。阳生伯、七叔、学端学春两兄弟，还有我伯父，他们都说喜老麻最摆蛮，自春而秋，从早到晚，一年十二个月，一月三十天，喜老麻韧劲十足，几乎不停不歇，吓死人！个头瘦小的喜老麻是块硬铁，他挑起一担稻谷一脚一脚地移，

126

速度比蚂蚁快不了多少，但他可以不歇肩就这样挑着一担稻谷一直移到屋。他扬起锄头锄草一下一下懒洋洋的、慢腾腾的好像一点力气也舍不得用，但他腰一旦弯下来了就一直坚持到锄完一块地才直起来。

这确实是个狠角儿！

但在时间面前，喜老麻输了，我的村庄也输了！喜老麻双腿卷筋，医学上叫静脉曲张，这是他父亲曾经得过的病。大家这才明白，原来喜老麻挑担子走路像蚂蚁一样慢，是因为暗病上身了。这么多年，喜老麻也没正儿八经到医院看过医生，就照民间土方子随便寻了草药敷一下，还是该犁田就犁田，该锄草就锄草，一只人形的蚂蚁艰难地挪移在我们日渐荒芜的村庄。

那天下班回来的路上，我在万窑坎坳上碰到古稀老汉喜老麻，他正坐在路边的一块石头上卷"喇叭筒"，旁边就搁着一担农家肥，还散发着缕缕发过酵的牛屎猪尿水味，几只绿头苍蝇嘤嘤嗡嗡围着飞。那时田里的油菜刚割，再晒两三个燥透的日头就可以揉了。喜老麻说给每丘田挑几担牛屎粪，泥巴松软，田就好犁一些。我说你一担少挑一点，多做几回，人就不那么辛苦了。喜老麻笑了，说也不重，就是自己的腿没以前中用了。他将已卷好的"喇叭筒"先叼在嘴巴上，捋起裤管给我看，但我看到的不是以前见过的青筋暴突像蚯蚓一样扭结在一起的症状，而是几块白不像白黄又不像黄的皮，极薄，我担心拿手指戳一下就会破。那一刻，我的心莫名地一阵痛，这个狠角儿，挑担子终于要歇肩了！

善铜家的田没人做了，荒草萋萋！

父亲不是不明白，不光喜老麻做不了，他自己也做不了，村庄里所有跟父亲一样的老一辈农民都做不了了。黄土埋胸的人，还剩多少气力，就是国家分给自己的那份责任田，也是做一年算一年。

但我父亲还是感到善铜变了，但变了的似乎又不只是善铜，是什么呢？

我每次上完一节课拿起一本书走出校门，寻一道河堤或一片草坡准备阅读的时候，都会碰到三两个老汉、老妪从我身边经过，有的认识，有的不认识，但我都要微笑着主动跟他们打招呼，然后目送他们下到某一块田里。他们的腰弯了、背驼了，发须全白了，说话时门牙也不关风了，看上去比我父亲还要老。但他们要么肩上扛一杆锄，要么手里握一把镰刀，要么掮一张犁、牵一头牛，我知道，他们的心里除了牵挂眼前这些做了一辈子的田，肯定还装着那些多么熟悉又多么陌生的地名：宁波、义乌、广州、深圳、东莞、珠海、防城港……

这时候，我总是想起，我的父亲。

我父亲是一九四六年生的，从小就饿饭，十二三岁正长身体的时候又碰到三年苦日子，修过湘黔铁路，当过生产队长，分田到户后，除了做田父亲没做过别的。儿女养大了，父亲自己却老了！常到我家的朋友碰面就问我："伯父还做田吗？"我只能摇头，没办法，劝不了！但有一句话我始终不敢说出口，做到动不了为止！我怕吓了朋友。

我说服不了自己的父亲。在时间面前，是父亲不得不做了小小的让步。

其实，快出事的时候，那丘田已经犁得差不多了，还转几圈就可以上田埂了，老水牯可以去田埂上吃草了，父亲可以到田埂上卷筒旱烟然后回家吃早饭了，没想却出事了。牛在前，父亲在后，犁头在中间，他们缓缓地行进在那个看起来并无什么异样的早晨，行进在有着几千年漫长历史的中国农耕画卷里。通常，犁刀翻起大块大块的田泥，父亲紧握犁把，左一偏，右一斜，那田泥就被抖落进犁沟里了，好几次，父亲踩在光溜溜的田泥上，赤脚打滑，速度明显慢了半拍，粘在犁刀上的泥块越积越大，越积越重，父亲猛地发力快速抖动犁把，泥块好像很懂得配合，装模作样地挣了挣，最终都老老实实滚进犁沟里了。但出事那一次，犁刀上的泥块故意刁难似的，父亲双手握犁连续地快速地抖了两三下，那泥还死死地粘在犁刀上，就是不肯落到犁沟里。

父亲抬起右脚，朝犁刀上的泥块踹去……

真出事了！父亲的右脚跟被犁刀横割了一道口子，在外科医生那里整整缝了五针。

我以为发生了这样的事，父亲肯定再不会固执了，种的粮再多，一日三餐，自己现在还能吃下去多少，有时仅只端一下碗、动一下筷子也算是一顿，还做什么田呢？就是再过几年，那些田真的全荒了，草都好深好深了，一个六七十岁的老农民，谁要你负这个责任呢？

但是，父亲休养了半年，第二年开春，又重新驾牛犁田了。不过，在时间面前，父亲做了一个很无奈却很滑稽的迂回让步！父亲给自己留下一亩田栽中稻秧油菜，其余全都种苞谷，父亲说，种苞谷比秧油菜栽中稻轻松得多了。说到底，父亲还是不想看到好好的一丘田荒了长草！

"做到动不了为止！"

聆听着这句二十一世纪生命含量最纯的话，让我们一起，向辽阔大地上六七十岁了依然面朝黄土背朝天耕耘不止的父亲们、祖父们，深深鞠躬！

《文化前沿》2017年第二期

第二辑

一头老水牯的死亡历程

老水牯，其实已经把那蓬田埂菜吃到嘴里了！

老水牯本来没什么胃口。入秋好久了，中稻也已收割完毕，大家正忙着犁田种油菜。田埂上除了散落的没来得及挑回家码成草垛的稻草，被来来往往的人、畜践踏外，到处灰扑扑的，根本没什么草可吃。主人就在不远处收拾犁耙准备回家，老水牯站在田埂里侧还在大口大口喘气，它不想让主人看到自己现在这副样子，便装着要咀嚼，胃里却阵阵难受。老水牯清楚自己如今要反刍的不仅是肚子里那点草，而且肚子里其实也没多少草！真是越老越不中用了！刚才，老水牯几乎是四腿跪地背犁的，眼看主人的鞭子高高扬起了，却始终没有落在它的身上，这可是从来没有过的事。犁了一辈子田，也从未像今天这么难受。一头老水牯老成这样子了，鞭子也没办法！主人肯定是这样想的，不然，昨天晚上，主人为什么跟老伴说等犁完田种了油菜，就把老水牯卖了，实在没人敢要，杀了算了呢？牛圈就在主人卧房隔壁，一二十年了，老水牯从没听到过老两口的悄悄话。老水牯干完一天活，天黑一进圈就一边反刍，一边进入梦乡了，隔壁有啥动静关它什么事呢？但不知怎么搞的，这些天，老水牯感到睡觉也那么难受，夜深了还在牛圈里转圈圈，转着转着，天就亮了，那些不该听到的也听到了。

夕光中，老水牯泪眼花花，老水牯忙掉头看别处。后来，老水牯斜躺在主人家门前的水泥地上再也不能翻转身子的时候，心中悔愧不止，自己怎么跟娘们儿似的，怎能连一句偶尔偷听到的话都拿不起放不下呢？当时，不馋那口就好了，但老水牯阻止不住自己喜欢吃田埂菜。入秋后，田埂菜吸饱了阳光，蒸尽了多余的水分，纤茎细叶，口感又脆又甜，老水牯知道，那绝对是真正的美味。但那蓬田埂菜长在田坎下，比田埂路面低，老水牯试着朝下攀了好几次都没吃到。老水牯不想放弃！吃了那蓬田埂菜，说不定胃口好了，食欲强了，晚上就可以把主人特意抱来的新鲜稻草吃得净光，肚子饱了，牛劲来了，继续帮主人再犁几年田，让主人自己把说过的话都收回去。老水牯最后决定冒一次险。它小心翼翼地跪下前腿，后腿慢慢弯曲，头，一点一点伸下去，舌子一撩，将那蓬田埂菜拦腰截获在嘴里了。老水牯兴奋不已，消灭一蓬野草，自己还像当年一样有办法。但老水牯怎么也没想到，一起给消灭的还有它自己！老水牯直起前腿准备起身的时候，前腿一软，两蹄踩空，眼前一黑，便什么也不知道了。

老水牯醒来的时候，发现自己已经躺在主人家门前的水泥地上了，嘴里含着那蓬田埂菜，几片叶子露出嘴角，细弱的叶尖上，黏糊糊的涎水淌成了红丝丝。老水牯只觉得浑身疼痛，是折了腿，还是断了肋骨，抑或还有其他暗藏的内伤，老水牯自己无法做出准确的判断。老水牯迷迷糊糊的，感觉有好多人在围观，叹息的，同情的，幸灾乐祸的，都有。主人这会儿不在家！老水牯眼不能睁，耳不能听，但鼻息尚存，老水牯跟主人打了一二十年交道，闻惯了主人的气味，很呛的叶子烟味，似有若无的黄土味。主人常帮它梳毛发，捉牛虱，挽牛绳，主人身上的那种味道，老水牯闻了一辈子，迷恋了一辈子。

主人干什么去了，围观的人不一定都晓得，但老水牯心里很明白，主人这次肯定不会喊牛郎中了，牛郎中就算是华佗转世，也不可能妙手回春。就那么一道田坎，高不足一丈，老水牯一生不知走了多少趟，春耕秋犁，老水牯如履平地。那次和邻居家的水牯为争一头母牛打起来，打着打着，就打到田坎下去了，结果身上也只破了点皮，但没想这一摔，竟摔到了鬼门关。真是老不中用了，骨头硬了，脆了。老水牯不放心的是，还有一丘田没开犁，要主人自己一锄一锄地挖了，但主人这些年老是腰痛，动不动吃药打针。主人这几十年，其实也在当牛，老水牯干的那些活，主人起早贪黑没少干。老水牯理解主人的难处。主人对老水牯怎么样，自然也是没话说。冬天，地上的草都枯死了，牛没处放，多一事不如少一事，好多人家随随便便扔几抱干稻草在牛圈里，然后自顾自抽烟喝酒逍遥快活，什么也不管了。但老水牯的主人从不嫌麻烦，牵着老水牯到山坡上晒晒太阳，去河床边放放水，主人将牛绳搭在牛背上，老水牯自己随便走走看看他也是不会干涉的。但主人不动，老水牯也不动，他们两个就那样你看我，我看你，看着看着，彼此都从对方的眼睛里看到了春天和田野。不远处有几只鸟好奇地飞过来，但它们不知道究竟发生了什么事。

老水牯记着主人的好。老水牯第一次下田背犁的时候，还不足周岁，主人那时也正当年。时间真快，老水牯走前，主人走后，走着走着，就汗一身泥一身地走了一二十年，就走成了两个干老头。那时，主人的鞭子火辣辣的，但老水牯从没想过要记恨主人。鞭子是人说给牛听的唯一的话语，如果有一天，鞭子缄口不言，肯定不是什么好事。老水牯知道这一天迟早要来的，只是没想到这一天来得这么快，主人也没想到。主人昨天晚上背着老水牯说的那句话，其实也没什么，而主人手中的鞭子高高扬起了却迟迟不肯落下来，最终将老水牯一步一步逼上了绝路。

老水牯感觉有人在它屁股上摸了几把，嘴上说着什么，但老水牯只听到皮包骨三个字，其他的没听清。这人好没见识，看看村子里，哪个老人不是瘦得只剩皮包骨头？但人老了有人养，牛老了呢，老得背不动犁了呢？主人要是在，肯定不让说。主人快回来了吧，一起回来的当然还有一个人，不是郎中，是牛屠！

月亮升起来了，光芒万丈。

老水牯好困，那最柔软最温暖的一束，到底是月光，还是那人手中的刀影呢？

《文学与人生》2010 第九期

发场暴疯还当牛

九岁那年暑假第一次看到牛发暴疯，我吓得长哭。

那是一头大水牯，是分田到户时父亲在生产队摸阄摸回来的，为这事父亲高兴了好些日子。父亲说生产队的人都想这头大水牯，偏偏他一个人摸到了，父亲还激动地将当时摸阄纸的那只手伸得隔眼睛只有尺把远了，翻过来翻过去，看得满脸红光。一头会背犁的牛竟然给父亲带来这么大的幸福！我那时天天去放牛，父亲回回郑重地叮嘱我：现如今这头大水牯就是我家的主劳力，我家那四五亩水田要它来犁，还有五六块坡地旱土也要等着它来翻，事关我们全家的吃饭问题，是大事，放牛专点心攒把劲，牛吃饱了我们的肚子才能饱。

父亲那时什么都嘱咐过了，就是没有预先告诉我牛会发暴疯。所以，那天，我手里攥着一根空牛绳一路哭着找到刚刚放完稻田水回村的父亲，却不敢看父亲的眼睛。牛是我看跑的，我现在竟然不知道牛到底跑到哪里去了，我当时用力拉牛绳是要它老老实实吃它的草，我没忘记牛吃饱了我们的肚子才能饱这句话，但我没想到牛会挣脱牛鼻栓那么快就跑丢了，我追也追不上。但那天晚上，我陡然又想起了那几只白蝴蝶，两三只、三四只抑或更多，我当时根本没留心，我只看到几只小小的蝴蝶栖在牛嘴前方米把远的草丛里，薄薄的、白白的翅膀微微颤。牛很快吃完了这一米，牛就要吃那丛草了，一只一只白蝴蝶飞起来，翩翩趾趾，牛不吃草了，牛抬着头却不知该看哪一只，牛傻傻憨憨地站着，草汁拌着涎水都沿嘴角滴成绿丝丝了。我就是在这时候用力拉牛绳的，没想牛犟着一股牛劲，牛角又拐了好几下，牛绳就挣脱了。牛头从来没有埋得那么低，牛哼呀哼呀地连叫了好几声，前脚猛然腾空，后腿奋力一蹬，扑通扑通从学移家的稻田中间撒蹄而去。我那时在无边的黑暗中睁着一双大眼睛筛沙子似地一遍一遍回忆，生怕漏掉了某个关键的细节，牛发暴疯跟那几只白蝴蝶有没有关系，我怎么也弄不明白，但我那时年仅九岁，下半年才读小学三年级，天眼未开，哪来的这么多稀奇古怪的想法呢？牛为什么发暴疯，我后来问我父亲，我以为父亲是一个成人了，一年四季都和牛在一起，了解牛就像了解他自己一样。但父亲三言两语说得太简单，牛喜欢发暴疯呢，牛发完暴疯还不是牛啊，听得我云里雾里，睁大眼睛越来越糊涂了。

现在回想起来，我那时将牛发暴疯简单地归结为牛鼻栓松了牛绳断了，还隐隐担心父亲会骂我放牛没尽心、没攒劲，又在心里暗将几只小小的白蝴蝶当作始作俑者，甚至纠缠父亲打破砂锅问到底，真是幼稚可笑，自以为是到了极点。

一头牛，一年到头就发那么一场两场暴疯，还得有理由么？

"锄禾日当午，汗滴禾下土。谁知盘中餐，粒粒皆辛苦。"没错，这首诗是说粮食来之不易，农事多么辛苦，农人多么辛苦；但我穿过那翠绿绿的禾苗看到不久前的某个早晨或黄昏，分明有一头牛辛辛苦苦在背犁！我有时在家里休完一个假期，得回单位上班了，村子里的人笑我是牛轭又要上肩了，我就想，除了牛，谁配这个好名声？一首诗也好，一句玩笑也罢，我这样理解绝不是标新立异。我那时候已经放学回家又站到田埂上了，我在等我的大水牯。大水牯在田里背犁，大水牯瞟我一眼，算是打了个招呼就又埋头背它的犁了；父亲在田里成了泥人，父亲只顾吆牛掌犁一步一步跟着牛走，和我一声招呼也没打。当牛真辛苦啊！但我突然想，牛这时候要是猛然挣脱了牛轭，挣断了牛绳，发场暴疯再也不回来了，会是什么样的结果呢？我那汗一身泥一身的父亲再能干，恐怕也只有手搭凉棚在田埂上干打望，然后自己下田去背犁。事实上，从来就没有过这样偷懒的牛，就是后来在犁田的间隙里父亲想喘口气卷支烟随随便便就让牛自己在田埂上歇歇脚吃吃草的时候，我家那头大水牯也没有发暴疯。我看到了那根满身泥巴的牛绳从牛背上重重地摔下来反被牛鼻栓牵着走，我好像还看见了几只红蜻蜓在田垄上飞呀飞，几朵小小的黄花在田埂那头随风招摇，我家那头大水牯还是没动过发场暴疯的念头，犁没背完，庄稼未下种，做事不能有头无尾。这让我对牛充满了无上的敬意，我愿意牵着牛寻那又青又嫩的草，哪怕牛尾巴一下一下将又脏又臭的黑泥浆全都甩到我的衣上、脸上、头发上，哪怕牛当着我的面牛气十足地走进玉米地、红薯地再发一场暴疯，我也觉得是应该的。

牛要发暴疯，土地不见怪，庄稼不生气，人斤斤计较什么呢？

当年我家那头大水牯发暴疯不走平日里大伙走着的田埂路，偏偏从学移家的稻田禾丛里劈出一条捷径来，这让学移很恼火。平心而论，自己的庄稼谁不心痛呢，这要是哪个人存心糟蹋，真该天打五雷轰，你学移抓住这个人想怎么着就怎么着，没人会同情如此不地道之人；但学移那天清早在我父亲面前一边指着稻田，一边嚷嚷着要我们家赔他损失，否则他也牵着牛到我家稻田中间蹚出那么一条壕坑，他的行为不但没有博得村人同情，反而落了一身的不好。还没等我父亲开口解释，就有人当面讲公道话说学移，规矩是老辈人留下的，你学移几十岁的人了，跟在牛身后走了几十年的路，还看不出这是牛发暴疯呀！也有背后撂狠话的，这人太不地道，白吃了几十年的粮，跟牛计较！我想，村人这种立场分明的态度，并不是巴结我父亲有意偏袒我们家，而是向着一头牛，给足了牛面子啊！

牛一辈子埋头苦干，默默流汗，除了偶尔和异性互相嗅嗅彼此身上的体味，就是在适当的时候发一场两场暴疯，也没别的娱乐活动。当然，牛吃草，人吃粮，牛也就没必要再为人上演什么节目，除了背犁牛没这个责任。从这丘稻田到那块红薯地，从这道土坡到那座山包，从这片草滩到那边河岸，牛撒开四蹄，爱怎么下脚就怎么下脚，想往哪儿跑就往哪儿跑，除去这些，牛从未想起要给自己弄点什么特权。

这个世界，只有牛有资格发暴疯！牛发暴疯，村庄都跟着激动。村口经常拴牛的老杏树将满身枝叶摇得哗哗响，青瓦屋顶上的炊烟一齐朝着牛奔去的方向扭扭身子，又扭扭身子，那几块侥幸躲过铁锄这会儿却浮在地表的粗土坷垃以及深埋在地底下的庄稼根都在谛听牛一路狂奔的足音，正在稻田中央扯稗子草的农人也直起腰身远远地笑着打望，那个家伙，一身牛劲没地方使！老在稻田上空伺机盘旋的麻雀叽叽喳喳追着飞，还以为一下抓到了什么证据，牛太不像话了，看看下面扯稗子的那个人，眼珠子都望出来了也不去管管！

我那次回村子里休假，就碰到一回。

我伯父穿着一双皮草鞋踢踏踢踏顺着河岸跑，左手攥着一小节牛绳，右手握牛蚊拍还狠狠地朝上游方向指，火气掀天。我看你发癫，我看你发癫，等一下一牛栏棍（乡村关牛圈门的粗木杠）打断你的牛腿！许是伯父家的老水牯疯够了，跑累了，不，应该是牛怕累坏了我伯父，牛放慢了脚步，边走边啃了几口草，回过头看我伯父快赶到了，牛便大步大步下河洗澡去了。我伯父坐在草滩上一边喘气一边看牛，牛在水里一边泡澡一边看我伯父，四眼相对，看着看着我伯父就笑了，牛头朝着天空哼哞哼哞地欢叫好几声。后面的事不说你也猜到了，我伯父肯定不会用牛栏棍打牛，伯父舍不得。伯父驾牛犁田的时候手里的竹节鞭子高高扬起了也很少落到牛背上，用伯父的话说就是，牛不要人管的，牛归牛轭管，牛轭一上肩牛就老老实实服服帖帖了，牛发场暴疯，哪个会管呢？

发场暴疯还当牛，真是牛性不改啊！

好想再骑一回牛

好想再骑一回牛，好想回到宽阔厚实的牛背上，闻一闻牛的青草味，摸一摸牛的弯弯角，拍一拍牛的大屁股，牛驮着我走啊走，牛走到哪里我就骑到哪里去。这是我和牛之间的事，我自己愿意和一头牛达成默契，哪管得着别人想得通想不通呢？

真的好想好想再骑一回牛，这当然是心里话。说心里话好，说完这句心里话，我就看到了青山、绿水、白云、田野、草滩，还有院子里拍翅乱飞的鸡、撵着一只白蝴蝶汪汪叫的小黄狗，还有一片一片青黑的瓦屋顶、一缕一缕升腾着的炊烟，还有那牛角一样弯弯的、尖尖的月牙儿……城里过久了，谁没有过一点点想法，但他们一个一个都憋屈在心里不敢说出口，他们也就看不到了。他们喜欢这么死撑着我也没办法，自己的日子还得自己过。

一个站台到另一个站台，一处路口到另一处路口，何日才能闲？

坐了火车挤公交，下了公交叫出租，何时才能静？

正因为这样，我才想起要骑一回牛的，但现如今我却是没牛骑。我住在城里的商品房，上不接天下不着地，我不能让牛也陪我悬在半空中。牛那么大的身子电梯也装不下，牛那么重的身子电梯也载不起，我没本事扛着一头牛上楼又下楼。城里的水泥路不长草，城里的自来水漂白粉味太重，牛也喝不惯，我拿什么来养牛？我就是想养一头牛还不等于是谋牛害命啊。到乡下牵一头牛进城我也不能骑，城里的水泥街不是乡村土路，乡村土路那么软，牛一踩一个浅浅的脚印窝，牛蹄一点也不痛，城里的水泥路却那么硬，板着一副冷面孔，一个蹄印也不肯给牛留，牛怎么敢下脚，牛驮着我又该往哪儿走？

没办法，要骑牛，我必须回乡村。乡村，是牛唯一的故乡！乡村，也是我永远的故乡啊，这些年我却离它越来越远了！

我父亲养着一头大水牛。水牛好，我就爱骑水牛，水牛的脊背宽，水牛的性情温顺，水牛的力气更比黄牛大得多。父亲养牛可不是要给哪个人骑的，父亲靠一头牛来犁田耕地；但现在刚好是农闲，牛膘越长越厚实了，一身牛劲不知往哪使，他城里工作了好些年好不容易回家一趟的儿子想骑那么一回，他还能不允许？他自己有时还不是让两袋化肥骑着牛下地去，又让一大捆油菜秆骑在牛背上回家来，而他跟在牛屁股后头一路慢悠悠地走？

乡村孩子哪个不骑牛呢？小时候，我就骑着我家那头老水牛，蹚过村前那道浅浅的溪可以不湿鞋，爬上村后那片青青的草坡，气不喘、腿不酸，一颗汗也没出，经过左拐右拐的村道回到家，那些小石子硌不着我的光脚板，那些毛毛刺也刺不到我的后脚跟。我家老水牛年纪比我大，但两只大眼睛一直那么水汪汪的，好清纯，好漂亮，我天天看着却总是看不够。我家那头老水牛好厉害，我骑在背上它也能大口大口地吃草，也能咕咚咕咚地喝水，拉泡牛尿照样哗啦哗啦，屙下牛屎照样噼啪噼啪。我家那头老水牛真逗呢，前头明明有丛草，茂茂盛盛、嫩嫩绿绿，它只呼哧呼哧耸着鼻孔嗅，那是好久前一头牛拉下的一泡尿，那是好久前一头牛屙下的一堆屎，难怪老水牛不下嘴，还抬起脑壳哼呀哼呀傻笑了那么久。我家的老水牛有情又有义，我骑它那么多年它都是不急不忙迈着步生怕把我颠下背，我骑它那么多年每次走到我家门前的晒谷坪它就站着不动了，它是要告诉我到家了，它也要进圈了，从不要我提醒半个字。

我这么多年在城里住着，一出小区就招手要车。我这次回乡村打的直到村口才下的车。我真的好多年好多年没骑牛了，但我刚才还能一下就跃到牛背上，你没骑过牛你就不知道这是为什么。摸一摸温温热热的水牛背，吹一吹细细密密的水牛毛，我真的好感动！我身体的每一块肌肉、每一根骨头、每一个醒着的思想着的组织细胞，是它们帮我储存了关于骑牛的记忆这么多年。我屁股底下的牛，还是我小时候常骑的我家那头老水牛的模样，还是牛的祖先的模样，一点也没变，牛至今都没拿我当外人。其实，我和我的牛谁都没有变，我除了额头长出几道深皱皱、头顶冒出几根白丝丝，岁月的痕迹抹也抹不掉外，我心依旧，我这些年说话办事接人待物都是怀着一颗乡村心的啊！

呵呵，骑牛的感觉真的很特别！

骑着一头牛，头顶有朵白云老是跟着我飘呀飘；骑着一头牛，一缕风随随便便摸了一把牛屁股又来摸我脸，我躲也躲不了；骑着一头牛，肩膀上叮了一只牛蚊子我打也打不着，它这么快就把我当成了一头牛……

猛然回头，却看到父亲真的老了，老得牵不动一根牛绳了，到时候，还有谁会替我养着一头牛？我能不能沿着一条乡村土路再回故乡，并找到一头牛让我随便骑？

《当代小说》2011 年第二十期

邻居家的母羊

我又狠狠地往母羊那埋得很低的两只尖角在我面前顶来撞去随时要跟我拼命的脑袋踹了两脚，母羊身子一下失去了平衡，四蹄趔趔趄趄，咩……咩……半天才站稳。母羊肚皮下的那两只羊娃子也咩叫着，战战兢兢地挤在一起，小小的身子却怎么也藏不住。

其实，偷吃我家园子里空心菜的不是邻居家的母羊，而是那两只羊娃子。我不会跟畜生较真，何况那两只白毛羊娃子很是惹人喜爱。但我就是看不惯母羊那副庇护羊娃子的模样！

我家东侧挨墙根有一小块菜园，沿一条小路走过去就是邻居家。邻居大婶总是用一根旧尼龙绳将母羊系在她家门前斜坡上的一棵矮枣树下，母羊的活动范围怎么也超不过一根尼龙绳的长度。那两只羊娃子活蹦乱跳的，一会儿钻到母羊肚皮底下咬住那软耷耷悬垂着的奶头，一会儿扭身跑开，但每次都不会很远，因为枣树下，总有几声咩咩咩的呼唤，牵引着它们小小的身影！

但那一天，它们却闯进了我家的菜园，还被下班回家的我碰了个正着！

远远地，我听见邻居家的母羊咩咩咩地叫，声音里透出几份焦急与不安。我一下子明白了，菜园子里的两坨白影肯定是那两只尚未系脖绳的羊娃子！羊娃子的脑袋一点一点，身子一颤一颤，吃得正香，哪还顾得上母羊的呼唤？我蹑手蹑脚上前，手一扬一土坷垃扔过去，砰一声砸得粉碎，没打中，地上腾起一团白白的尘烟。我使劲跺脚，使劲拍巴掌，使劲喊着喂嗬喂嗬！羊娃子吓得只咩出了半声，还有半声早化作两道白光窜往邻居家门前的斜坡，寻母羊救命去了……

我弯腰查看了半天，两三株空心菜的嫩梢被啃了去，其余均未发现受损的痕迹。看来，那两只羊娃子刚进园子我就回来了，就扔了那一土坷垃！

母羊却还在叫唤，咩咩咩，没休没止的，好不烦人！我本想进屋，却突然折向邻居家门前的斜坡，想找出点事来了！羊娃子躲到母羊肚皮下不敢出来，而母羊微昂着头盯着我，咩咩咩，声调比刚才更高了，那一撮山羊胡抖抖的，凛然不可侵犯的模样。我一步一步靠近母羊！咩咩咩，母羊将头一埋，两只尖角对准了我。"他娘的！"我心里骂了一句，你的羊娃子吃了我的空心菜还有理啦？终于，我毫不客气地抬起尖头皮鞋，朝埋得很低的母羊脑袋踹了一脚，又踹一脚！

然而很快，我便要自我救赎了……

两天后的黄昏，邻居大婶一边拽羊，一边唠叨母羊的不是。原来，羊娃子大清早就卖给了村东头的六叔。六叔专门贩羊，买进卖出，跟农贸市场的屠夫和镇上饭店的老板个个有来往，羊被开膛破肚，餐桌上全蒸羊羔，那大都是六叔提供的原材料。不见了羊娃子，母羊叫了一整天，一根草也不吃，邻居大婶干脆将母羊关进栏圈，系在栏柱上。也不知怎么回事，母羊挣脱绳子，逃了。六叔家的羊圈又高又严实，羊娃子里面叫一声，母羊外面应一声，但外面的进不去，里面的出不来，母羊急了，拿羊角撞门！幸好羊脖颈上的铁圈圈没断，不然还真弄不了它了！邻居大婶脸往右肩上蹭了一把汗，说哪见过这样烈性子的畜生，还知道去找它的娃子呀……

我不知道说什么才好！

眼前这只黑不黑灰不灰的母羊明显地瘦了老了，拼尽所有体力正与它的主人对抗着。邻居大婶早已气喘吁吁，汗水涔涔，那羊呢，四蹄铲地，土路上刮擦起了深深的、醒目的蹄痕，一直连到六叔家。羊脖子被铁圈一勒，咩咩的叫声卡在喉咙里，短促，沉闷，凄惨。它是不要自己的脖子了，铁圈深深勒进肉里，仍拼命挣着，拼命回头，拼命呼唤关在六叔家栏圈里的它的羊娃子！

咩……咩……

这时，那羊眸一闪，一缕霞光直拍过来，格外地亮！就在那一刻，我看见了母羊的莹莹泪光，哀求！绝望！愤恨！

我的心蓦地一紧，分明感到窝在尖头皮鞋里的脚趾一阵痉挛！

两天前，我的尖头皮鞋一次又一次踹向母羊的脑袋，母羊身子失去平衡，却依然努力支撑着，顶起一对不到半拃长的弯角，本能地护着它肚皮下的两只羊娃子。虽然邻居大婶卖掉羊娃子并非因我而起，但我踹了一个多么勇敢的母羊，只为羊娃子偷啃空心菜的嫩梢，我的一时迁怒！

没想第二天，母羊又挣脱了。母羊在前面走，咩咩咩，径直向六叔家去，邻居大婶颠颠地跟在母羊后头，一边舞着手中的荆条，一边嚷嚷，"死畜生死畜生，看你往哪儿跑，捉到了看我不打死你！"村里大伙看了，开玩笑，"别打了别打了，它可不是畜生，是最好最好的娘呢，哈哈哈……"

那些晚上，我辗转难眠！

寂静的夜空，不断传来母羊的呼唤，其间还夹着几声羊娃子远远的惨叫！

咩……咩……

家有老鼠

父亲领着我们搬进他新盖的小木屋，当晚，家里就有老鼠活动，叽叽吱吱，窸窸窣窣，听响动，还不止一只两只，而是一伙，甚至好几伙。老鼠是什么时候进驻我们的新木屋的，是我们前脚进屋，老鼠就后脚跟进来了，还是我们乔迁新居前，老鼠早就先到为主了，父亲一无所知。

父亲是嫌我祖父分给他的老屋窄了，他们几兄弟各自拖儿带女一大家子挤在一起很不方便，才决定新盖一间小木屋的。当然，父亲还有一层意思没道破，老屋老鼠多。父亲与老鼠势不两立！父亲请风水先生看了远远近近好几处缓坡最终才选中这块斜地做屋场的。坐北朝南，阳光好，人畜两旺，龙凤呈祥。"天机不可泄露！"那天，风水先生再三交代我父亲，有些话万万不能和外人说的。但父亲哪里想到，风水先生授给他的话，外人没听到，老鼠都听见了。那天，老鼠也是刚好路过这片坡地，听到两个人神神秘秘地说话，老鼠巧妙地利用乱石堆、茅草丛打掩护，几乎摸到了我父亲脚下。那些话，老鼠一字不漏地全都听进耳朵了。父亲踌躇满志地扬起铁锄平整屋场的时候，老鼠早为自己开过家族庆祝会了，老鼠一致认定，人安家的地方，最干爽，最温暖，最舒适。人自己在哪安了家，等于也替老鼠在哪安了个家！

龙生龙，凤生凤，老鼠生儿打地洞。说起来多么好笑，但谁细细想过这句话呢？老鼠就是老鼠，老鼠如能龙腾深渊，凤舞九天，老鼠就不叫老鼠了。老鼠天生是打地洞的料！当然，老鼠也可以把家安在别处，鼠洞就打在山坡上，或是田间地头；但荒郊野外，夏天太热，冬天太冷，哪比人家里干爽舒适？何况那里毒蛇出没，猫头鹰虎视眈眈，安全毫无保障。

老鼠只能赖在人家里了！

人当然明白这一点，人却容不下一只小小的老鼠。

父亲从我家那只从来都是半饥半饱的米缸出发，一路撵着那些白白的米粒找到一眼一眼鼠洞，洞口一堆堆小山似的浮土，旁边还躺着一粒又一粒似乎还泛着热气的黑屎，恶心极了。父亲首先想到的是堵封洞口，但第二天，旧洞口不远处又出现一个新洞口。父亲堵，老鼠开，这就好像是一场游戏，甚至是一场战争，失败的永远是我父亲。接下来的那些夜晚，我常听到父亲躺在床上用他宽厚的手掌猛拍我家松木壁板子，嘭嘭嘭！烦躁！愤怒！迫不得已，父亲有时深更半夜蹑手蹑脚下床，一手端煤油灯，一手握棒槌……但父亲连只鼠影也没找着，父亲的一举一动，从没逃脱老鼠的眼睛。后来，我学了鼠目寸光这个词，觉得这是人类对老鼠的偏见，人骂自己的同类目光短浅，看不了多远，却要连着老鼠一起骂。鼠目才不是寸光呢，只是老鼠压根就不想和人争辩。老鼠一直在人找不到的角落里暗笑人的愚笨和自以为是。我现在想起父亲举着油灯棒打老鼠的那些夜晚，老鼠其实就藏在离父亲不远的黑角旮旯，老鼠看得见我父亲，我父亲却看不见老鼠。暗处的老鼠看着我父亲打开了仓房的门，门槛上它才咬了一个口子，仓房里它刚留下一堆谷壳糠皮，它还故意在黄黄的谷堆旁边撒了一泡骚尿、拉了几粒黑屎，湿湿的，黏黏的，冒着热气。父亲没办法，父亲除了生气，就只能拿手中的棒槌将木楼板敲得震天响，咚咚、咚咚咚，煤油灯文文弱弱的光焰，颤了颤身子，但老鼠对这样的警告，装模作样地眯眯眼，根本就没当回事。

灭鼠，成为父亲劳动之余的一件大事。

父亲想过喂猫养狗，猫吃老鼠，一物降一物；狗咬耗子，管管闲事也要得。但养猫养狗要吃粮，人的口粮就得一减再减，一点也不合算，说不定还得花大半年甚至更长的时间，父亲肯定等不及。父亲终于下决心从盐钱中省一点点，到乡场上买来了老鼠药。那些早晨，父亲能捡到一灰盆一灰盆的死老鼠，父亲简直有了打胜仗的感觉；但那天父亲一时大意，天亮了竟忘记收拾老鼠药，家里唯一的一只鸡，一只下蛋的老母鸡给毒死了，为这事，我母亲一直埋怨父亲。那母鸡也是的，怎就生个陪葬的命呢？

父亲开始做鼠夹，一只，一只，又一只……我能猜出父亲当年制造这种铁器的时候是什么心情，愤恨，当然是愤恨，没有老鼠我家那只老母鸡就不会死，母亲也不会那样埋怨我父亲。但我想，父亲那时拿起扳手、钳子忙得汗水淋淋，老鼠其实躲在某处角落里偷窥，老鼠起初不明白父亲到底要干什么，但一个壮年劳力大白天在地里累死累活，回家了也不好好休息，能有什么好事呢？父亲做那事的时候从不让人帮忙，他总是等天完全黑透，一个人不声不响地将铁夹子放好。有一次，我悄悄跟在父亲屁股后头，父亲忙对我舞手，生怕我弄出什么响动，惊动了老鼠，夹子只能白放了。我感到好笑，父亲也太谨慎了，老鼠有那么聪明吗？不过，那新铁夹子开始还蒙在鼓里，它们甚至不知道自己还有一个更专业的名字，鼠夹。它们是后来才闻到血腥味的！尝了血腥的铁夹子一入黄昏就心事重重，这已成为一种职业病，而伏在夜的深处逮到一只两只老鼠，早已成为它唯一的功课……

鼠夹，最终没能帮我父亲彻底杀光老鼠。老鼠，到底一直居住在我父亲的家里。父亲与老鼠斗了这么多年，谁也没打败谁。

凡人居住的地方，本就应该有老鼠活动……

记不清是哪一天了，父亲坐在新修的三层水泥楼房里，坐在光溜溜的红木沙发上看电视，却突然记起什么似的，说他好久好久没听到老鼠响动了。父亲说这话时已经六十多了，头发也白得差不多了，手背上早长满了老年斑，眼角的眼屎老擦不净。父亲老了，老了的父亲肯定没了夜深人静之时一个人端油灯举棒槌痛打老鼠的精力，但老鼠到哪去了呢？

这也是没办法的事。村里的人家都将几十年甚至上百年的老木屋拆了，新修了水泥钢筋楼房，两层、三层、四层，一层比一层高，一栋比一栋漂亮，暗中较劲似的，外墙嵌上坚硬的瓷砖，地面抹了坚硬的水泥，门呀窗呀，都是铝合金的、不锈钢的，坚硬冰冷，严丝合缝，连只苍蝇也飞不进去。那年，我们父子一合计就拆了老木屋，在老屋基上竖起了一栋三层水泥钢筋楼房。

人在拆自己家的时候，同时毁了老鼠的家，但谁会这么想呢？谁会替老鼠打算一下呢？

失败的，归根到底还是精明的老鼠。

当然，父亲说这句话，只是因为他记起了某些东西。没了老鼠，我日渐衰老的父亲，如何唤醒那段与鼠较量的岁月？

父亲说的这句话，我听到了，我就觉得父亲无意中道破了一些玄机。要是老鼠听到了呢，会不会感动得流泪？

龙生龙，凤生凤，老鼠生儿打地洞。话虽这么说，但时下，什么都是水泥的，什么都是钢筋的，连人心几乎也要用水泥钢筋浇铸得严严实实的了，老鼠，能在坚硬的水泥地打洞么，能找得着曾经的洞口、曾经温暖舒适的家么？

离家出走的狗

别人都说狗恋家，但这只狗算是怎么回事呢？

具体是哪一天，我已经记不清了，但狗肯定还记得。那时，狗吃了我扔给它的一块肉骨头，正在我裤管上蹭呀蹭，在我脚背上舔呀舔，我知道，它是要感谢我，它是多么可爱，但我不可能因此改变主意了。当然，狗那时还是一只小狗，涉世未深，不可能看出我手中的铁链是用来干什么的，狗还没有这方面的经验。当狗明白是怎么回事的时候，它已经被锁了脖子拴在门口了。

我这样做是有足够理由的，我是为它好。

那时，我去参加一个朋友的婚礼，我是在半路上发现狗一直跟在我后头的，它像一个顽皮的孩子，不离不弃地跟着我这个主人，步伐间好生得意，真是又好气又好笑。我们四目相撞的时候，狗怔住了，我也怔住了；我站着不动，狗迈起的一只前脚半天也没落下地。我不能让它继续跟了！光天化日下，一个人，一只小狗，一前一后走在人来人往的大路上，这算怎么一回事？朋友的请柬是给我一个人的，我却把一只狗也带了去，这又是什么意思呢，我的朋友和朋友的客人，不知要把我当成什么人了？我手指直直地指着，双脚使劲地跺，狗没动。我弯腰摸石子要打，狗才心不甘情不愿地掉头回去了。我没想到的是，我那天天黑了才回家，我前脚刚跨进门槛，狗"嗖"地从我后头窜了进去。

我吓了一跳，这家伙竟然也才回家！我隐隐生出一些担忧，这几个小时，狗都去了哪儿，都干了些什么，我一无所知。我是真心来养这只狗的，万一它闯祸了呢，万一它走丢了，或者被哪个坏人拐走了呢……

我不得不把狗用铁链锁了！

起先，狗时不时汪两声，后来干脆不叫了，是狗明白了再叫也没用，还是彻底妥协于一根细细的铁链，或者，一开始我根本就没有拴住狗。我那时根本不可能去想这些，我把狗脖子上的铁圈圈由小号换成了大号，狗也由一只小狗长成了一只大狗。日子一天一天过着，上班，狗在门口送我，铁链叮当叮当响，下班，狗在门口迎我，铁链哗啦哗啦响。

生活多么平静，多么美好！

那天下午，我关着门在楼上玩电脑，等我下楼打开屋门的时候，光光的一根铁链，大半截静静地弯在地上，狗不见了。我刚刚还听到铁链叮当叮当地响和老少参差不齐的吠声，我知道村子里的狗又来串门了，我没有什么不放心的，我不在家的那些日子，只有它们偶尔来陪伴一下狗。我根本没注意，狗是什么时候离开的，这只狗是一路跟着去的，还是后来悄悄上路的，我也一无所知。可是我那时还没想到狗已经离家出走了，不然，我就可以把狗追回来了。我仔细察看了铁链，锈了，好几处接头磨损得差不多了，狗自己肯定没怎么用力就挣断了铁链！我确定狗并非落到了盗狗者手中，它冒着回家挨骂甚至挨打的危险，也仅仅是为了玩玩的时候，我心踏实了。

我不是一个不通情达理的人，我理解狗，我也相信狗天黑前自己会回来。狗已是一只成年狗了，乡里乡亲，越走越亲，它是该出去走走了，村子里那些狗谁没来串过门呢，它早就该回访了，这也是一种礼节。我记得，上次狗偷偷跟着我走出村子是秋天，四下空荡荡的，如今田野里满是油菜花黄，从村里一直黄到村外，狗再不出去走走，说不定连自己的村庄都不认识了。再说，这么大一只狗了，总该做一点自己的事，比如上山叼一只兔子，抓一只野鸡，要么咬咬耗子，管管闲事也是挺有意思的。如果运气好遇到一只油光水滑的异性狗，同它谈情说爱，那当然是天底下最美的事……

我想尽快将这些想法告诉狗，但我在村子里唤了好久，我又爬到村后的山坡上，连狗影子也没找着。当然，我身后倒是跟着一群狗，都是村子里跟这只狗一起玩过的狗兄狗弟，它们也来了，这里一蹿，那里一钻，焦急不安。我知道，我在找狗，它们找亲人。

一直到黄昏，我也没找到狗。

十多天过去了，我还没找到狗。

狗，真的离家出走了，音讯全无。

那些日子，我找遍了周边村子，所有的岔道口我也都守过了，我甚至跟踪过一群又一群陌生的狗，我想不管认识不认识，狗肯定比人了解狗，别看它们随随便便东游西逛，搞不好还真能帮我找到一点有用的线索。我见到那些看上去好像很有希望的人，我就向他们描述狗身毛色，狗腿狗尾，甚至五官面相。然而别人不是随便摇摇头，就是说没看到，也有几个当面表示了极大的同情，一只大狗，几十斤肉呢！

村子里的狗三三两两地来到我家门口，汪汪汪，没听到应答，很失望地回去了，慢慢地，再没有哪只狗来我家串门闲逛了。我突然明白，村子里所有的狗其实都知道这事，它们早串通好了，极力怂恿这只狗离开我。它们都看不惯我的自私，都瞧不起那根铁链，铁链充当了我的帮凶，所以它们出谋划策，同心协力解开了铁链。它们甚至知道，没出意外，这只狗应该到达哪村哪庄了，更说不定，它们早约好了某个时刻在某个山头相会，而十多天前它们跟在我后头帮忙找狗，只是做做样子，后来到我家门前溜一溜，汪汪汪喊了两句就走了，也是为了麻痹我，顺便看我的笑话。这一切，肯定是真的，但狗不会告诉我，我再低声下气求也没用，这是狗的秘密。

我受打击不浅，同样受打击的还有门口拴狗的那根铁链。不拴狗了，除去继续生锈，铁链真不知道自己还能干些什么。

我时常想起这只离家出走的狗，时间久了，也就想淡了！

狗离家出走，前途怎么样，那都是狗自己的事，狗前前后后都想清楚了。再说，一只狗选择离开人，人也是没办法的事。一根铁链，又能拴得住什么呢？

从此，我不再养狗。

燕子燕子请到家里来

燕子燕子请到家里来……

这应该是春天的庭院里，三两个刚上幼儿园的孩子，天真无邪地，拍一下胖嘟嘟的小手，又扬起一个手指头，若有其事地戳一下远方的天空，口中含混不清地唱着的歌谣吧，而庭院的上空，恰有三两只燕子掠过云端，正朝这边飞来。你如真这样想，那就大错特错。这只是一个成年人突然醒来后惆然若失的千呼万唤，它就来自我的心底。

你别老那样看着我，心里笑我童心未泯是不是？可我一点儿也笑不出来！

小燕子，穿花衣，年年春天来这里，我问燕子你为啥来，燕子说"这里的春天最美丽"！

记得这首儿歌不，我们小时候唱过的，你应该还有印象。那时，我们都还只能叫孩子，吸溜着两垄黄鼻涕刚跨进学堂门，老师就教我们唱这首歌了，"小爱子，穿发衣，年年村天来这来……"我们那时才开始换牙，门牙不关风发音不清楚，老师就一边教一边笑，更有趣的是，小燕子一会儿飞到教室窗口，叽叽喳喳几句便飞走了，一会儿又翩翩而来。下课了，挤出教室，我们也叽叽喳喳地，硬说是你家的燕子喊你回家吃中饭，弄得你不好意思，摸摸后脑勺，又摸摸后脑勺，嘴角的涎水吊下来好长好长。其实，那些燕子我们都认识，它们就住学校礼堂里的横梁上。

我们那时上学，学校里没中饭吃，但我们依然不觉得饿，依然快乐，因为有燕子，学校有，家里也有。

那个年代，我们村多穷呀，三四十户人家，找不到一间像样的房子。村子周围的那些瘦田瘠土，看上去一片一片的，一梯一梯的，还挺入眼，但一年到头就是收不回多少粮食。如今回想起来，唯一让人觉得有点意思的是村里孩子多，一出来玩就是一大群，满晒谷坪叽叽喳喳的，要多热闹就有多热闹；还有，那就是燕子多，多到什么程度我讲不好，反正你自己也亲眼看到过的，燕子一飞也是一大片，屋檐前，田野上，山坡上，人头顶，叽叽喳喳……那个时候，村东院西，土墙瓦顶，柴屋茅舍，啧啧，谁家不都是住着一窝燕子呢？

燕不嫌家贫，谁说不是呢？

人燕同居一室，和和睦睦，其乐融融！

好久没看到燕子了！我不知道，你听到这样的话心里会怎么想，你又会去怎么做。几年前的那个春日午后，我父亲有头没尾地突然对我说，好久好久没看到燕子了，一脸悲戚，弄得我半天没反应过来。但我敢肯定，我父亲绝不是随口说说，这我完全可以从他目光空洞的表情里看出来。但我父亲一时找不到问题到底出在哪儿，我也找不到。此后的日子，我就特意留了个心眼，我隔一两天就立在晒谷坪上，手扶不锈钢管焊成的栏杆，踮着脚尖望天，又费了好大气力爬上我家那棵高大的梓树，猴一样远眺，结果，春天过去了，夏日又来了，我连一片燕毛也没看到。后来，我挨家挨户实地察看，路上逮到谁问谁，他们都鼓着一双牛眼珠，怔怔地盯着我，好像突然之间不认识我了，半日，又木然地对我摇头。

回家后把这些情况向我父亲汇报，他老人家却一个字也没说，闷闷地卷"喇叭筒"。看到父亲那副表情，我一下就回想起自己儿时做过的那些不太地道的事来。我家老木屋中堂的横梁上，年年都住着一窝燕子，先是一对，不久就变成了一大家子，挤在横梁上窄窄的泥窝里。那是拿怎样的泥巴做成的呢？好奇心有时候挺能害人的！那根长短合适的细竹竿是从哪里找出来的，我现在记不清了。我那时站在燕窝下，昂着头，双手拄着竹竿，刚戳下燕窝门口的一小块干泥，我的两只眼睛就同时进灰尘了。后来，父亲回来的时候，我还站在那儿揉眼睛，脚下横着竹竿，摊着一地碎燕窝……父亲以前扯我耳朵，无非做做样子罢了，都不是真扯，但那次，父亲下了狠劲，好几天了，我耳朵还隐隐地痛。我那时也就五六岁，我想不通父亲怎么帮燕子，却不帮自己的儿子，那一刻，我心里已暗暗将这笔账记在燕子头上了。一天，我端着一碗饭经过中堂去晒谷坪，啪，一坨燕子屎刚好屙在我肩膀上，又溅到饭碗里，气死我了，我把碗一撂，找来竹竿，今日一定要把那燕子窝捅了，旧恨新仇一起了。没等我扬竹竿，我父亲就一把夺了过去，找死呀，走路不长眼睛，你就不晓得绕着走！母亲忙把我拖进灶屋，一边拿湿毛巾帮我擦肩膀，一边轻言细语地劝，人是命，燕子也是命，人命还得燕子保佑呢，燕子窝戳不得的，燕子，有灵性呢！我至今还记得，那个灵字，母亲当时把音拖得好长好长。

想起这些事，我就觉得对不起燕子，罪过呀。好在那时，尽管年幼无知，父母及众邻居言传身教，潜移默化，我都永远铭记在心了。喜鹊讨人喜欢吧，但它只能住村后的林子；麻雀黏人吧，但大家只让它借宿瓦楞；只有燕子，人才另眼相待呀！主人锁门外出，都不会忘了给木格子窗门留一条缝，那是燕子回家的通道；用竹楔竹篾在高高的横梁上搭一个平台，燕子垒窝时，屋基都给奠好了；还要专门在屋梁下吊一只箐箕，那是燕子的卫生间，情愿让燕子在人头上拉屎，就是过去的皇帝老子，也没享受过这样的礼遇。燕子是贵客，燕子是至亲，燕子是神灵啊！我那七十多岁的老祖母，耳朵有点背了，但每年春天刚来的头个把月，有事没事总喜欢踮着一双小脚踱到屋檐外，面带微笑，手搭凉棚张望，而且一望就是半日，我大声问她望什么，你听她怎么回答，不望什么啊，接燕子回家，声音比我的还要大！其实，这样的话，你的祖母肯定也说过，只是这些年你一门心思在城里打拼，什么都不记得了。

如今，我父亲年近七十，还有村里的阳生叔、学春伯，还有你那独守空巢的老父，他们都一大把年纪了，都应该有一大把一大把幸福而美好的回忆，但他们手搭凉棚的时候，还笑得出来吗，还能像我祖母当年那样，大声地说"接燕子回家"吗？他们只能望着空洞洞的天悲戚默叹，燕子好多年好多年没回家了！我也百思不得其解，症结在哪儿呢，到底是人这边出问题了，还是燕子那边出什么问题了呢……

人的问题，当然是人的问题！

我父亲终于说话了，不容置疑的口吻。父亲说他见得多了，绝不会搞错的，是人忘恩负义容不得燕子！按理说，一个村子的历史有多长，燕子居住的时间就有多长，燕子这种有情有义有灵性的鸟，怎么会平白无故抛弃自己的家园呢，肯定是人一步一步逼的，燕子一年一年都回不了家，不知流浪到什么地方去了。你可别不信！我父亲的为人你应该知道的，憨厚、善良、老实、本分，现在老都老了，还要给自己背上往人头上泼污水扣屎盆子的骂名吗？我父亲常常告诫我，做人不能忘本！你回来这些天都看到了吧，现在村里哪户人家不是二层三层的楼房，水泥奠基，水泥砌墙，水泥盖顶，门是防盗门，窗是铝合金玻璃窗，外面光洁漂亮，里面金碧辉煌，天上神仙的日子恐怕也不过如此吧？当然，人有了几个钱，腰包鼓了，想过好日子，这也无可厚非。但人都住得温暖了，舒坦了，满足了，总该给燕子一个角落让燕子遮风避雨吧，但却容不得燕子在屋里屙屎，脏了地板，脏了满屋子的家具摆设，但外面的窗台上雨棚下，就那么小小的一个旮旯儿，总该可以吧。还有，像辉叔家、善贵家这样的不知多少呢，一个一个进城了，连个守空巢的也不留，门窗玻璃严丝合缝都锁死了，怎就忘了给燕子留一条进出家门的通道呢？

其实，燕子也不是说没就没的。七八年前吧，也许更早一些，村里好多人在水稻田里施化肥、喷洒农药，都还看到过燕子，只是人一来，燕子就呼啦啦突然飞走了，逃命似的。所有的人都举头望，燕子不是往村里飞，而是一伙一伙地朝着村庄西侧的山崖上飞去了。时间长了，人脖子又酸又疼半日扭不回来，这才恍然大悟，崖坎上好多好多天然小洞穴，原来燕子将家安到那里去了。后来，我还零零星星听到有人说，这个说在村西山崖下的草坪放牛，看到崖壁上一绺一绺一片一片洁白洁白的，肯定是燕子屎；那个讲自己到崖坎下割草，筲箕底子上好多黑乎乎的毛，一看就是燕子身上掉落的。但后来，燕子又为什么毅然决然地集体离开了呢？"农药！"我父亲想都没想就给出这两个字。"化肥！"阳生叔不太爱多讲话，一开口还是这么干脆利落。农药化肥！化肥农药！听到这两样东西，你心里紧张了吧，害怕了吧。燕子也一样！民以食为天呀，燕子，这地球的小小的平民百姓，跟众生灵一样，跟我们人一样，天天要进食，天天要补充能量，然后才能精力充沛地劳动工作，为人民服务。现在市场上出售的粮食，别看它颗颗饱满，粒粒莹白，还不都是用化肥农药养出来的。人自己吃了，生一些古里古怪的病，然后躺在医院吃药打针，幸好有医疗保险。但燕子呢，谁给燕子保个险，谁帮燕子把把脉、照照B超、做做CT，再去查查"三高"什么的？燕子搭火烧被窝，活该倒霉？燕子吃稻田里的虫子，摄入了大量的残留农药，还有氮、磷、钾、铁、锌、钙等等人工合成的营养元素，这些看不见的有毒的化学成分吞噬燕子的肉体，先是污染血液，破坏大环境，接着去损害心、肺、肝、肾等脏器，最后就只剩下三个字了，拿命来！

你说你在城里看到过燕子，我相信，但那是流浪的燕子。除了水泥与钢筋、噪音与尾气，城里什么也不提供给"难民"！城里不是燕子的家，就像城里不是你的家一样，不过，你要是真想家了，还可以带着妻儿回乡，回到你父亲帮你守着的那个家。

燕子哪儿也回不去了！燕子没家！

燕子燕子请到家里来！

我当了几十年语文老师，朗读水平修炼得相当不错了，但当我使出浑身解数，融入各式艺术技巧，准备对着空洞洞的天空千呼万唤的时候，我却哑然失声！

唤不回燕子，那些远行的人怎么从燕子"低飞要下雨"的智慧里识得风雨变幻无常的人生呢？

唤不回燕子，那些漂泊天涯的游子怎么慰藉"如轻烟似的乡愁"？

唤不回燕子，那些学富五车的先生怎么引导孩子从"旧时王谢堂前燕，飞入寻常百姓家"里，寻找诗意与美感呢？

唤不回燕子，那些体面的绅士，就是穿上了新款的燕尾服，又有什么风度可言？

唤不回燕子，那些苦心经营的人，再要用"燕子垒窝精神"往自己脸上贴金，不是厚颜无耻，又是什么呢？

快飞吧，我的白鹭

如果，我那天不去散步，或者选了另外一条路径朝着相反的方向走，结果会怎样呢？

那么静谧的黄昏，那么清澈的水边，那么深的蓬蓬草，那么美的鹅卵石，那几只白鹭会不会再歇会儿，当第一颗漂亮的黄昏星映现在水中的时候，有没有一只白鹭发出邀请，一只一只白鹭应邀而来，敢不敢忘情地俯视那水中星，甚至集体研究决定，今晚上就地宿营了呢？

相信我，我从小就是一个爱鸟的人。当然，捅燕子窝、掏麻雀蛋，甚至拉起弹弓射落天空中一只无名的飞鸟，这些事我小时候也不是没干过，但那都是小子玩性不改，跟人品无关，我跟白鹭无冤无仇。我刚读小学时坐在那间没糊窗户纸的教室里大声背诵"一行白鹭上青天"，脑海里就浮现出一种会飞的美丽的鸟来，那就是我心中的白鹭，只属于我一个人的白鹭，在少年无限的心空飞翔。后来在初中生物书上读到白鹭，我对白鹭的认识就更具体了：白鹭，鹳形目、鹭科、白鹭属，一种候鸟，善飞，羽皆白，通称白鹭。其实，它还有好多好听的名字。我记得我祖父还叫过它白鹭鸶。想想吧，白鹭鸶，丝一样的鸟，能不美么？

我那天也就是饭后散散步，跟往常一样，一个人慢悠悠地沿着河堤走。这是我每天上下班的心经之路，我却走不厌，晚饭后散步也要走的，从这头走到那头，然后数着自己先前的脚印走回来。我手里没拿枪，一路那么空空地甩着，连一棵草梗也没掐，一粒小小的石子也不曾抓起过。我头上也没戴红红的鸭舌帽，我从不蓄意瞄准什么，眼睛就不必害怕阳光硬扎扎地斜刺过来破坏我的准心。

我怎么就惊了天使一般的白鹭了呢？

那时，太阳正蹲在山头，万丈霞光迅速抹遍峰峦、田野，又一头跃过河堤，将河滩涂染得美好生动。于是，我向那片河滩慢慢地走去。我刚刚走到河滩边缘，在离我大约二十米远的地方，几只白鹭哗啦啦飞起来了。每年秋天候鸟迁徙，好多好多白鹭会经过我们这个地方，飞到南方去过冬，所以，开始我也就没怎么在意。我扭转脖子，目送它们瞬息之间消失在天空，心里还默默地祝福它们一路平安。我继续往前走，也就是跟刚才我与那几只白鹭的距离相仿的左前方，又有几只白鹭哗啦啦飞了。这一次，我却从空气震颤的声音中听到了异样，原来，鸟的惊悚和人的惊悚是那么相似。但幸好天空里的路比大地宽，不然，慌不择路的，撞到一堵山崖上，或者蹿到一棵枝繁叶茂的树杈上，羽毛刮落了多少也不知道。真这样的话，我想，我也不好意思去拾那美丽而珍贵的羽毛，因为我的撞入，竟然让它们，一群美丽善良的鸟受到了伤害。我那时心里咯噔一下，白鹭是怎么发现我的？我的脚步轻，散步嘛，走那么急干什么呢，何况我们之间还有差不多二十米的距离，那么白鹭肯定是早看到我这个人了，我却发现不了它们。它们小心翼翼地躲在一颗颗鹅卵石后边，掩到一蓬蓬深草下面，目光警觉地盯着，那个高大的家伙，那个不怀好意的家伙又来了！或者，白鹭飞了那么远的路程，累了，饿了，正在草丛里小憩，正聚精会神地找寻浅水中藏在卵石下的鱼儿虾米充饥，猛抬眼，突然看到一个人影，第一只白鹭吓得魂飞魄散，哗啦一声蹿上天空飞逃而去，其他白鹭来不及搞清楚发生了什么，也都条件反射似的，慌乱之中，飞逃而去……

　　我想，白鹭是不是将我也当成了那些家伙，这让我羞愧难当。我知道，每年这个时候，都会有人在这片河滩上巡过来，巡过去，专门打白鹭。他们头戴红红的鸭舌帽，手持一杆火铳，"嘭！"整个河滩都震动了，天空震动了，我的心也震动了！幸好，铳口喷射而出的罪恶的铁砂没有击中一只白鹭，连一片羽毛也没有，但他们乐此不疲。我不知道白鹭是藏在了哪棵草下，躲在了哪颗卵石后，这一声骤然巨响，嘭，在白鹭的心中永远不会消失，永远也不会平静了。事实上，我也不得不忏悔了！在那些家伙猫着腰躲在某一块巨石后边瞄准的时候，我还是来得及通知白鹭的，我还有机会叫白鹭赶快飞，我只要捡起一枚石子扔过去，再怎么，我也可以用力打一下吭声，凭白鹭的聪明与机智，它们肯定能听懂我的小小善举。但我没有，因为我害怕，害怕那黑乎乎的铳口将我也当作一只白鹭，嘭，我没白鹭那么机灵，我也没有白鹭那样漂亮又能飞的双翼，除了老老实实待在这个地球上，我能往哪儿逃呢！

　　没能为白鹭提供一点小小的帮助，我心不安。一连好几个晚上我失眠，翻来覆去老是睡不着。一伙白鹭飞走了，又一伙白鹭飞来了，那片河滩上栖息的白鹭早已不是先前的那一伙，那么，白鹭对人类的警惕就值得我们深思了。不去关注戴没戴鸭舌帽、拿没拿火铳，都只是拿两条腿在地上行走的动物，所以，人与鸟之间的二十米，恐怕不是一般的地理距离，不是简单的数与量了，智慧再高的头脑也无法计算心与心的距离。一年又一年，白鹭飞翔而来，经过高山平原、村庄田野、湖泊河滩，一路吸引多少艳羡的目光，一路又经受了多少惊吓与恐惧，一点一点地，一代一代地，对人类的警觉，渐入骨髓，成为物种遗传的东西了。

　　写这篇文章的时候，我突然羡慕起一千多年前的那位大诗人来。那天，诗人也是与白鹭偶然相逢，这一偶然，成就了一首七言绝句，

丢失的乡村夏夜

二十八个字的诗，一千多年了依然不朽。诗人深情的目光中，一行白鹭飞上青天了，那一行白鹭有几只呢，这不重要，重要的是它们一直排着那么整齐的队形，那么美感的队形，从唐朝飞到了现代，从线装本飞成了精装课本，启迪我们和我们的后代，什么是诗，什么是美。那天，诗人与唐朝的白鹭距离有多远呢，十米，二十米，三十米？我看，古代的鸟与人是没有心灵的距离的。你想，诗人那天在亭子里一边啜茗，一边闲聊，总该有三两挚友吧？亭子临湖而建，古人又好步行，岸边，路人肯定也多了，而白鹭就在亭子下，就在水边栖息，在水草里啄鱼虾以果腹……人鸟何以两不惊呢？我当年读小学时坐在那间没糊窗户纸的教室里第一次大声背诵"一行白鹭上青天"的时候，就从诗句中读到了一份从容镇静、欢快自由。

这是我还能想象得到的天空中最诗意的飞翔了。

诗人有福，唐朝的白鹭也有福！

而那天黄昏，我散步时惊飞的白鹭，它们的飞翔已经毫无诗意。

什么时候，我们才能将鸟的疼痛当作自己的疼痛？真能重回那一天，我们的双脚着皮鞋还是布鞋，我们的脚步迈得轻还是重、缓还是急，传到鸟耳朵里，都是友好的问候。我们的服装头饰，不论贴身与否，不论色彩浓淡冷暖，鸟眼睛里看到的，除了不能飞翔，御寒保暖的功能，跟羽毛一样柔软纯洁了……

但，来年秋季，白鹭大迁徙的时候，我想，我是不会再去那片河滩散步了。

但，我能阻止那些头戴红红的鸭舌帽、手持火铳的家伙么？

我只能在心里一遍一遍默默地祈祷：快飞，快飞吧，我的白鹭！

贩蛙者及其他

村子里的狗都认得他，贩蛙者。

清早，摩托车突突突进村，远远地，狗一时没看清，伸着脖子朝那疾驰而来的车影汪汪汪地叫，但马上噤声了。眼疾脚快的几只狗已守候在村口老杏树下，先是围着他焊了高高的铁笼子的摩托车转两圈，接着就舔他的裤管和皮鞋，甚至还将前腿腾空往他怀里扑，亲热得不得了。不过，有几只狗还是迟到了，它们刚才不是被主人叫住了，就是临时内急耽搁了，但这时迈开四腿一路急奔，生怕动作再慢一点就没尽到迎客之礼似的。后来，他骑着摩托车离开村子，狗追着跑了好几十米远，又一起朝着摩托车消失的方向，朝着远山和天空，抑或压根就没找到什么具体的方向和目标，汪汪地叫，空空地叫，糊里糊涂地叫。那些早晨，我总是躲在我家屋檐下远远地眺望他骑着摩托车远去，听那些狗叫，狗其实不是叫他，狗知道他明天还会来村子里，狗最大的疑问在他摩托车上那高高的铁笼子里，呱呱呱，呱呱呱，狗想不通，狗昨晚还听到这样的声音就在村前的稻田里叫，半夜过后又在主人家里叫，而现在，他要把它们带到哪里去呢？

狗想不通干脆什么也不想了，三三两两重新回到村子里，好像什么也没发生。

但田里的水稻却不能不想，躲在水稻脚底下的青蛙更不能不想。

水稻越想越后悔，昨天晚上，水稻明明知道有人打着手电筒过来了，水稻要是咳一下，或者摇摇稻秆，那几只青蛙就可以逃脱了。但那一刻，水稻吓蒙了，趁着月色，水稻看清了那个人是谁，水稻认得那只手，水稻当初还是秧苗的时候，就是那双手将它们一蓬一蓬送到这块水田里的。

一只死里逃生的青蛙正靠着水稻喘气，余悸未消。青蛙好想告诉水稻，青蛙们绝无怨恨的意思，青蛙逃得了初一，逃不过十五，但不管怎样，青蛙在一天，就要保水稻一日平安。青蛙还没开口，喉咙就硬了，人，怎么这么容易就见钱眼开了呢？那个骑摩托车的，一看就知道不是什么好人，不然，摩托车后面焊那么高那么大的铁笼子干什么？青蛙不怕死，但青蛙不想让铁笼子带走死得不明不白，死不瞑目呀。青蛙只有一个念想，和人一样，到头来就死在自己家乡……

青蛙和水稻互相倾诉的时候，我刚好走在去学校的路上。我在路上还碰到我的叔伯兄弟，他们才回家，他们刚把昨晚捉的半蛇皮袋青蛙转手，高高兴兴地跟我打招呼。

我心不安！

他们都是我的乡亲，我不知道如何面对。他们却为我感到遗憾，那个人刚走，我要是再早一点就可以搭便车去学校了。他们不知道我其实早认识他，但我不会坐的，真不会。我就是不想坐他车，看到他骑摩托车已经离开了才从家里出发的，再说，我同又高又大的铁笼子挤在一辆摩托车上，听青蛙一声声哀鸣，而我又救不了它们。

十年前，我当他儿子的班主任，他家离学校不远，就在镇街北头，他常来学校问我他儿子的表现。他是从哪一天起开始贩蛙的，我却一点也不知道。做这种买卖，他到底能赚多少，我也不清楚。我只知道，他家门前电线杆上悬挂的杉木招牌，上面写着大量收购青蛙几个大字，是我至今为止见过的最丑的字。

我却弄不懂，我的乡亲，恰是奔那块招牌去的。

小时候，我们的游戏也曾充斥着血腥味，也是在那些田埂上，我和我的伙伴动不动捉青蛙阉猪。我们逮了一只小小的青蛙，截四腿，割脑袋，开膛剖肚，收获血淋淋的毁灭的乐趣。而那时，这一切，往往会讨得大人的责怨：造孽哟，真是造孽！上学后，我才知道自己罪孽深重，我们收获的粮食，如果不是青蛙，难说粒粒饱满，难保颗颗喷香。但现在，那块招牌却死死地横在乡亲们心中，他们完全意识不到，那个骑着焊有铁笼子的摩托车的人，看起来是贩蛙，实质是贩我们赖以生存的故乡！

　　那一天，快了，乡村田野里找不到一只青蛙，蛇皮袋和铁笼子，关着一只只大活人！

第三辑

欠父亲一碗面条

那年，我初中毕业考上师范，父亲粗糙黝黑的脸上，因此镶满了阳光：儿子"鲤鱼跳龙门"，那是光宗耀祖的事，当农民的父亲自然比谁都兴奋。我却怎么也高兴不起来。老师同学都说，凭我的成绩随便考个高中，将来一定是上大学的料。可因为家境贫寒，我只能初中毕业直接考个中专，希望早点出去工作为家里减轻一点压力。

开学了，父亲执意要送我到学校。我们乘班车先到达县城，第二天天刚亮就上了长途汽车。一上车，我就陷入了沉默，父亲却在我耳旁唠叨不停，那些话，母亲早说过好多遍了。窗外，不断闪过金黄的田野，闪过忙碌的收割的身影。我懒懒地将目光掠了过去，直接投向那青黛的远山，那遥远的未知的天空……

一个多月前，我接到黔阳师范的录取通知书，大学毕业后在县城工作的堂兄一眼就看穿了我的心事，说不想上中专就去读高中吧。"哇"的一声，不管有多少人在场我兀自哭起来，委屈的泪水如泄闸的洪水。

风儿挟一股热浪扑进窗户，掀起父亲敞开衣襟的麻布衬衫，又将他胸前那搓洗得只剩一层薄纱的背心夸张地抖个不止。我马上闭了眼，对父亲我什么也不说。

一路黄尘飞扬，汽车终于停在一家旅店门口。司机叫乘客下车吃面条。关着车门颠簸了五六个小时，胃都颠空了，只剩一层光皮囊了。父亲先下车喝了一杯旅店的免费茶，又上车问我要不要吃一碗面，我

170

摇头，说不饿。父亲迟疑了一下，说那就到安江再吃吧，就上了车。现在回想起来，我是多么后悔，那时，我怎么就不问一声父亲饿不饿呢？

汽车重新发动，开始翻越险峻的雪峰山。不久，父亲就晕车了，吐得一塌糊涂。尽管父亲以最快的速度将头伸到窗口，但那些汤汤水水还是溅了一地，那些飞沫被风一吹，难闻的气味顿时就混合在车厢里了。因早上仅买了两个馒头，刚才只喝了一杯免费茶，父亲的胃倒腾了半天，连黄胆水都呕了出来。车上的人赶紧捂了嘴巴，带着责问，带着厌恶，一束束目光射了过来，我如芒刺在背。看一眼虚脱又面无血色的父亲，我想说几句知心知肺的体贴话，但又开不了口。

下午四点，汽车终于驶进了安江汽车站。往街上一站，父亲的土气立刻显出来了：灰暗的麻布衬衣，磨损得怎么也穿不正的皮草鞋，里面还嵌着黑泥巴的脚趾甲，与周围的一切是那么的不协调。等了好久，新生接待车还没来。就在这时，父亲说要去吃碗面条，结果将衬衣口袋翻了个底朝天，阳光下，脸涨得绯红绯红。怎么搞的，三块钱不知什么时候掉了。我想可能是晕车时父亲头伸到窗外那会儿掉的，但我没有说破。我暗暗地抱怨他的笨：万一车来了呢？饿饿饿，忍一下不就到学校了？但我还是打开了行李箱，躲开父亲的目光，连我自己都没想到，我的手指会故意扒开那些角角块块的零钱，偏偏夹起一张五元纸钞，看也没看，反手递了过去。

果然，父亲去了一会儿，学校的接待车就来了。如果不是司机等得不耐烦了，我打算就那么一直等下去。在一张油腻腻的桌子旁，我拉了一下父亲，父亲一吓，猛地转过头来，满脸惊愕。我又大声重复一句："车开了，快点！"说完我转身就走。原来，父亲找到的是一家国营饭店，吃面条也要排队购票，服务员刚把一碗热气腾腾的面条端到父亲面前，我就找到了父亲。只可惜，那七毛钱一碗的面条，父亲只吃了一口。

第二天天没亮，父亲就要回家。我准备送父亲到汽车站，毕竟父子一别半年后才能相见。父亲却阻止我，说学校到车站恐怕七八里路，黑咕隆咚的，白走那么远路干什么，再说，等会儿你一个人回来，我怎么落心呢？

父亲走了，我再也睡不着，刚才拥挤得转不了身的单人床，此时却那么宽，那么空。异乡的夜色中，父亲的鼻息似乎还在，我裹了裹被子，将父亲留在我身旁的温度裹得紧紧的。突然，我心一惊，父亲身上只带了昨天吃面条剩下的四块三毛钱，光车费就要四元呀……不容多想，我翻身跳下床，一把抓起枕边放钱的衬衣，噔噔噔跑下楼。夜色无边，秋凉袭人，纵使声嘶力竭，我也唤不应我的父亲。我一下子瘫坐在路边，无助地哭起来，悔得心中钝钝地痛：回家的路上，父亲真的连一碗面条也吃不上了。

就这样，我欠了父亲一碗面条！

二十多年过去，父亲六十有五。现在，我每月都按时寄给父亲一些生活费，偶然提及过此事，父亲却已记不清。

看来，这辈子，我只有永远欠父亲的了！

《湖南工人报》2009 年 5 月

父亲的脾气

父亲的脾气是一记长鞭，常在我人生的关键时刻，高高扬起。

那年，我才读小学四年级，眼看着同我一起跨进小学门槛的伙伴，今天这个不读了，明天那个又不上了，我从家里迈向学校的步子渐渐歇了劲。我开始旷课！我将书包藏在路边的草树垛子下，人悄悄溜到村子后边的山上，一个人在小溪里掀石块、摸螃蟹、捉鱼虾，或爬上一株松树掏鸟窝，自由自在，神仙一般。

在我的记忆里，父亲从来都是喊我乳名的，但那天，父亲叫了一声我的学名。我一下子怔住了！也是在那一天，我尝到了父亲的脾气。子不教，父之过！父亲三下五除二褪下我的裤子，噼里啪啦，照我的嫩屁股就是几巴掌。第二天，屁股还麻辣辣火烈烈的，碰都碰不得。"小小年纪，读到小学四年级就不想读书了，真是不中用，明天去学校向老师认个错，要不打断你的腿……"动完家法，父亲罚我跪在堂屋里，泪水滚落，吧嗒吧嗒。天渐渐黑了，我等着父亲叫我起来，但父亲却不再理我。

怀着对父亲的怨恨，我重新坐到教室里，但想不到的是，我竟坐得端端正正，成绩也一路上升。

父亲布满皱纹的脸上，阳光灿烂。

后来，我师范毕业，面临分配。一天早晨，我从门旯旮里扛起一把锄，跟父亲一起走进我家的薯地。阳光烤着薯地，烤着我忐忑不安的心。为分到一所好学校，同学的父母都在送礼走关系，而我回家这么多天了，父亲却对这事不闻不问。我打算向父亲要最后一回钱！

父亲时而一锄一锄地刨着薯藤下的杂草，时而俯下身子，一手扶锄，一手拔了锄不到的毛毛草草，又小心地将刚才弄乱的薯藤放平，理顺……我看一眼父亲，又看一眼父亲！父亲却从不回头看我！我欲言又止！

终于，父亲要到地边那棵油茶树下歇气抽烟。我将锄竖在地里，跟了过去。父亲沉默了！父亲坐在树下抽"喇叭筒"，浓浓烟雾，遮没了他黑黝黝汗津津的脸……

"我没钱！就是有，我也决不花这种傻儿钱！"父亲突然站起来，扔下这句话，扔下半截湿乎乎的"喇叭筒"，走进薯地。

今天你嫌弃土地，明天土地嫌弃你！父亲又硬邦邦地甩过来一句。

我木木地站在七月的阳光中！

直到开学那天，我都没理父亲。转眼间，秋已深，天气一天比一天凉，我在我们县最北边那个乡镇的一所村小学当老师也已两个多月。一天，我在房间备课，门突然开了，进来的是母亲。我愕然！"你们父子俩是前世冤家，一个比一个犟，这些天他晚上做梦都喊你名字，你倒好，连家门都不回。"母亲断断续续地说着，眼角含泪！母亲指着我刚刚从她肩上卸下的袋子，说，这是你爱吃的橘子，还是你父亲叫我送来的……

我的眼泪顿时滚下来了。

星期六下午，我回到五十里外的家中，给父亲捎回一袋学生送我的新鲜板栗。

后来的事，得感谢那些寂寞的夜晚、那些单调的星期天。后来，我参加全国自考，发表论文、散文。再后来，我调进县城，又回到乡镇中学搞行政。

父亲的脾气，儿子的福气！这句话突然冒了出来。岁月流转，如今父亲六十有五，事实上，父亲的脾气渐渐没了。我也人过不惑，有时竟突然想，什么时候，父亲再狠狠训我一顿抽我两板呢！

父亲爱长痱子

小时候，我怎么也不明白，一到夏天，父亲的背上老爱长痱子！

父亲坐在门槛上，光着上身，我站在门槛背后，面对父亲的脊背，面对着密密麻麻一片的红疙瘩……

这情形，仿佛就在昨天。

父亲收工回来，让我给他刨痱子。我又长又宽的指甲在父亲的脊背颈窝腋下划过，一颗一颗亮如针尖的痱子纷纷破裂，吱的一下，爆出一声轻微的脆响，父亲听了，夸我中用。我一得意，手自然加大了力度，父亲的身体条件反射似的一抖一缩，似在躲着我的指甲。一个站着也没有父亲坐着高的孩子，凭一个指头就将山一样的父亲弄得发抖，那都是因为痱子。我心一颤，指甲所到之处，竟慢慢渗出红红黄黄的脓汁，流淌在父亲的脊背上。父亲一边摇蒲扇，一边指挥我的手指，上来一点，再上来一点，下去一点，再下去一点，对对对，对了……父亲几次叫我下手重一点，但我再也不敢。父亲的背上已很难找到一处好皮肤，特别是那双肩我碰都不敢碰，那里痱子叠痱子，扁担一压一擦，破了烂了，这里一坨，那里一块，红肉鲜鲜，血渍斑斑……

午后，太阳的威力似乎更足了，但父亲只在门槛上眯了一会儿，就扛起锄头走向日头白花花的田野了，屋檐下，整齐地码放着父亲刚刚挑回家的柴担子。透过父亲的背影，我仿佛看到，刚刚被我的指甲铲除的痱子，又长出新的一茬，噬咬着我的父亲，噬咬着我们本就艰难的日子。

后来，弟妹渐渐长大，我也由小学升入初中，再也没有帮父亲刨过痱子，我不再留长指甲，但那些闷热的夏夜，父亲总是被痱子折磨得不能入睡。

初中毕业后，我考上师范，家里的开销突然大了，父亲为了多挣几个钱，那么热的天，一天到晚给别人做砖，二分三厘钱一块。几根树桩撑一个矮矮的棚子，上面盖几片破破烂烂的油毛毡，父亲就在那火炉似的棚子下汗一身、泥一身、痱子一身地拼命！父亲两头黑地劳累，中途也舍不得多休息一会儿。那个暑假，我去帮忙。看我流了一身汗，脸蛋晒得绯红，父亲劝我先到不远处的树荫下休息，每次，我在树下歇了好久好久，父亲自己才慢慢地走过来。刚坐下，父亲就撒开沾满泥巴的手指，这里抓抓，那里挠挠，我知道，这会儿痱子全醒过来了，又开始噬咬我的父亲了……我到水沟边洗了手，想帮父亲刨痱子，父亲却难为情地站起来说，"算了，刨不净的……"

那个火炉一样的油毛毡棚子里，父亲做了多少砖，流了多少汗，长了多少痱子，这笔账永远也无法计算。在外求学的日子里，我写了那么多的信，除了一封是向父亲介绍我从学校图书馆偶然看到的马齿苋治痱子的土方，其余，都是让父亲不断地给我寄钱……

转眼一二十年过去了，我忙工作，忙职称，忙家庭，忙孩子，唯独没有忙父亲。家境渐好，父亲不再做砖，大热天里，我也早已淡忘了父亲背上的痱子，更谈不上亲自为父亲挖一把马齿苋了！

近日，气温猛升，正是长痱子的时节。两岁多的小侄子一天洗三个澡，每次擦干了身子，弟媳都要给他涂一层厚厚的痱子粉，胸、背、脖、颈、腋下、额前甚至大腿根两侧，不落下一处地方。白扑扑，粉嘟嘟，连屋内空气中都飞满了痱子粉的尘烟，看那讨人嫌的痱子还拱出来咬宝贝吗……

我猛然想起，父亲也是爱长痱子的啊！但，我们什么时候这样认真对待过？除了许多年前从图书馆捡来一剂马齿苋治痱子的土方，我们什么时候将父亲的痱子想成了是从自己身体里长出来的，那些痱子叮咬的就是我们自己身上的一寸一寸肌肤，然后一丝不苟地坚决地消灭那些疙疙瘩瘩呢！

　　还长痱子吗？

　　晚饭后，父亲坐在电扇下吹凉，我突然问。

　　好多年不长了，身子干了，痱子也嫌呢！

　　父亲自己嘿嘿地笑了。

　　我却笑不出来，除了愧疚，我还能说什么呢……

　　父亲的背明显弯了、瘦了，数得出一节一节的脊椎骨来，皮肤也是失了光泽的黑，连那厚实有力的肩膀都起了褶皱……

　　我亲爱的父亲，将自己的生命一点一点挤干，直到每一寸肌肤枯萎，直到再也长不出一颗痱子……

父亲的打工情结

　　那年，父亲同村子里的叔伯兄弟们去广州打工，一伙人背着蛇皮袋，穿着解放鞋，慢慢消失在故乡深情的目光中。其时父亲年近五十，胃口又不好，但父亲执意要走，家人极力阻拦不住，只好遂了父亲的心愿。我不放心，送父亲到火车站，帮父亲推上车，就在火车吭当吭当启动的时候，我双眼热辣辣的，泪水滚了出来。

　　火车拖走了父亲，也拖走了家人扯不断的思念与牵挂。其时村里不通电话，父亲文化又低，读信写信当然不方便，但只要村里有人从父亲那个工地回来，父亲都不忘捎上一两句话：他在那边很好，让家人不要牵挂，他自己会照顾自己……父亲的话就这么简单，这么轻松，却总让母亲眼角含泪。每次，母亲抖着双手数完父亲捎回的钱，除了一部分用于农忙时请帮工，剩下的都到信用社存起来，父亲卖苦力换来的血汗钱，从不随便乱花。

　　父亲，一位地地道道的老农民，一个大半辈子只知道与土地打交道的人，如今却要走出大山，远离血脉相连的土地，成为庞大打工族的一员，在城市的某个角落一肩一肩挑起乡村的日子，也挑起城市意味深长的目光，以勤劳与坚韧，以纯朴与厚道书写三个字：农民工！父亲一去数月，同去的人中有好几个人回来了，说广州天气热受不了，而父亲却说年底回来，要干就干一年……我只知道父亲在一个工地当小工，却帮不了父亲，更想象不出父亲是如何将那一桶桶水泥浆、那一块块方砖气喘吁吁地挑上高耸入云的脚手架的；想象不出灯火通明的广场上，陌生的人们唱歌、弹吉他、跳舞、推太极的夜晚，父亲该怎样拖着疲惫软沓的身体爬进那低矮潮湿闷热的简易工棚的；想象不出城市第一道曙光中，父亲又如何睁开红肿的双眼迈着沉重的脚步挪向工地的⋯⋯

父亲终于还是回家来了。

父亲是让他刚出世的孙子叫回来的。那年九月，孩子呱呱坠地，家人仿佛找到了足以唤父亲回家的理由，我于是几次三番捎口信，说母亲既带孙子，又忙家务，还要管田里、土里的农事，实在抽不出身，当爷爷的不能不回来⋯⋯父亲人是回来了，可没过几个月，父亲言谈中就逐渐流露出对打工生活的怀念和依恋。

父亲第二次出门打工是到县城。父亲说反正家里就那么两三亩水田，总共不到半年的事，在家里闲着也是闲着⋯⋯父亲心意如此，家人也拗不过，只好顺了父亲的意，好在县城不像广州那么遥远，也就四五十分钟的路程。一过端午，父亲就出发了，身后浅嫩的禾苗染绿了故乡的层层梯田，也染绿了父亲的背影。每次到县城办事，我都要顺便看看父亲。父亲戴一顶软耷耷的毛边旧草帽，穿一件灰扑扑的旧衬衫，半挽起旧裤管，跟一伙与他没什么区别的人铺设道板砖。如果不是早知道父亲就在县城的这条街上做工，我也许认不出这竟是自己的父亲。他一会儿提灰桶，一会儿递瓷砖，满手水泥，有时眼角嘴边还沾那么一抹脏脏的灰黑。父亲见到我，也不感到意外，只说这活一点也不累，轻松得很，就好比在这树荫下乘凉闲着玩一样，还说过两天准备回家一趟⋯⋯我站在树荫下，打量着阳光中的父亲。父亲一边做事，一边看着我，黝黑的脸上始终闪着微笑，比阳光还灿烂。我身边不断踱过锃亮的平底、踮过尖细的高跟、扭过时尚前卫的吊带，店铺里不断传来摇滚、飘来丝弦，而父亲却视而不见、听而不闻。是啊，在世俗者心中，眼前的父亲是那么土，那么脏，但就是这种又脏又土的样子，填补着乡村日子里耕耙不到的边边角角，建设着县城未来更加和谐美好的风景！

随着年岁的增长，父亲的力气大不如从前。我们做儿女的再也不让他出去，不说颐养天年，家中粗茶淡饭总有得吃。而父亲打趣说，力气又存不到信用社里去，过期作废，闲着会生病的……

汗水在脊背上流淌，太阳在汗珠里闪光！我的农民父亲依旧利用农闲外出打工，为自己，为儿孙后代，更为寻找土地以外的自身价值。这就是父亲的打工情结，是他们这一代中国农民对未来生活的憧憬与追求，是永远也不会消散的社会情结！

父亲蒸酒

父亲没想到自己这辈子竟会干上蒸酒这一行当，而且越干越上劲。父亲做事老实，又肯出力，那年修湘黔铁路，在工地上宣誓入党，还戴上红花成了劳模。铁路通车了，上面要在最后走的这批人中留下一部分，只等地方政府签署意见，就可以办手续转为正式铁路工人了，父亲当然名列其中。听到这个消息，我的祖父赶紧跑到公社，他不光是以父亲的身份，更代表大队支委陈述了基层意见，说留谁都可以，但这个人万万不能留，大队要培养他当生产队长带领大家搞农业生产啊……以粮为纲的年代，这个大队老支委的话就不能不考虑了。铁路上的最后一次晚餐，从未沾过酒的父亲喝了几碗散装白酒，第一次就狠狠地醉了！第二天，父亲一双草鞋、一床旧被窝，和几个一起修铁路的年轻后生，走了一百多里路，天黑时回到家乡，进屋时连一句问候都没有。

父亲又当了农民，一个月后就选上了生产队长，带领全队社员搞农业生产，早不是早，晚不是晚，却仍然饱不了肚子。父亲从此再也没喝过酒，还教育社员兄弟不要喝酒。想想，那时一亩田顶多打二百多斤稻谷，山脚旮旯那些旱田，土质又瘦，常常是颗粒无收！一年的口粮不够吃半年，哪还有大米酿酒呢？供销社倒是有蒸酒作坊，好多次，父亲到大队开会，村街边围着一些人，供销社蒸酒了呢，这些人看那叮叮咚咚筷子粗的细流，一个个拧歪了鼻子，哼哂哼哂，都吸出了极难听的声音。父亲走过去，那香气将他一下子拽回离开铁路前的

182

那个晚上，刚想使劲吸第二下鼻子，憋一口气，回家去了。

分田到户了，不再当生产队长的父亲，种田经营庄稼的能力才真正有了用武之地，粮食一年比一年多，多得连一整间屋做的仓库都装不下了。那年，父亲一口气卖掉了二千多斤稻谷，但总共只换回三百五十七块钱。父亲来了气，辛辛苦苦一年，就这么点，太划不来了……

父亲开始蒸酒！从此，我每次回家，定有一股醇香扑鼻而来。

供销社早解散了，当年给供销社蒸酒的师傅也早已退休在家，父亲从超市买了一箱橘子罐头提到老师傅家，成了，蒸酒技术学到家了。民间蒸制米酒，工艺其实不复杂，父亲却样样必须自己动手，做得认真，干得投入，绝无半点马虎与随意。

父亲将米倒进加了水的大盆里，挽起袖子，双手用力对插到盆底，又将米翻弄上来搅拌搓洗，那水就浑浊了。米白亮亮的，一粒一粒都泡涨了。等锅里的水烧开，父亲把早滤好了的米一层一层地撒到甑里，看上了汽，才又加一层。热气常熏得父亲满头大汗，却熏不掉父亲的耐心。地上铺一床宽竹垫，父亲便把一大甑米饭摊在竹垫子上，顿时，满屋蒸米饭香。饭凉到温热，父亲将饭团用手轻轻地掰开，揉散，和了酒曲，拌匀，灌进备用大缸，密封贮藏在一间小屋里。冬天气温低，父亲用干稻草编织一袭草衣，小心地将一口口大缸包个严严实实，缸里的坯料照样发酵得快，发酵得完全。以后的每一天，父亲都要去那屋里，闻一闻，看一看，摸一摸，喜悦露在脸上，憧憬含在双目中。蒸酒那天，父亲早早起床，将一切备用器具都洗刷得干干净净。父亲郑重地给发酵期满了的一缸开封，如同揭去心爱的新娘头巾，芳香四溢，让人心魂荡漾。将这些几乎都酵化成水的糟坯舀进抹了一层油的锅里，架好木甑，顶起天锅，放入冷水，生了火，父亲就守护在灶前，直到蒸完最后一滴酒。蒸酒最难掌握的是火候，过小则出酒太慢，白

183

费工日；过大则溢糟，酒带焦味。但父亲将劈柴塞进灶眼，不快不慢，不多不少，都能恰到好处。这时，父亲卷起一根"喇叭筒"，一边抽，一边等着出酒，等待那庄严而幸福时刻的到来。

出酒了！清亮亮的液体，定然是人间佳酿，一滴一滴地淌着，渐渐流成一根细线，沿着竹筒导管乖乖地流进父亲盛酒的玻璃大缸，在父亲的心中激起层层涟漪。父亲早将未抽完的半截"喇叭筒"丢进了灶眼，生怕旱烟臊味败了浓郁的酒香。玻璃缸里的酒不断上升，热热乎乎，白雾翻腾，尽管父亲把缸口封得那么严实，仍有丝丝热气跑出来，专往人鼻子里钻。有乡邻闻香而来，父亲热情地招呼大家，兴致勃勃地谈着酒，然后递给他们一只镶边碎花碗，随他们自己去品尝。乡亲们也不会客套，不管自己会不会喝酒都要尝一口这新出炉的热酒。哧溜入喉，丝丝余温穿肠过肚，卷起舌头舔一下双唇，又咂吧一下嘴，"呀，好酒！"此时，父亲满脸红润，醉意盎然。

父亲年过六十，力气大不如从前。我看他这样蒸酒太劳累，让他歇下来，不蒸酒也少不了吃穿用。他却不干，说蒸酒是件乐事，越蒸越喜欢，就像我站讲台摸粉笔二十多年了也不嫌累。我说不过父亲。后来我擅作主张，拎回一桶食用酒精，说酒本来就有酿制和勾兑两种方式，酒里只掺那么一点点，保证谁喝了也尝不出来，肯定不至于伤身，还说如今市场上的假酒多得多了，咱们这是小巫见大巫……我别有用心，父亲却不为所动，一口拒绝，说这样做昧良心，良心又怎能掺假？被固执的父亲一顿狠批，我只好作罢，将那桶酒精半价退回，从此不提。

一天上午，父亲又在蒸酒，外村一姓张的熟客带来一个陌生人，说是邻县安化他的表亲，在他家喝了父亲的米酒，说口感特好，又易下肚，还口不干，头不痛，非要来亲自看看，顺便买几十斤带回去。那一天，父亲高兴得不得了，好心情滴出好酒来，在夜梦里还一直叮叮咚咚地流。父亲蒸的酒，芳名远扬，销售量不断增大，也给家里带来了可观的收入。但父亲依然按每斤两元卖给喝酒人，说价格是低了一点，但酒渣喂肥了猪，算是白赚一笔；父亲依然每次都严格按自己的标准取酒，说取长了有水腥气，那还叫酒吗？

父亲蒸酒，必然试酒，拿碗接半口轻轻一抿，舔一下唇，可以了，得准备蒸第二锅了。试来试去，父亲就上瘾了，一日三餐，离不了酒了。但由于家人的阻拦，加上父亲自己年纪也大了，常喝到六成就被母亲抢了酒杯，或是拎走了盛酒的塑料桶。反正没哪个陪饮，父亲嘿嘿一笑，一抹嘴巴，盛上一小碗米饭就吃。

那天，父亲却醉了，不重，却醉得真实，醉得感人！父亲刚插好秧走上田埂，老五转到我们村子来了。老五是隔壁村的，那年同父亲一起修过湘黔铁路，人憨憨直直的，没有弯弯绕绕。老五一直单身，镇里让他当林业员，一年三百六十五天他就在山林里转呀转，碰到熟人叫他吃饭，他嘿嘿嘿半日，天生就不晓得跟谁客套。父亲给老五倒酒，两个人就说起修铁路的事儿，动情处老五抹起眼泪来。端起酒碗，老五说声喝，酒咕咚几声下去了，说这些年他都是冷灶冷饭，六十岁的人了，还有么子想头呢？老五边走边说，舌头绕了半天，明年这个时候，他一定来给父亲插秧！送老五回来，父亲一声不响上床了，灯光映照下，我看到他脸色紫红，眼角处闪闪发亮。

第二天天麻麻亮，父亲就起床了，他说蒸一锅酒，都给老五送去……

《华夏散文》2009年第七期

《读者·乡土人文版》2009年第十二期选载

父亲担柴回家

柴米油盐，普通百姓过日子最基本的元素，缺哪样日子就转不活了。而柴，排名第一，已成为温暖的开端，幸福的起点！

"柴"与"财"谐音，在我们乡下，二者是可以画等号的。还记得小时候大年初一的早晨，我和弟弟喜欢赖在热乎乎的被窝里，看谁最会"闷财"。进财啰！进财啰！往往等我们再一次进入梦乡的时候，父亲已从屋后山上挖来几棵树蔸、劈来几根树桩，一边走一边大声兴奋地吆喝着，然后就听到正屋门吱呀一声开了，母亲拿同样的声音回应，进财进财，开门就是财，哈哈哈……

那些日子，我们家就烧柴，煮饭、炒菜、烧开水、和猪食、泡牛料，灶眼里红火火，灶门前热烘烘。每次放学回家，往灶门前矮凳上一坐，很有经验地朝灶眼里添柴火，一会儿，母亲就弄好了饭菜。家的味道，最早在那些日子就慢慢把握住了！

柴，有母亲用竹箢从后山上扒回的松毛（松针），干爽枯黄，却不经烧，也有我拿镰刀割来的茅草灌木，混合着泥土与野草的气息，但那团团青烟，熏人眼泪。更多时候，我们家烧的是父亲从十多里外的山中，一担一担挑回家的柴担子……

父亲腿一弯，身子一挺，肩膀一耸，砰的一声，将柴担子重重地撂在地上，掀起两团淡淡的尘烟，那一刻，我家又低又矮的木屋分明有了幸福的震感。父亲用手掌自上而下抹了一把脸，随手一甩，干燥的灰地上立刻现出数点麻子般的湿印，然后，取下柴刀，抽出扦担

（扁担，很长，两头尖，顶部包有硬铁皮），走进屋檐，坐到门槛上卷"喇叭筒"歇息去了……

父亲将柴码放在屋檐底下，那一捆一捆的柴担子，在我的眼里又高又大。父亲，成了我最崇拜的人！小时候，我喜欢在柴担子上蹦踩，双手抬平，口中喊着喂呀哟喂，身子沉浮起落，如大鹏展翅高飞。

那时，分田到户没几年，乡里人家除了比谁家的谷子打得多，就是看谁家屋檐底下的柴担子码得高，码得厚实。父亲一个人种了四亩多水田，劳劳碌碌，一年到头也没正正经经歇过一天半日。但是，只要有空，父亲必然进山砍柴。当家的男人是不会让自家的烟囱受冷落的！所以，农家孩子，不分男女，很早就学会了上山砍柴这门功课。先是在屋前屋后割些灌木、捡些枯树枝，稍大，就一把刀、一根扦担，常步行十多里山路去深山老林里砍柴。我是"鸭脚板"，走不了远路，每次担柴回家，脚脖子肿胀疼痛，一个人坐在屋檐下揉了左脚揉右脚，口中"咝咝咝"的，眼泪都快流出来了。往后，我朝灶眼里添柴火，渐渐多出些感动，懂得了节约，哪怕再短再细的一小截枯枝，我都不敢嫌弃……

父亲担回家的柴，除了烧灶眼，还要烧火坑。那时乡下人家的堂屋里，都挖一口四四方方半尺深的坑，冬天一家人围着烤火。屋梁上熏着香香的腊肉，面前燃着熊熊柴火，心里忒热乎、忒踏实。亲戚邻居来串门，父亲忙起身让座，"来，快这边坐，烤火！"一边说，一边递了旱烟袋过去。这时，我从不等父亲吩咐，早已搂来一大抱干柴，父亲却还嫌我动作慢，自己动手拣最大最粗的往火坑里添柴！坑里的火苗呼呼地蹿，有这样大方好客的主人，冬天就温暖了，人情就温暖了！

日子越过越好……

土灶拆了，火坑平了，我们家再也不烧柴了。煤炉、沼气灶、电

187

饭煲都备着，多么快捷，冬天将双脚往电暖器里一伸，身子一缩，一点灰尘都没有。但是，父亲的唠叨越来越多，还是柴火煮的饭香，还是柴火烧的火坑热乎哇！父亲，终于不再担柴回家！柴火，看得见的燃烧，感得到的热情！农闲的日子，父亲就爱一个人站在二楼的阳台上，眺望当年砍过柴火的远山方向，慢慢地，苍老的目光中蓄起了温暖与吉祥。去年，小妹在城里小区买了一套商品房，进屋那天，父亲不知从哪弄来一小捆劈柴，长短粗细匀匀称称，精精致致，还特意糊了红纸。父亲就提着那柴从五十多里外的乡下笑呵呵地进城，将"财"递给妹夫，硬要他搁床底下。

我突然明白，过去那些日子，父亲一担一担挑回家的，是一座山！

父亲吆喝着卖豆腐

东方刚发白，父亲就摸索着起床了。一盏旧罐头瓶子做的煤油灯悬挂在木板壁上，父亲就着那昏暗的灯光，开始准备豆腐担子。搬掉压在上面的大石头，揭起盖板，小心翼翼地撕开包袱，乳白一寸一寸地裸露在父亲眼前，伸出手背往上面轻轻一贴，压掉了八成水分的豆腐颤悠悠的，热乎乎的……

夜色朦胧，父亲的脸上掠过一丝不易觉察的笑容！

"豆——腐！"

当父亲挑起两盘豆腐，轻轻跨出门槛，喊出第一声吆喝的时候，东方那片天烧得通红，万丈霞光涂染青砖土墙，又给父亲的脸抹上一团亮彩！"卖豆——腐！"走几步，父亲又吆喝一声。父亲走得很慢，但肩上的豆腐担子仍在扁担两头发出嘎吱嘎吱的声响，那是磨合了几多日子后相知相恋的缠绵！最先迎接父亲的是一群黄的、白的、黑的狗，汪汪汪，不知从哪处墙旮旯、从哪家门槛里，一下子蹿出来，抖身子，摇尾巴，口中哼呜哼呜……

父亲，用他那略显沙哑的嗓子一路吆喝，乡村才慵懒地转了个身慢慢从梦中醒来。吱呀！不知哪个勤快的媳妇这么早就打开了自家的木门，一声，两声，零零星星，稀稀散散，紧接着，吱呀，吱吱呀呀！一声接一声此起彼伏，抑扬顿挫！就在这吱呀吱呀声里，父亲的吆喝一次又一次捕捉到了更明确的方向。睡眼惺忪的妇人，一边咯咯咯地逗着鸡仔，一边忙不迭地回应："买豆腐，要买豆腐呢……"

父亲放下担子，揭开盖在上面的土布包袱，用三个手指捏着刀子，轻轻一划，就是两块方方正正的豆腐，秤杆子翘得老高。那妇人端来一碗黄豆，或是在裤袋里翻弄半天，摸出几角卷成筒的钱来，脸上始终笑眯眯的。刚准备起身，父亲又拿刀切下薄薄的一片，弯腰递给眼巴巴围了半天的孩子，"拿着，吃吧！"那孩子怯怯地双手接了，妇人的声音突然从灶屋里撺出来，"就知道吃，饿死你了！"又笑着转向父亲，"你经常这样，豆腐生意要折本的。""没事没事"，父亲呵呵笑着，挑起豆腐担子走了，"豆——腐，卖豆——腐！"

那些黄昏，我学会了推磨，学会了靠自己的力量转动日子。父亲在屋梁上系一根棕绳挂住磨杠，我双手紧握杠把，一推一送，父亲右手握磨柱，转几圈，左手拿一瓷碗喂一次磨口……听着石磨轰隆轰隆旋转，看着磨缝里慢慢渗出豆浆来，心里就暖融融的，父子俩谁也不说话。月亮渐升渐高，父亲说一声，"行了，推好了！"我拧了一块湿手帕出屋，心尖一颤，什么时候我家的石磨转到天上去了，不小心泼了一地豆浆！父亲大概没想到，当他在屋里用力搅拌那一大锅豆浆时，月光哗哗有声，馨香扑鼻了！

"豆——腐，卖豆——腐！"

第二天，晨曦微露，父亲又吆喝着卖豆腐去了，他的身后，正鸡鸣犬吠，炊烟袅袅……

听多了父亲的吆喝，那嗓音，那腔调，如同一蔸蔸庄稼在乡亲们的记忆中生根发芽了。某个闷热的中午，或是阴雨连绵的黄昏，大家满腔心事正无处搁下，突然听得那么几声吆喝，"豆——腐，卖豆——腐"，清清爽爽，温温润润，人们头一抬，耳一张，笑了，"哪个兔崽子，学得倒蛮像呢！"

那时候，上学或放学的路上，走着走着，我的那些伙伴们常情不自禁地喊几嗓子，"豆——腐，卖豆——腐，哈哈哈……"他们绝无恶意，他们谁没从我父亲手中接过那薄薄的一片豆腐呢？他们只是想对着山川田野，朝着蓝天白云，敞开喉咙吆喝吆喝，然后捂着耳朵听自己的回声，就舒坦了，就幸福了！许多年后，我走在小镇的街道上，也听到过这样的吆喝，"豆——腐，卖豆——腐！"那定是一辆三轮车沿街叫卖，电量不足吧，抑或扬声器蒙了太厚的灰尘，录制的声音一路重复，机械单调，原汁原味早漏得一干二净！

突然记起，好久没听见父亲的吆喝声了，好久没吃到父亲做的豆腐了……

这些年，人们一窝蜂挤进超市，果蔬豆腐、彩色豆腐、西施七彩豆腐，一听这豆腐名儿就让人垂涎三尺想入非非了，还有那豆腐的衍生品，豆腐皮、豆腐干、豆腐乳，蹲在货架上窥视我们的胃口……

是人们背叛了简单纯朴，还是天性向往着复杂？

以后，两三好友聚餐，大家照例拿着菜谱客套，我却二话没说先往菜单写上家常豆腐！推杯换盏，冲着这菜名，我兀自夹起一块豆腐，咂吧几下，脑海里就浮现一幅画面来：晨曦微露，父亲一路吆喝，他的身后，正鸡鸣犬吠，炊烟袅袅……

《中国国土资源报》2010 年 3 月

同父亲一起割油菜

双休日，我回到二十里外的乡下老家，最后一次同父亲一起割油菜……

父亲答应，割完今年这一茬油菜，来年就不再下田了。父亲十三岁开始驾牛犁田，收了水稻种油菜，放了锄头拿镰刀，日出而作，日落而息，如今整整五十五个春秋了！城里人到了这个年纪，早都拿退休工资颐养天年了，而我的农民父亲，仍面朝黄土背朝天地侍候庄稼！我们兄妹多次动员父亲，干脆将家中那几亩水田承包给别人种，快七十的人了，保养身体要紧……父亲却总是笑，田撂给别人经营，人家不上心，过不了几年那田土肯定比岩板还硬，自己的地得自己心疼呢！面对父亲的执拗，我们束手无策。去年冬日的一个早晨，父亲照常早起想去看看打霜的油菜，竟突然晕倒在床前的地板上，两三分钟说不了话……照CT，抽血样，幸好一切生理指标正常。注视着还躺在担架床上打点滴的父亲，我们悬着的心终于落下来了。急救室的几个医生说这是老年性眩晕症，也没什么要紧，注意今后少干重活。回到家里，我们兄妹马上搬出医生的话说服父亲，父亲的口气软下来，说等割完今年这最后一茬油菜就不再下田了，那几亩地随便我们处置……

油菜花谢了，油菜叶枯了，油菜荚壮了黄了，转眼间，又到割油菜的日子了！天刚亮，父子俩一前一后走在窄窄的田埂上。镰刀，父亲在昨天我回家以前就磨好了，洁白的刀口上起了几点淡红的锈斑，终究遮不住跃动的锋芒，翘起拇指头小心翼翼地试探刀口子的老嫩，我心底忽然涌起一种异样的温暖与亲切！

记忆中，第一次同父亲一起割油菜是在我十岁那年的四月，分田到户第二年。那天，我手握镰刀，径直跳入齐胸的油菜田，新鲜而兴奋。父亲站在油菜挤拢来的田埂上，并不急于下地。他扬起镰刀朝我比画几下，郑重其事地说等我长大后，这块地就是我的了……那时，我不太懂父亲的话，但心中一阵莫名的激动，镰刀所到之处陡然间少了几份生疏，多出几分庄重。我左手捉住纤细的油菜秆，右手握镰，伸到分蘖处，一勾一拉，咔嚓一声，油菜秆拦腰断裂，露出中心一圈白，酥软如棉。割一刀，瞟一眼父亲，不知不觉我就落到父亲后头去了，而那一大片光秃秃的油菜秆，始终密密麻麻地紧跟在父亲身后！

农家孩子学做农活都是边看边学，一天又一天，一年又一年，在土地上硬是将自己从鼻涕小子磨成白发老农！但是，我最终没能成为父亲拿镰刀比画过的那片土地的主人！二十多年前，随着一张大学录取通知书的到来，我就永远离开了家里的土地。这些年，我远离稼穑，只是偶然回家帮帮父亲，但站在油菜田里怎么努力也只像个外来务工者，始终进入不了角色，始终无法超越父亲！可怜我手板上，那些年刚刚磨出的几块嫩茧，渐渐退化，一片苍白。

父亲依然割油菜！

在农历四月开始咬人的阳光中，父亲，靠这种朴素而温暖的动作，滋润着儿女们离土地越来越远的生活……

此刻，我又站在四月的阳光中，同父亲一起割油菜！

父亲毕竟上了年纪，动作僵硬，完全没了当年的利索。站在父亲旁边，我故意割得慢，为了证明在土地面前儿子永远不如父亲。然而，父亲用弯曲的背影，很悲壮地扇了我一记响亮的耳光！父亲看似慢腾腾的动作，又一次将我撂在了后头。父亲手中的镰刀钝了又磨，磨了又钝，几十年的修为，仅剩下一些纯粹的思想在那白刃上闪烁跳跃。油菜，勾肩搭背，推推搡搡，只为等候父亲的镰刀！我身旁所有的油菜秆，齐刷刷挺起光秃秃的头颅，向父亲的背影致敬！父亲，腰弯如油菜，离土地越来越近了，我怎么也分不清，哪是油菜，哪是镰刀，哪是土地，哪是父亲了！

　　蓦地，我一怔！来年，父亲真能不再下地么？

《中国国土资源报》2009 年 6 月

同父亲一起夜宿玉米林

父亲晚饭时抿下最后一口米酒，看到屋外愈来愈暗的天光时，那种莫名的担心又加重了。

父亲是白天在我家那丘长田坎上铲杂草的时候看到邻居们一担一担地担玉米回村的，先是一家，然后是两家、三家，但父亲还是锄他自己的草，不为所动。同样的一片坡地，同样的雨水阳光，同样的白天黑夜轮流转，但玉米的生长有快有慢，成熟有早有迟，这再也正常不过了。父亲昨天早上就到玉米地看过了，很认真，很仔细。父亲从坡下看到坡上，又从地畔看到地中央，每隔几垅，他都要伸出自己的大手握住一个玉米棒试试坚硬的程度，掂掂阳光的分量，父亲又专门寻那些包叶还有点青的弱小棒子，小心地剥开棒梢上的玉米叶，有的玉米粒还是一包糯浆。那时，父亲抬头看了一下天，想再等它五六个日头也该差不多了吧。父亲把这几日的农事都安排好了，四五亩水稻，除草，特别是田里的稗子要抓紧拔了，接着打药杀虫，追加化肥，拢共也就三四日的事，做好了就去掰玉米……

父亲当了一辈子农民，在这块地里栽红薯种玉米也有十几二十年了，我是没有理由怀疑父亲的眼力的。但是，父亲自己还是没能忍住！晚饭前，父亲突然急急地跑着去看我家玉米，偌大一片坡地一下空旷了，一日之内，别人家的玉米都掰走了，连玉米秸秆也全剁了，一捆一捆堆在各家地畔沟里，先前只能躲在玉米林里的红薯藤叶和各种杂草突然都见了天，好像有点不太适应，在淡淡的夕照中发出蓢蓢

195

的绿意，而那些挺着斜斜的刀口的玉米蔸，仍然保留着当初的姿势，一个一个纷纷戳向天空。

其实，父亲那时只是立在山坳口远远地打量了一下我家那块原封不动的玉米地，又望了一眼周围那些空荡荡的玉米地，就转身往回走了。但我想，父亲的心情肯定和昨日早上相去甚远。这就让我忍不住要对父亲夜守玉米做一些毫无边际的诗意的猜想。也许，就在父亲转身的那一瞬间山坳上起风了，或者根本就没有什么风，只是玉米沙沙沙的私语，一种极易被人忽略的声音，玉米叶子时不时都要弄一下的细微声响，但父亲已经听到了，父亲的背影被什么撞了一下，裤管被什么扯了一下。这是玉米的呼唤！父亲的担心也许就是从这一瞬间开始的，并且越来越重！

父亲到底担心什么呢？我们这个地方是没有猴子的，猴子掰玉米，掰一包丢一包，一块地的玉米很快就掰个精光，但没有猴子，谁会趁天黑干这样的无聊事呢？我们这个地方也早不见野猪出没了，野猪一口就能啃断一棵玉米树，那些又壮又甜的玉米棒子就被野猪嚼了吃了，但没有野猪，谁会披着夜色这样恶意糟蹋自己的德行呢？当然，那些讨人厌的老鼠是有的，但老鼠一次吃不了多少，它们只是打着自己的小小的算盘，忙着运储粮食过冬，但短短一个夜间，它们又能偷运多少呢？后来在玉米地里，父亲自己也说了，日子好到今天这个样子差不多了呀，没人还要为一口活命粮去做贼，长在地里的菜籽、稻谷、玉米、红薯，哪个还会去偷啊！父亲说就是有一点点担心，今天要是不来守夜，在家里也是困不着觉的，但到底担心些什么呢，父亲自己又说不出来。

我是自告奋勇来的，父亲默许了。我想荒坡野地，黑灯瞎火，父亲一个人去总归不太好，虽然地里有父亲一手侍弄的玉米，但玉米毕竟不能说话，我去可以给父亲搭个伴，壮个胆，哪怕没事扯两句闲话也好。

我家的玉米地离村子差不多两里路，刚才来的路上，除了院子里几条认识的狗跟了我们几道田埂，汪汪汪地叫了几声，一会儿就跑得没影没踪了，还有几股多情的夜风将再也熟悉不过的乡村气息送进了我们的鼻子，其余一个人也没碰到。

月亮早升起来了。

我们即将抵达玉米地时，玉米竟然搞了个欢迎仪式，它们一起将密密麻麻的叶子摇得哗啦啦响，这样独特的方式我是第一次碰到。不过，我还是有自知之明的，玉米熟悉我父亲的脚步，未必就能听出我的来！我沾了父亲多大的光！

我们钻进玉米林，父亲在前，我在后，父亲走得快，我却走得很慢。这时候，玉米的欢迎进入实质性阶段，它们纷纷挺起要比我高出许多的身子暗示我进入的路径，又伸出玉米叶轻抚我的头，触摸我的脸，滑过我的手臂，它们让我感到了丝丝疼痛。我知道它们绝无恶意，它们为我们父子的到来激动兴奋，但我对这种过火的热情本能地排斥，甚至抗拒。我向前每跨一小步，都要用力推推它们的身子，都要想着如何躲避并阻挡它们随时向我伸来的多情的手臂。父亲在前面叫我小心，不要急。但我知道，我和父亲是永远没法比的，父亲是到了属于他自己的家，那么自然，那么随意，父亲眼里，玉米这些一贯的做法也就是那么一回事，父亲和玉米一样，早已成了这里的主人了，谁会在家里跟自己亲人客气呢？

玉米叶滤下斑驳的月光，帮我们照亮了玉米秆之间的空隙地带，父亲已垫好油纸，我们一起将被子摊开，随便铺展一下就坐在上面休息，鞋子也没脱。我们抽烟、说话，听玉米叶弄出的声响，听地里各种各样的虫鸣，我们的身上半是阴影、半是月光，这都是玉米送给我们享用的礼物。

也许是喝了几口米酒，父亲只跟我说了几句话就躺下睡了，鼾声一下就合上了玉米地里各种音响的节拍。

我一直坐着。

我没想到自己竟一下子想明白了父亲当时想说却说不出来的话，这些话，我都是从父亲毫不设防的鼾声里听到的。一块地，从播种到收割，就是一个轮回，无数个这样的轮回里，任何一个环节都不能出现任何闪失。比如，父亲在这块地里种玉米，眼看就要见收了，但掰玉米这件事只能由父亲来做，别人不能冒名顶替的，否则，一个轮回就不圆满，在感情上先亏了这块地和地里的玉米，下一个轮回，就不能坦然面对了。我当然是在自己心里说着这些话的，但我怀疑近处的玉米听到了，沙沙沙，沙沙沙，不然，它们彼此传递的话语，为何如此柔情绵绵呢？

我还是睡不着。我知道我的身子下除了被子和油纸，还垫着红薯藤叶和各种杂草，土坷垃是硌不到我的背的，何况，作为同一块地里的庄稼和植物，红薯和杂草也将玉米当成了它们的老大，它们能看得起玉米，就能原谅并宽容夜宿玉米林的我。我睁着眼睛从玉米叶的缝隙间看月亮，月亮是真实的，比我十几平方米的卧室窗台上的那轮要圆，要亮。我张着耳朵听父亲的鼾声，听玉米林及其周围的一切声响，听玉米叶的声音，听虫吟，听时不时传来的鸟啼与蝉鸣，这些都是天籁，它们给了我从未有过的安全感。但我还是有所警惕，极力搜索可能随时传来的异样的响动。我控制不住自己的臆想，要是一条蛇不声不响地爬了过来呢，它们冰凉的身子多么危险！要是一只黄毛老鼠又蹿过来了呢，它们尖利的牙齿会不会顺便咬下我的鼻子眼睛！

我感到危机四伏！

我又坐起来点了一支烟，这是我养成的坏习惯，我总以为人只要醒着，就什么也不怕了。我瞥了一眼身边的父亲，几片薄薄的月光敷在他的脸上，它们在帮父亲美容，而父亲浑然不觉，鼾声均匀而悠长，每一声都能幸福地抵达玉米林深处。我连打了两三个哈欠，笑了，父亲的胆也真大。再后来，也不知是什么时候，不知是父亲的鼾声传染给了我，还是我真的困到了极点，我睡着了，一觉大天光。

我感谢这个夜晚，它永远留在我的记忆里了！

多年后，我开着空调，躺在软软的席梦思床上辗转反侧的时候，我满脑子职称、工资，满脑子彩票、股票，满脑子人际关系。我再也睡不着了！

我总是一次次想起这个夜晚！

什么时候，我将自己彻底下放到乡村，再同父亲一起夜宿玉米林，用玉米林滤过的月光，用玉米叶弄起的小夜曲，用父亲毫不设防的鼾声，治治我的失眠症。

第四辑

鞭鞭生风螺陀转

打螺陀去啰！

那时候，村子里不管哪个孩子喊一声，都会赢得满院子的呼应。我顺手从门旮旯操起一杆鞭，飞奔而去。而那些不幸被父母捉住得去扫地、砍柴、煮饭的伙伴，眼睁睁看着我们抡圆长鞭，口中啪啪啪，一路蹦蹦跳跳的背影，心中那个急是如今的孩子无法体会的。等他们干完活，气喘吁吁汗流浃背地连滚带爬跑到生产队晒谷场时，我们手中的鞭子早就呼呼生风，将晒谷场抽打得灰尘飞扬、硝烟弥漫了……

螺陀，书面上称陀螺。同样两个字，排列不同味道就是不一样。螺陀，我们用家乡土话一直这么叫着，习惯成自然，亲切又温暖！

螺陀，下尖上圆，鞭子一抽，呼呼旋转，其乐陶陶。我们打的螺陀，都是用油茶树削成的。那时候，大人们汗一身泥一身地劳累，能隔一日半日不训人就已经相当不错了，我们又怎敢提出自己的要求呢？干透的油茶树棒棒比石头还硬，我们刀钝力小，只能望"棒"兴叹！我们打起屋后油茶树的主意！新鲜润湿的油茶树削螺陀，刚好，但油茶树关乎吃油大事，随便砍得的么？于是，被护林员吓得屁滚尿流哭爹喊娘没收柴刀，甚至被父亲噼里啪啦打屁股，都成了家常便饭。

好在每一年秋天，我们都有一场螺陀盛宴！

一大早，母亲把我从床上叫起，说今天去摘油茶子。让刚才那节未做完的梦靠一边去，让瞌睡虫靠一边去，那一刻，摘油茶子就是独一无二的幸福！胸前挂一只小背篓，背篓里搁一把柴刀，我们像猴一样爬上一棵棵高大的茶树。树上的我们彼此呼唤着一个个土掉牙的名字。"钢板，摘多少了？""两背篓了，你呢，三伢子？""我也是！"大人们时不时招呼一声，"小心，小心点，别摔下来！"我们伸向茶坨子的手停下来，用力扬扬，又拍拍胸脯，大声回答，"没事儿，没事儿！"但总有一些危险的枝头，总有一些无法摘到的茶坨子，大人们打量好久，心有不甘，却又无计可施，终于扬起手中的柴刀，而这恰恰是我们孩子盼望许久的。醉翁之意不在酒！我们背篓里的柴刀，一次又一次贪得无厌地挥向那些"危险"的茶树枝丫……砍去了碎枝散叶光秃秃的茶树枝干，其中定有那么一节或几段，粗壮、圆实，经过一双双小手温暖的抚摸，它们终将旋转起来，成为生命的螺陀。

削螺陀，付出的是体力，考验的是耐心，倾注的是情感！夕阳西下，我们忙碌的身影投在乡村的黄昏，刀在手中，时而重砍，时而轻削，刀激动亢奋，啃下一边指甲，咬掉一块皮肉，丝丝痛感，哟，怎么流血了？竖起指头放进嘴里，用力咂吧咂吧吮吸，呸出几口淡淡的血水，又没事一样继续削螺陀，试螺陀了。我们割来几根野桑条，撸叶剥皮，那桑条柔韧细软，顺时针绕在螺陀顶端，左手抓螺陀扣绳置于地，右手握鞭，朝外轻轻一拉，螺陀旋出去，甩开桑鞭，"啪啪啪"连抽数下，那螺陀一扭一拐，像极了丑小鸭！捡起地上那只螺陀，置于额前，眯起一只眼，旋过来，转过去，那模样更像吃百家饭经验十足的乡下老木匠。几次三番，一只只崭新的螺陀就大功告成了，如春雨蘑菇，绽放在我们喜洋洋的切磋中，绽放在我们快乐的童年！

秋凉了，冬寒了，正是打螺陀的好日子！鞭鞭生风，声声清脆，螺陀转起来，快乐转起来。我们一个个抽得身子热乎乎，汗津津，直到寒不侵，邪不入！

打螺陀比赛，我更喜欢斯斯文文比气势。几个人先将自己的螺陀打得飞旋，一二三！同时抽完最后一鞭，然后屏息敛气，目不转睛地盯着自己的螺陀，巴望别人的螺陀先死！终于，第一只螺陀倒下了，它的主人蔫蔫的，脸羞得绯红，恨不得一脚把它踩个粉碎，但口中仍是不服，再来，再来！但有时，我们谁也按捺不住，虚张声势，我的螺陀就像没旋一样！是啊，动就是静，静就是动，现在想来，小小年纪无意之中竟一语道破了一种禅机！

岁月如梭，当年将螺陀打得飞转的孩子如今已人到中年，谁都明白，只有扬起手中的鞭日子才会不断地旋转。现在的孩子也玩螺陀，但那都是玩具市场上买来的，有电池呢，闪着光，唱着歌，只是手中没鞭，少了抽打的快乐！

鞭鞭生风螺陀转啊！

手里没鞭，人生的螺陀还能旋转多久？

油菜林里扯猪草

扯猪草通常是女孩做的事，尚不能帮忙干农活的小男娃也做，何况，我是家中长子，爹娘前头又没给我生个姐姐，后头弟妹年纪又比我小，所以，那时，除了母亲在生产队出工之余忙里偷闲，偶尔到稍远的荒坡野地里用竹箐箕扯回小半担猪草，猪还可以享用三两天，其余，家里扯猪草的任务，自然就落到我一个人头上了。

大集体时候，粮食短缺，但是各家各户一年到头都得喂一头"预购猪"，那是硬性任务，到时只能卖给集体，换回几张薄薄的纸钞和一点可怜的"统销粮"。猪出栏那天，几个壮汉将猪四脚朝天绑在一顶简易竹轿上，抬到公社食品站去，一路上，热腾腾的猪屎球一坨一坨地滚落在抬轿汉子的脚尖上，丝丝热气，似乎还混合着淡淡的青草气息，而那一阵一阵撕心裂肺的猪嚎，终因体力耗尽，渐成喘息与呻吟，却仍能漫过山坳，漫过田野，漫过沟沟坎坎，让屋檐下那个当家的女人心潮起伏，泪水涟涟。

我亲眼所见，我的母亲就这样哭过。

那时，父亲和伯父抬着猪刚迈出门槛，母亲眼圈就红了，一边抹泪一边望着在竹轿上又挣又嚎却越来越远的猪，一声接一声地喊，"六——六，六——六（猪是六畜之一，猪，我们当地叫六六，合兴旺之意）……"那模样好像才送别了自己的某位至亲，哪舍得啊！莫名其妙地，好几次，母亲的这种情绪竟然传染给了我。

这种复杂的情感，如果提猪食桶没提得腰酸背痛，没将杉木桶把柄摸得光光溜溜，扯猪草不将村前村后、坡上坡下的野花芳草都连根拔起，不把十个指头染绿了，指甲盖里没灌黑泥，这辈子你是永远无法体会到的。

我那时人小力微，提不起猪食桶，但我有一只小小的竹篮，专用来扯猪草。

正月刚过，父母亲就商量着抱回一头小猪崽，郑重交代，以后，每天得扯一篮猪草，直到"预购猪"上轿那天止，可不许偷懒。我当然不会偷懒，扯猪草虽是一项体力劳动，但我那时却觉得那么快乐。我们这些二十世纪六七十年代出生的人，从小学着干家务，稍大一点又帮着做农活，最初就是从扯猪草帮忙喂猪开始的。何况，那时村里孩子多，无论哪个随便一声吆喝，"扯猪草去吗？"马上就有人呼应，"去呢。"另一个就急了，连喊，"我也去，我也去啊！"稚嫩的童音在乡村上空起伏荡漾，一会儿，村子里就集合了好几个甚至十几个，孩子们的年纪参差不齐，却一人一只竹篮，或提在手上，或挽在臂弯，或挂在脖颈，或扣在头顶，一群男孩女娃，在和风斜阳里，在莺歌燕舞里，浩浩荡荡地，向着猪草，向着田埂土坎，向着那些叫黄花菜、田埂菜、芒阿菇、地叶子、猪耳朵、马齿苋的野花芳草，幸福地出发了！

岁月流逝，转眼三十多年过去了，但当年扯猪草那些趣事我至今仍记忆犹新，特别是在油菜林里扯猪草的许多细节，一入阳春三月，竟都一一鲜活在眼前，惹得我忍不住扬手，要在暖湿的春风里，抓一把，又抓一把。

阳春三月，油菜花黄，那是一种怎样的场景啊，五六个，或者七八个孩子，一人一只竹篮，先是沿着一道道田埂寻猪草，时隐时现的，接着，一个孩子钻进了油菜林，又一个孩子钻进了油菜林，所有孩子都钻进了油茶林……后来，学了淹没这个词，我眼前，竟一遍一遍不断闪现这个场景。什么叫淹没，那才叫淹没，最富诗意、最具美感的淹没。

油菜林里，阴凉、潮湿，空气中混合着浓浓的土香、草香、油菜香，全都发过酵似的，熏人。油菜林里的猪草又多又嫩，根却扎得浅，好像虚浮在泥土表面似的，茂茂盛盛，有的缠着油菜秆一路攀升，想往高处去，却突然又绕回某个枝节，一头倒垂而下，颤悠悠，似是舍不得油菜根下湿润肥沃的泥土。我小小的身子蹲在油菜林里，左右开扯，快是快，但坚持不了多久，于是，双膝跪地，上身前倾，几乎与地面平行，左手撑地，右手扯猪草，累了，再换，右手撑地，左手扯猪草。结果，扯完猪草，人从油菜林里钻出来，满头满脸满身全是花粉、花瓣、猪草屑、油菜叶，金黄，碧绿，湿润，芬芳。

如今想起来，我们一次次冲进油菜林，撞落了多少花粉，因为我们，肯定有那么几束油菜荚没壮起来，有那么几只蜜蜂行囊空空，还有那么几对蝴蝶没谈成恋爱，心中就有了小小的愧。但几十年前，每次看到眉开眼笑的父亲领着人，将一头大肥猪四脚朝天地绑上轿子，瞥见母亲眼角幸福的泪水，我哪会想那么多啊。

一日黄昏，陪妻散步，经过一片油菜田，没想又被那金涛黄浪淹没一回。我们一边游走，一边说着各自曾在油菜林里扯猪草的往事，乐得忘乎所以。

突然发现，几处田埂，原本芳草萋萋，却被人洒了除草剂，枯黄，泛白，一副死相，心中痛惜不已。

手里握把嫩刺心

小时候，谁手里不曾握过一把刺心呢？

两三寸长，肉肉的，比孩子的皮肤还嫩，刚长出几片新叶，有的仅只露出一点点芽尖儿就被我们掐了，握在手心里，边走路边嚼，满嘴生香……

我称刺的这种植物，学名叫荆棘，其实，它们都是有心的，嫩绿，香甜，我们亲切地叫它刺心，或者刺芯，反正都发一样的音，小时候那么叫着顺口了，习惯了，满心欢喜得不得了。现在要写这个字，却让我有了片刻的为难。我知道正确的是"芯"，而不是"心"，野生野长的，带个草字头也算标明身份，终究属草，顶多算是灌木吧。最终，我选择了"心"。我喜欢这个字！当然，一个有着多年教学经验的语文老师写出一个错别字，如不是别有用心，那是不可饶恕的。但我不管这些了，我只知道，这就是一棵刺的心，草木善心，天地善心，帮我们抵挡过饥饿。

手里握把嫩刺心，那可是三四十年前，我们乡下孩子特有的温暖与幸福。

那个时候，乡村还很贫穷，差不多连饭都吃不饱，零食就不消讲了。不过，乡村孩子勇敢勤快，脚手麻利，对生活也不挑剔，正餐之外，我们总有自己的法子对付饥饿。你看，随便一道田埂，一条土路，一片山坡，在孩子的眼里哪里不是天然食品工厂？地里长的，树上结的，皆可拿来果腹，而且绝对绿色环保无污染，握在手里欢心，吃在嘴里放心，吞进肚里嘛，那才养心呢！

刺心，一度成为春天里农家孩子的最爱。

农历二三月间，刺抽新枝，正是掐吃刺心的时节。上学的路上，我们背着母亲亲手缝制的土布书包，虽然早饭只吃了一个糯米糍粑，半饱，但我们照样高高兴兴、叽叽喳喳，跑跑跳跳地行走在路上。忽然，一个同伴眼尖，一步就蹿上路边的缓坡，不用哪个提醒，所有的孩子书包一扔，一窝蜂全都会冲上去，瞬间就将那蓬刺围在了中心，无数双小手伸向那些新芽，伸向晨风中微颤的刺心。晨露未干，打湿了我们的衣袖。这是开春以来的第一拨刺心，好嫩，好肥。我们每人手里握着一把嫩刺心，那种兴奋的劲儿是无法用言语表达的。我们重新背起书包，一边大口大口地嚼着，一边比谁掐的刺心多，又含混不清地说着刚才谁谁谁脚手最麻利，谁谁谁慢腾腾的还跌趴下了，然后，大家不约而同地都伸出自己的手，没有谁能幸免，不是手心一道血口子，就是手背一条血印子，但没有一个喊痛，自己摸着自己的伤口，什么事也没有。突然，我们高高地举起手，举着刺心，没有谁喊口令，自会一个接一个飞快地朝学校跑去，路边草丛里，不断有小鸟惊飞，倏地射向天空，又落在了河对岸的田野。因为刺心，乡村的早晨就这样被我们弄得那么快活。

老师在解释披荆斩棘这个词语的时候，说荆棘就是前进路上的障碍，我却不以为然，止不住感情用事。荆棘，不就是我们说的刺吗？刺，哪有那么可怕呢？乡村孩子谁没掐过刺心？原本，刺只是一种平常的灌木，它身上长刺这是它的植物属性，没想过要去挡谁的道路；它春天发新芽，它发芽是为了牵藤，为了成长，这是自然规律，谁也没权力阻止。春天的刺，嫩嫩的，肥肥的，多么诱人，乡村孩子便把它掐了，吃进自己常常是半饥半饱的肚子，这是多大的恩情，乡村孩子谁不记得呢？

上学放学路上，手里握着一把嫩刺心。

背柴回家途中，手里握着一把嫩刺心。

扯满一篮猪草，手里还是握着一把嫩刺心。

更好笑的是，放牛的时候，我手持缰绳，还从牛嘴下抢吃过鲜嫩的刺心呢。我牵着牛绳看牛吃草，也许是太悠闲了，有时就开小差了，看一会儿头顶的天，望一会儿远处的岭，又被树上婉转的鸟歌吸引，便噘起小嘴吹着"三不像"的口哨逗鸟，但眼睛睁了又睁，就是不知鸟儿藏在哪片树叶下面。突然，我感到手里的牛绳绷扯了好几下，便转过头来，牛一边鼓起铜铃般的眼珠不满地瞪我，一边大口大口地嚼着刚刚收获的草。牛想吃刺心呢！但我握着缰绳，牛舌头卷吃了近处的，远处的怎么也够不着。那时，我想都没想就耍了个小心眼，我不但不松牛绳，反而将牛绳挽在右手上，越绕越短，差不多挨着牛鼻子了，然后用左手拣最嫩最肥的刺心掐了好几根，才一点一点地松牛绳。牛又瞪了我一眼，那意思好像它能吃刺心我就不能吃似的，我也瞪了一眼牛，还得意地扬了一下头突然笑了，跟牛抢吃刺心总是人占上风的。

如今，乡村生活越来越好，我们那一代已人到中年，但平时闲谈，偶尔会忆及当年掐吃刺心的情景，不免感慨万千。又说现在的孩子不吃刺心，零食多着呢，想吃就买，吃不完就扔。羡慕之余，竟又替孩子遗憾，生在乡村，长在乡村，恐怕连刺心都认不出来了！

那天晚饭后散步，发现水泥路边有一蓬刺，那经年老枝正抽芽散叶，纤细，瘦弱，与我记忆中的蓬勃与旺盛相去不知有多远，微风轻拂，几茎寸把长的刺芽一下一下地颤，让人心痛……

我走过去，弯腰，伸手，小心翼翼地掐了半节嫩梢，搁鼻尖上嗅嗅，没感觉，试探着搁嘴里龇牙嚼了两三下，涩而苦……

是啊，三四十年过去了，三四十年手里没握过嫩刺心了，一切皆已变更，又怎能嚼出曾经的味道呢？

阿斑子，你为何浑身长满了刺

如做一场有关乡土记忆的社会问卷大调查，恰好又出了这样一道题：假如你生在农村、长在农村，不论你现在是远离故土还是一直守在家乡握锄头把，不论你如今是拥有豪车豪宅的总经理董事长还是一个被命运追赶着每天加班加点挣血汗钱的农民工，你是否曾经吃过阿斑子？答案就在"是"或者"否"后面的框框里打钩。我预测，选"是"的人肯定在百分之九十九以上。至于剩下那不足百分之一的人，我虽然嘴上不好说什么，但我心里早已准备了两个字送给他们：忘本。

当然，我们记得阿斑子，不仅是因为阿斑子好吃，阿斑子生命力强，阿斑子开的花很美艳，还有一个大家心知肚明的原因，阿斑子有刺，阿斑子留给我们的除了香甜可口，还有疼痛的、幸福的记忆。

对呀，阿斑子，你为何浑身长满了刺呢？

小时候，我和伙伴们可从没想过这个问题。谁会去想。阿斑子当然长刺，不长刺还叫什么阿斑子？这样简单的问题，就好像一加一等于二，答案明摆着的。那时，我们只考虑怎样摘阿斑子却不伤自己的手，怎样吃阿斑子又不会肚子结，除了这些，我们懒得去想其他的。

我生在一个小山村，村前有条弯弯的小河，村后有山，且是群山，自北向南一路迤逦而去，高高低低，层层叠叠。山全是黄土山，土里还裹着大大小小、硬邦邦的黄金岩，一锄下去，震得你虎口发麻、手心生痛，说不定还溅出几粒火星，让你的锄刃一下子起一道豁口。就是这样贫瘠的山，却长松树，棵棵高大，根根挺拔。坡坎上，崖畔边，甚至乱石窠里，还长阿斑子，这里一丛，那里一片，密密麻麻，葱葱茏茏。

冬季，阿斑子藤蔓干枯，却一下显出苍劲来。那枝条上的老刺却不会轻易脱落，隔不远长一粒，尖利，雄挺，好像一直生谁的气似的。我们上山砍柴，常被阿斑子的刺藤钩住衣襟裤管，被尖硬的老刺剐了手背。冬季皮肤干燥，手背上立刻现出一条醒目的白痕，甚至皮开肉绽一下就渗出殷红的血来，兴许还会留下一小节黑色刺尖儿在红肉鲜鲜的伤口里，钻心痛，眼泪差点就出来了。一时火起，我们挥起雪亮的柴刀，又是砍又是劈，将所有的怨恨统统发泄在那蓬阿斑子身上。最后，看到满地的断藤残枝，摸摸手背的伤口，扬起衣袖擦一下眼角，忍不住扑哧一声笑了。如今，我人到中年，回头再看那一幕，竟又笑了，是呀，孩子毕竟是孩子，报复之心来得快去得也快，孩子心里不记仇，孩子记得清清楚楚，就在三四个月前，自己还在这里摘过好多好多阿斑子呢。

来年春，阿斑子依旧开花，依旧牵藤，依旧结果。那花有的淡黄，有的洁白，一朵一朵绽放在青枝绿叶间，因有了陪衬，那花美得就无法形容了，骄傲得很，骨子里透出一股冷艳。仔细观察，那妩媚的花瓣边缘竟长满了毛刺，随时准备扎人似的，幸好，乡村孩子不摘花。乡村孩子贪吃阿斑子果。农历九月，阿斑子熟了，黄里透红，好像青枝绿叶间缀满了无数颗秋阳，金光荡漾，香潮汹涌。

松针，我们那里人叫枞毛。一到九月，几番秋阳，几阵秋风，就有好多枞毛禁不住了，比赛似地黄了，红了，枯了，一根一根飘落，只一个晚上，地上就像铺了软地毯似的。枞毛扒回家却是极好的发火柴。那时，我们最喜欢上山扒枞毛，按老祖母的话说，一竹篮枞毛差不多可以煮一餐饭呢，当然，孩子自有孩子的如意算盘，上山可以摘阿斑子吃。一上山，我们将竹篮一撂，只拿起竹筢子，摘阿斑子去了。漫山遍野的阿斑子，看得眼睛发花，但我们只摘红中透黄且外形饱满色泽润亮的。深红的，要么干透了没水分，嚼起来生渣，要么就是被虫子先下手，蛀了心，坏了。那些纯黄的呢，肯定还没吸饱阳光尚未熟透，嚼起来发涩。心急吃不了阿斑子！我们先用竹筢将刺藤谨慎地钩到跟前，小心地伸出一只手，屏住呼吸，避开那些尖刺，用拇指和食指的硬指甲暗暗地用力一折一掐，那颗阿斑子就从藤上脱落了，随手扔在地上，抬起一只脚一前一后轻轻地挪着踩，只一会儿工夫，阿斑子身上的刺就跟脚下的枞毛一起碎了，捡起来放在衣襟上擦擦，又搁在手心"噗噗噗"吹几下，龇牙咬破，拿指甲抠出里面带毛刺的籽粒，这时，我们往往会做一个潇洒的动作，伸直手臂远远地丢进嘴里，像狗扑食一样张嘴接住阿斑子，大口大口地嚼起来，嘴巴咂吧咂吧，哼哼唧唧，那个香甜呀，真的无法形容，此刻回想起来，我照样忍不住直咽口水。吃饱了阿斑子，拍拍肚皮，我们才去扒枞毛。感谢阿斑子，我们身上好像有了使不完的劲，动作比任何时候都利索，嚓嚓嚓，一篮子枞毛就扒好了，码扎得满满的，紧紧的，不用说，回家后老祖母肯定又会夸我们中用了。夕阳斜照，树影斑驳，透过密密的松树林，我们看到山下村子里炊烟袅袅升起，老祖母开始烧火做饭了。但这时候，我们并不急于回家，我们一边七嘴八舌谈论阿斑子，一边捡起地上的碎黄金岩，拿松树当靶子，练眼法，嗵一声，这个打中了，嗵，又一声，那个也击中了，皱皱的松树皮不知被我们砸落了多少。玩累了，我们又去摘阿斑子，吃不下的就藏在枞毛里，带回家晚上消夜。我们用竹筢的一端挑起枞毛搁在肩上，斜起小小的身子，踏着树影光斑，一边慢慢地往炊烟升起的地方走，一边伸出自己的手，手心手背地比画，看谁的伤痕最少。其实，我们刚才摘阿斑子的时候，都是一百二十分的小心，一百二十分的谨慎，结果，还是手心一道痕，手背一线印，刺，在我们毫无知觉的时候，给我们留下了记号，刻进我们的皮肉里了。只是山里的孩子天生勇敢，让阿斑子刺剌一下总比饿肚子强，怎么会喊痛呢？就算是有痛意那又算得了什么呢？山里孩子轻易不开口，但心里暗暗记住了，下一次摘阿斑子就更多了一份小心，多了一种敬畏！当然，面对满手的伤痕，起先有人突生感慨，要是不长刺该多好，闭着眼睛也能摘阿斑子了。但同伴们一阵好笑，"你这个哈宝，阿斑子不长刺还叫阿斑子吗？阿斑子就是要长刺的，猪身上还长毛呢！""哈哈哈。"大家一阵好笑，久之，再也没哪个愿当"哈宝"发这样毫无意思的感慨了。

"阿斑子，阿斑子，浑身长满尖尖刺，不怕你刺来不怕你剌，刺到手心起印子，剌到手背生口子，照样摘来照样呷。"我们自编自唱，满载而归。

阿斑子，阿斑子，你到底为何浑身长满了刺？

我们那时年幼，只是偶尔发一下这样的感慨，谁也不会当真为此而苦思冥想的。那时，农村穷，红薯、玉米、高粱、荞麦都拿来当饭吃，照样吃不饱，正餐之外我们没有零食，阿斑子长刺，我们都不怕。

后来，我参加工作，乡村生活渐渐好起来，三十多年了，我没有上山摘过阿斑子。但在我的夜梦中，村后连绵不断的黄土山上，阿斑子花开了，又谢了，阿斑子果结了，又落了……

感谢那个秋日的下午，让我在三十多年后跟阿斑子又有了一次短暂的接触。那天，我家访回校，半路赶上了一个老妇，我们隔壁村的，六十出头了，挑着满满两竹篮阿斑子，送到镇上的收购部换钱。我要过她的担子，一边慢慢地走路，一边跟她说话。见我从篮子里拿了一颗阿斑子，她说，吃吧，阿斑子很好吃的。我笑了。一颗小小的阿斑子，真轻，我小心地将它搁在手心，让红透了的又密又细的刺，扎吻我的肌肤，我享受着那种痛不像痛、痒又不是痒的滋味。

那一刻，好多记忆全都活过来了！我转头对她说，不吃，怕刺！她笑了，也是的，你说，阿斑子要是不长刺该多好啊，一天哪只摘这么多？我没答她的话，却毫无来由地加快了步伐。

阿斑子就是要长刺的！不长刺，还叫阿斑子么？

砸 桃 骨

桃核，壳质坚硬，我们家乡称它桃骨，通俗，又不失形象。小镇药店不收桃骨，只收桃仁，所以，砸桃骨取桃仁就成了一件很有奔头的事，要是运气好一点，又能吃苦耐劳有恒心，往往还能砸到一个学期的学费，另加几本练习簿、几支铅笔甚至一个外壳漂亮里面印了乘法口诀的铁皮文具盒。

家乡多桃，水蜜桃和小毛桃。水蜜桃肉质甜美，大家喜欢吃，但桃仁一晒即干，瘪成两层皮，没得砸头。小毛桃，大多酸且苦，没过硬的牙口最好别馋它，但桃仁饱满壮实，日头再晒也不缩水，很是压秤。砸桃骨，就得砸它！

农历五月过后，放暑假了，小毛桃儿成熟，正是砸桃骨的大好时节！

一大早，村巷里弄，房前屋后，常有人提着竹篮，眼睛盯着地面寻寻觅觅，连路边草丛石窠也不曾放过，那肯定是捡桃骨的，不再随队出工的老人或者放了暑假的孩子。那些日子，我逐渐养成一种习惯，放牛砍柴扯猪草回家，路旁要是发现一枚桃骨便弯腰拾起来，想都不想就塞进裤兜，动作不雅，更不卫生，但我乐此不疲，享受着这意外的收获。其实，砸桃骨是一件苦差，五黄六月，太阳一点情面都不讲，毒辣辣地烤着大地，烤着我一路搜寻的目光。捡桃骨，最好是寻坡坎地畔的毛桃树去，细细的毛桃儿熟了、红了、软了，主人不管的，都是麻雀先尝，然后才从枝头掉落下来，嘭的一声闷响，桃浆迸裂，露

216

出红鲜鲜的桃骨。几场雨水，几个日头，树下桃肉霉烂，酸腐刺鼻，但隐隐中，我们能闻到丝丝缕缕发酵过的果酒香。将竹篮放下，苍蝇嘤嘤嗡嗡，上下翻飞，而我们猫着腰一心只想捡桃骨，哪管脏还是不脏。总有几枚桃骨掩在烂桃肉下，仅露一线红边，卖弄风情似的，我们拿眼一瞟，伸出两个手指头轻轻扒弄扒弄，就丢进竹篮里了。

将桃骨洗净，日头下暴晒半天，不滑手，就可以砸桃骨了。

老屋门槛下有一块垫脚石，上面有好几处月牙形的凹坑，都是我小时候砸桃骨砸下的。最初，垫脚石光溜溜的，除了重叠着岁月的足迹，沾着几坨泥巴，其他什么也没留下。我搬一张小板凳，低头弯腰，试着一铁锤下去，桃骨大多砸飞了，一不留神还砸着了手指头，痛得又抖又甩，忙伸进嘴里，自己的痛自己吮。有时候用力太猛，不得不扔了铁锤，使劲掐住受伤发紫的指头，强压住泪水，口中咝咝咝，那种钻心入骨的胀痛，好像整个手指都不是自己的了。渐渐地，垫脚石显出凹痕，且越陷越深，砸，也就更加得心应手了，桃骨扁立，左手轻轻捏住，右手握锤，叭，桃骨一破两瓣，露出心形桃仁来！

砸了整整一个暑假，收起意犹未尽的小铁锤，须等到第二年才能开砸，但仍有一些犄角旮旯儿的桃骨躲过我们寻觅的目光，成为幸运的种子，经春历夏，转眼长成一棵棵大树，等我们砸桃骨！

仍记得每次去小镇药店卖桃仁的情形。

哗哗哗，晾干的桃仁滑入一只大撮箕，那个戴眼镜的男收购员将右手插到底，翻上来，左右来回扒弄，再抓起一小把，揉揉挤挤，放耳边听听，丢回撮箕，又随便捏起一粒，拇指指甲一掐，咔嘣一声微响，才算验收过关。数了钱，全都放进刚才装桃仁来的布袋，袋口挽一个死结，穿过圩场回到家，一路阳光灿烂。

多年后，小镇药店发展到好几家，门口立一招牌，电脑喷绘，大量收购药材，桃仁排在最前。每次经过，目光撞上桃仁二字，手指头禁不住条件反射似的捏两下子，疼痛的感觉回忆起来就有这么幸福！

　　可惜，现在的孩子不砸桃骨！

　　其实，人生就是一场砸桃骨，人人手中一把锤，扬起了，别无回头路，瞅准，狠狠砸下去，一刻不停地砸，汗水淋漓地砸，再硬的壳，都将在我们面前一一破碎，露出真实美丽的核心来！

《科教新报》2011 年 4 月

《教师博览》2011 年第八期

金银花开呀开

　　乡村，无论从哪间木屋，抑或哪道瓦檐下走出来，脚底下踩着的定是黄土坡。坡上是一块块庄稼地，地畔上有金银花，一簇一簇地开，一串一串地开。更多的是未开垦出来的荒坡，平日里，除了放牛牧羊的，还有采药的老中医，踏访的脚步很稀。这就让野生的植物抓住了机会，恣意疯长，铺排扩张，其葳蕤的程度，其原生态气息，再形象生动的文字也是无力描绘的。最多的是那些无名杂草，兀自一岁一枯荣。杂草丛里藏着好多药草：马兰、紫苏、薄荷、鱼腥草、马齿苋、五倍子、芒阿菇、淫羊藿，当然，还有带刺的金樱子，以及其他叫不出名的荆棘灌木丛。金银花是一种随和的花，爱扎堆，好热闹，它们就生活在植物亲戚中间，跟大家打成一片。在我看来，每年春夏之交，荒坡上的主角非金银花莫属。老中医的手一次次伸向了五倍子和淫羊藿这些大名鼎鼎的药草，偶尔也采一些金银花回去配方子用，而牛羊这类食草动物，不管杂草药草，通吃。只有我，专一地爱着金银花。当然，我也是有自己的选择的，也就是说，我怀了小小的私心。那些开过了的，花瓣敞开的成年的花，色虚白，泛黄，我看不上眼。我只采那些颜色浅绿，那绿里又小心翼翼地透出一层淡白来，身子上的绒绒胎毛才刚刚长全的花。其实，它们还不能算花的，它们年幼，都是些蕾，是苞，门窗紧闭，从未向谁打开过，花心还没惹过外面的风，单纯，干净，没有一丝杂念。我从事的工作长期要用嗓，弄不好就喉咙疼痛、声音嘶哑，这样的金银花采回家，泡一杯花茶，芳香透达，药效专一，执着，从不心猿意马。感谢这样的金银花，清除我体内郁积的邪火，逼出我血管里沉淀的阴毒，让我喉咙舒服，声音洪亮。

但小时候，对祖母递过来的那只土碗，我却总是一次次抿紧了嘴唇，坚决地抗拒。土碗里，蓄着祖母特意泡的金银花茶。花是祖母从屋西侧的竹篱上，或屋门前的晒谷场边上，或槌洗衣服时从村子中央那口老井旁摘回来的，新鲜，干净；水是井水，是祖母在土灶上那只大铁锅里，用油菜秆、玉米秸，更多的时候是一把一把灌木茅草这些柴火烧的，咕咚咕咚地沸。可惜，祖母当年给孙儿孙女们泡金银花茶有多么用心，直到今天我才能真正体会出来。灶沿上，祖母一只挨一只地摆好了六七只同样大小、同样暗黄、同样粗糙的土碗，我、弟妹、堂兄堂姐们，一人一碗。祖母将才摘来的金银花垒在左手掌心窝，右手拇指、食指、中指这三根指头精诚合作，从左手心里捏起一撮金银花丢进土碗，动作极谨慎轻柔，生怕弄折弄痛了那些花似的。接下来，祖母右手握一只长柄竹筒，从锅里舀一筒沸水倒入第一只土碗，原来静躺碗底的金银花一个激灵，全都浮上来了，水雾袅袅，弥漫着丝丝缕缕的花香，但它们来不及逃逸，祖母左手早拿了一只空土碗，倒扣其上。等最后一只土碗都泡上了沸水，祖母满脸笑容，顺便撩起衣襟擦擦额头上，挟了金银花香的汗珠子……

我想，我上面用作描述的这些文字有着太多的理性与机智，是永远也无力触及并再现属于祖母泡茶动作里惯有的那份感性与专注了。祖母希望孙儿孙女们健康成长，远离病灾，就想到了泡金银花茶，但我那时却不懂祖母心。堂兄堂姐以及比我小得多的弟妹，都很听话地喝干了那一土碗属于他们自己的金银花茶，只有我一个人一点儿也不乖。我每次都是捏着鼻子伸出舌尖，装模作样痛苦万分地舔几下了事，跟喝毒药似的，或者干脆逃得远远的，任祖母千呼万唤也不答应。金银花闻起来香，泡了茶却苦不是苦，涩不是涩，金银花到底往水里释放了什么，怎么就那么难喝呢？我嫌恶这种与我当时的年龄不相称的味道。但有一点我得写在这里，我不知道那算不算见识，我那时发现了一个秘密，祖母揭掉盖碗的时候，先前心窗紧闭浮在水面的花蕾，这会儿都醒了，花瓣敞开，心无旁骛地静沉碗底。当然，更多的时候，祖母将金银花摘了来，用簸箕搁太阳下晒干，大热天，为了解暑，祖母每天清早烧满满一陶罐金银花茶，叫全家老少都喝。

也许是天注定，我这辈子要跟这种花结缘，并接受它的滋润。我长大后用来谋生的工作，动不动让我的嗓子出毛病。为了生活，我必须打败侵入我身体里的病痛，就是一时不能连根拔除，至少也要在彼此的较量中有效地占据上风稳操胜券。我不停地喝开水，吃水果，左边口袋金嗓子，右边口袋西瓜霜，但一到冬天，寒邪入侵，一旦发病，这些花钱买来的东西根本帮不上多少忙。我只好一次次地拜访镇上那位老中医，找他开处方抓中药。那天，老中医把刚刚取下的老花镜重又架上鼻梁，眯眼望我半天，喝金银花茶吧！一天一天不间断地喝，那东西管用，天长日久，就将你体内的毒赶出来了。记住，不要去药店买，那里鱼龙混杂，人工种植的多，自己上山采野生的，不要火焙，搁太阳下晒，自然万物都归太阳养。就这样，老中医的一番话，让我一下子想起了当年祖母替儿孙泡花茶的情形，几十年过去了，祖母捏花泡茶扣碗揭碗的连贯动作，甚至祖母被水雾濡湿的额纹与眉尖犹在眼前，倍觉温暖，而我文笔笨拙，力不能尽述。祖母不识字更不懂医术，她只知道呵护儿孙，而一个老人又力单气衰，金银花就开在屋前屋后，她就叫了金银花来搭个帮手，清热排毒扶正祛邪。如今回想起来，儿时的我也真是没心没肺，竟伤害了一个乡村老妇的护犊之心。

我是从哪一年开始采金银花的，这些年采回了多少金银花，泡了多少杯花茶，浓浓淡淡的花汁穿肠而过，又为我拔除了多少毒，这些都是无法计算的。许是怀着对祖母的愧疚，我采金银花时手很轻，动作很温柔，且温柔里含了感性。我先用左手托住金银花的长藤，算是把安抚工作做在了前头，然后拿右手拇指和食指捏住一棵细长的蕾，顺着它的生长方向轻轻一提，一棵金银花就脱离了母藤，那一刻，我还是感到了金银花微微的痛，我的手指所到之处，所有的花枝都在轻轻地颤，我的心被什么东西触了一下，那是大慈大悲的草木之心。当然，也有金银花将藤牵到刺蓬上的，考验我是真心诚意，还是虚情假意。这样的金银花，更懂生活，更懂幽默，偶尔跟刺混在一块儿，开个玩笑而已，不见得就是一定要伤害谁，所以，我不会心生怨恨。采金银花，我不带刀，顶多拿一根三四尺长的木钩，柔软，善良，哪像金属刀，处处露锋芒，时时藏杀气。我心平气和地立在刺蓬前，先将手够得着的采了，顶上的我就派木钩上场。有时候，手会被尖刺剐几道深浅不一的长口子，麻麻地痛，还出血了，滴在花藤上，淌进刺蓬，渗到荒土坡里去了，但是，我记住的却不是那蓬刺，而是开在那蓬刺上的金银花。

有好心人常提醒我，热锅里焙过的金银花泡茶味道更好，但我心里一直装着老中医的话。采回的金银花，我固执地只将它们搁太阳底下晒，让太阳再养它们几天，一点一点吸干水分。这和当年祖母的做法毫无二致。只是，我再也找不到祖母当年泡金银花茶的那种乡间土碗，连一片碗碴子都不知消失到哪个角落里去了。村子里的那口井也废了好些年，我们家那口土灶也早毁了，我们现在都烧煤气。没办法，我买了一只亮锃锃的不锈钢保温杯，没井水我就喝塑料桶装水，架在饮水机上，看不到水雾袅袅，听不见沸声咕咚，按一下塑料开关水就流出来了，看起来挺方便的，只是水的来路说不明道不清了，心里终归不踏实。

三月，上山采蕨

　　沿一条苔痕染绿的羊肠小道，上山去采蕨，进入乡土深处。

　　路旁，蒺藜丛，乱石窠，总有那么一棵，抑或两三株蕨，苗条而丰腴，很害羞地望着你。原来，蕨这么容易采呀！于是，抡开拇指与食指拦腰一掐，听得一声脆脆的断裂，握于手中把玩不已，怎么也按捺不住收获的激动。然而，手指头黏黏的，一点也不干爽，手里这几棵嫩蕨也蔫蔫的了，那断口处齐刷刷地洇出一片湿润，蕨汁？蕨泪？你的心微微一震！才知道路旁这些蕨是山神派来迎采蕨人进山的，一个一个都染了灵性，采不得！

　　上山去！

　　只见满坡满岭的映山红在你前后左右艳艳地开，媚媚地笑，一副幸灾乐祸模样！先前那蕨，捉迷藏似的，全不知躲哪去了。你衣衫下的肌肤，还时不时被刺剌一下，微痛，那是请你将记忆留下！你千万不要心猿意马，东张西望，更不能上火，继续慢慢地找，细细地寻……

　　这会儿，你觉得自己是多么幸运，你站着的地方就是蕨的家！什么时候，几棵青青嫩嫩的蕨就在你的裤脚下，委委屈屈地立着，亲亲热热地候着，而你的脚竟差一点就踩着了他们。你弯下腰去，有了这种虔诚的姿势做铺垫，你一下子就懂了什么叫机缘，灌木树蔸旁，荆棘丛深处，蕨，齐刷刷地，热热闹闹地，为你赴着一场约会。双膝跪下，身子趴下，这更是一种敬畏，一次又一次地，你亲近蕨，亲近大山，亲近脚下这片土地。奇怪了，那藤照样缠你的袖，那刺照样剐你的肉，照样洇出一点或一绺红来，竟是一点也不痛！

三月，上山采蕨，你饱了眼福！不期而遇的都是些乡下女子。那刚出土的新蕨一身灰绿，就是未见过世面的黄花村姑，出身山野，偏偏阳光好，雨水好，一个个水嫩水嫩的，撩人心魂；那历经几个日夜的老蕨满目翠绿，是过了门的媳妇，开枝散叶的，蓬勃着，茂盛着。

三月，上山采蕨，你可不能掖着私心！

"喂，你那儿蕨多不多呀？"这是对面山头陪你一块上山来的伴儿呼唤了。你必得直了腰身，擦把汗，然后使劲地、真诚地应一声，"多呢，遍地都是呢，过来呀！"于是，你的背篓一下就绿了，收获一下就沉了，心情一下就亮了……

回到家中，你十指墨绿，结痂，那都是蕨菜汁染的，一层又一层，厚到极致，浓到无限。任你搓，任你刮，不到一定时候洗不掉的！

三月，上山采蕨，不知不觉间，春色渗透你的肌肤，在你的血管里哗哗流淌了！

邂逅春笋

一

春天，我上山了，我本想捡几朵坎菌回来为自家餐桌添一道山珍美味，结果，与那棵笋不期而遇。

刚下过一场雨，山里空气清新湿润，混合着各种植物的香甜气息，我使劲地连续做了好几次深呼吸，纵容自己生平第一次贪婪了一回，奢侈了一把。

山路蜿蜒，一步一步将我往更高处带，往更深处引。但是，更多的地方是没有路的，我不得不以弯腰鞠躬的姿势进入。松树本来比我高，我鞠躬，当然是向顶天立地的乔木表达敬畏之心；有的灌木比我矮，我一次次弯腰，就是对他们平等而友善的问候；还有苔藓，他们都匍匐在地上，还有那些已经从枝头退休了的黄松毛、枯松球、桎木叶、栎树叶，他们都静静地躺在地上，时不时地我双手撑地、双膝跪地爬那么一会儿，就算是同这些卑微的生命来一次亲密接触，就算是示爱吧。

我就这样一边爬山，一边找坎菌，但除了在路边差点踩到那几朵牛屎菌外，坎菌的影子也没看到一只。

艰难地从灌木中直起身子，我沾了满头满身的叶子，湿了头发、湿了衣服鞋子，还弄了一手黑乎乎的脏泥，偏偏后背有块皮发痒了，我都只能强忍着，不敢动手去抓。这就怪了，季节到了，这么一座大山怎就不给我长一朵坎菌呢？我抬头看松，松树沉默，我伸手扯了扯站在我左边的一株桎木的梢，又将我右侧的一片栎树叶摘了下来，桎和栎只轻轻地颤了颤，掉落几滴水珠，又安静了，一个字也没告诉我。

二

我是在下山途中发现那片竹林，还有那棵春笋的。

我就知道，这么一座大山怎会打发一个进山的有缘人空手而归呢？

但说起来，这事确实有点奇怪，同样是那条蜿蜒湿润的山路，同样是那片小小的竹林，下山发现了，上山的时候，我怎么就没看到呢？直到动笔写这篇文章之前，我才想出个所以然来，还不晓得能不能自圆其说：上山，我眼里只有坝菌，看不到别的；下山，坝菌没找着，干脆将心中那个欲望彻底放下了，眼睛反而更亮了，重又看到美好的东西了。要么，就只能用缘分两字来解释了，有缘千里来相会，无缘见面手难牵。缘分到了，躲也躲不脱，是你的就是你的，不是你的，莫强求。

但是，我没有拔那棵竹笋，大山为我准备了这么一场美丽的邂逅，已经让我不虚此行了，我还有什么不知足的呢？

相反，空手而归，成全了我一生最有诗意的收获。

三

那时，我一步一步地朝那片竹林走去，我的心怦怦跳。太美了，真是太美了，美得无可挑剔，美得我都只剩下自惭形秽了。他才出世几天，虽风骨未成，但身高差不多一米八了吧，而我已经吃了几十年的五谷杂粮才长到一米六几。那一刻，我心悦诚服，在所有伟大而崇高的植物面前，我这一生除了仰视，还是仰视。他裹一件紧身笋衣，

226

身材全被衬出来了，那么挺拔，那么健壮，那么性感。这是我从未见识过的真美，纯美，大自然养育的，人无论如何造不出来。

这是一棵春笋，吸天地之精华，得岁月之造化，不消讲，肉质肯定润泽湿滑，无论凉拌、煎炒，还是熬汤，都鲜嫩清香，绝对是山珍中的山珍、美味里的美味。

但我还是将伸出去的手又缩回来了。

说浪漫一点，我是爱美之人，凡美的东西我没有不钟情的；说现实一点，我只是一个食惯人间烟火的大俗人，有口福能享，哪有忸怩拒绝之理呢？

但我真的不能拔，我凭什么拔呢？

牛上山吃草，都知道奉还一堆堆冒着热气的粪，为山中花草树木提供一部分营养，顺便长几朵牛屎菌出来。牛下次再来，就不会觉得心中亏欠了谁。我为山做过什么呢？我刚才来的时候两手空空，连一份见面礼都没带，除了小气那就是自私了。很久以前，我就上山砍过灌木柴，落在地上的厚厚一层松针也都被我用竹箅扒回家当发火柴烧了，山脚下那眼叮叮咚咚的甘泉，我不知饮过多少回，山坡上那些翠翠绿绿、肥肥嫩嫩的蕨，我也采了不少，还有阿斑子、板栗子、羊奶子、猕猴桃、八月炸，哪种野果我没吃过呢？就连上树掏鸟蛋断了人家的后这种缺德事我也干过，而且，我正在使用的桌子、椅子、窗子、柜子，都是砍山上的树解成板做的，大山以自己的疼痛成全了我的家居生活。

这一切，我都还记得。

这一切，大山什么时候让我还过呢？

四

俗话说，一朵枞菌十二碗汤。看来，一座大山给我们的都是些好东西，小小的一朵枞菌足能将我们寡淡的日子调理得有滋有味。这怎能不让我惦记呢？我刚才上山来，弯着腰，手脚并用地爬呀爬，就是宽厚仁慈的山启发我，让我学习我们的祖先，让我体验一下那些远古的祖先们是怎样亲近自然，怎样毕恭毕敬地问大地讨吃的。大山真是用心良苦，它特意在我几乎失望的时候，安排了这场美丽的邂逅。

与一棵春笋相遇山中，我三生有幸。

我当然知道，我下手的那一瞬间眼前这棵笋不会喊一声痛，大山除了多留一处伤疤也不会说一个不字。但，我的手一次次伸过去，又一次次缩回来。我这样近距离地、世俗地站在一棵笋面前本已有点过分了，我在世上吃喝拉撒几十年，口气太重，体味太浓，弄不好就会败了一棵初生植物的清纯。在大自然养育的纯美面前，我这双在尘世扒捞了大半辈子的手，这双俗手，难免有点心虚，有点情怯。

五

宁可食无肉，不可居无竹。这是苏东坡写的诗，我到死都不会忘记。

我是真心喜欢诗的，小时候是，长大了还是，将来也一定是喜欢的。但我现在不敢让一棵笋连根带土跟我回家，我也没本事让它扎根。我又能让它往哪儿扎根呢？我居住的环境离土地越来越远了，水泥僵硬，人心冷漠，我再也找不到一块能让诗歌好好活着的土壤。

我不能只为自己着想，不能再自私了。

空手回家吧，让一棵春笋好好长在山中，长在春天里！

六

一个春天过去了，一个夏天过去了，一个秋天又快要过去了，时间伟大就伟大在这里，它能让人忘记好多东西，能把好多东西从人的脑海里抹得干干净净。

但我绝不会就这样忘了那棵笋，我一直记得它。

现在，它早已长成了一棵竹，世界上最最虚心的一种植物。你要是不理解虚怀若谷这个成语，请去找它吧！

当然，它是怎样热情而亲切地挽留那些流浪的云的，我一点都不知道，但我相信，从我头顶飘过又给我遮凉的云，最白最白的那几朵肯定都借它的肩歇息过。

它是怎样鼓励一颗颗露水珠子，沿着它的身体一步一步往上爬最终抵达宇宙的，我真的不知道。但我一直坚信，绵绵雨季里，肯定有几滴亮晶晶的雨珠得到过它的帮助。

它又是怎样为我们完成光合作用的，我也不知道。但我却毫不怀疑，我每天吸进肺里让我活命的氧，必然有好几大口就是它那满身翠绿的"个"字形叶子给我造的。

七

在一座重情重义的大山面前，在一棵春笋面前，我们必须学会惭愧并改悔！

《华夏散文》2013 年第五期

第五辑

我用双手撒牛粪

我用双手撒牛粪，我既然这样说了，就一定要这样做。能为一块地，一次又一次弄脏自己的手，我心甘情愿。事后，我将手洗干净了，但这还是让我那些朋友受了点小小的委屈，他们同我握手的时候鼻子总是一抽一抽的，不知怪味来自何处。当然，他们愿意握就握，不愿握拉倒！

做这件事，心血来潮，光靠脑子发热是没有结果的。从耕地播种到管理收割，是一盘大棋，开局没有一个整体思路，走一步，看一步，输掉的就不仅仅是一盘棋那么简单。

几年前，我就养了一头牛，这些粪都是牛帮我踩的、沤的，我没有这样的本事。牛要吃草，牛就要屙屎屙尿，但这些粪肥，我也不能等着牛给我拉，大大小小好几块地，哪一块都等着施肥。无论农事多忙，我都会安排足够时间割草，握把镰刀，挑担箬箕，看起来是为牛，实质是为我自己。秋天，没草割了，我就把干稻草大担大担地挑回去，让牛帮我沤粪。牛吃了极少部分，这也是应该的。牛好像了解我的心事，去年冬天，我一天到晚只知道烤火睡觉，而牛没犁背了也不歇息，不停地在牛圈里走圈圈，帮我加班加点踩粪。牛知道春天要来了！

牛粪确实多，功劳都归牛，我差不多是坐享其成。我的地不少，肥的肥，瘦的瘦，牛粪如何分配，最忌讳的是吃大锅饭，当好好先生，不亲这个，也不疏那个，良心上说得过去，但地不见得领情。地要整治你，不给你好好长庄稼，尽结空壳壳，到季节没法收割就只能拍屁股，等下个年头才能翻身。

幸好我摸透了地的性情，这些年从没什么闪失。

刚才我把牛粪一担一担挑到地里的时候，走得快，一路掉落的真不少，但我不在乎，做人总不能那么小气吧，就当为路边的野草做件好事，到时候我提着镰刀来，还不是我的？

天气真怪，明明下着毛毛雨，现在又出太阳了。我是无所谓，同在一块地里，晒日头也是陪庄稼一起晒，淋雨也是陪庄稼一起淋，这样的美事不是随时随地都能撞得到的。风最好，一直没歇过，懒懒洋洋地吹，一吹，就把空气里的牛粪味都吹满了，又负责送到远处，送到村子里，狗朝我这边叫，炊烟向我这边斜。

风好心没得好报，这样的事我也碰到过几回。田埂上走过一伙帅哥美女，是放假的学生伢，还是打工回来的本地农民，他们不认得我，我也不认得他们。最尴尬的不是我，是热情的风。那缕风也不看看是谁，远远地就抛飞吻，还想往帅哥美女怀里扑。没想别人连忙拿手捂了嘴和鼻，连蹦带跳躲躲闪闪跑了，指缝间漏下一路秽言秽语，"臭死了，臭死了，奶奶的，风真不是好东西！"

那缕风没被臭死、骂死，却尴尬死了。

乡野之大，风，何曾遭遇这等事！

我心里替风抱不平，想上田埂追那几个人，随便揪出一个，扬起我撒牛粪的手扇他几个耳光再说。地和庄稼只是暗示我，地一句话也没说，庄稼青青绿绿望着我笑，我火气就慢慢消了。

有些道理，庄稼比我懂，地比我有见识。

我继续撒我的牛粪，低着头，弯着腰。

真难为这双手了，几十年哪得片刻消停，一出生它就引领我寻找母亲温暖的怀抱，掏鸟窝，摸鱼虾，翻书写字，我还用它握犁耙锄刀侍弄过泥巴，连吃饭、穿衣、系领带这样的日常小事也离不开它。现在，我又用它扒拉牛粪。长这么大，我还从未仔细端详过这双手：手心、手背、手指，每一片指甲，每一个指关节，每一条暴突的青筋，我越看越来劲。

这是一双劳动的手，粗活细活都能干，脏活苦活没少干！

这是一双尽职尽责、有情有义的手！两三天工夫，它帮我把贮藏一冬的牛粪撒在地里，均匀地铺在庄稼根部，却将自己弄得浑身牛粪，脏兮兮，臭熏熏，难看又难闻。此刻，这双手又用它填满牛粪的黑黑的掌纹牵引我的目光，我重新走进一块地。我是多么幸福，我看到了那些粪肥，整装列队抵达庄稼根部，一路缓缓上升，展枝散叶，结黄澄澄的稻谷，结香喷喷的油菜，还有玉米红薯，还有嫩嫩的青菜，还有茄子，还有黄瓜……

感谢上苍给我安了这样一双手，让我衣食无忧。

《华夏散文》2010 年第十期

割把露水草

父亲一手提镰刀，一手攥着几把湿淋淋的露水草，正在屋檐下跺脚。几颗圆润的细露从他稀疏的白发尖摔下来，但总有几根调皮的露水草屑牢牢沾附在脚背和皮草鞋耳子上，怎么也不肯落地。我想，父亲也并不是真要跺掉什么，咚咚咚跺几脚，给刚才他拜访过的路坎、田埂打声招呼，那些露水草已经跟他回到家了⋯⋯

"做人不许偷懒，露水草不等人啊！"

这话就是当年父亲说给我听的，父亲的语气腔调，以及父亲说这句话时看我的眼神，几十年了，我都还记得清清楚楚。现在，我的儿子上初二了，早过了我当年那个年纪，可我从来没有跟儿子说过这句话。我知道，我这些年当老师普通话应该操练到一定水平了，由我来说这句话肯定比我的农民父亲发音标准且抑扬顿挫，但我无论如何也不可能说出父亲那种味来。我无法用一句话就能一下子表达某些朴素而又深奥的道理，我没有那样的本事，我就是说了，儿子也不可能像我当年理解父亲一样理解他自己的父亲。那时，我正靠着门槛坐在一只小板凳上，哈欠连天，父亲磨好镰刀，又顺便将磨刀水淋在刀把契合处，握着刀把在磨刀石上蹾了好几下。其实，刀与把严丝合缝，没有一点松动的迹象，根本不用喂水，也没必要蹾，但父亲还是这样做了，绝非装腔作势。我除了用习惯这个词来解释，还感到了一种说不清道不明但确确实实存在着的东西。"做人不许偷懒，走吧，露水草不等人。"父亲只看我一眼，也只说此一句，便挑起筲箕上路了，镰刀躺在笤箕里一起上路了,我和我家那头水牛跟在后头也上路了。

牛不肯走了,牛要吃露水草,我也就不动了,牵着牛绳看牛吃草。父亲走过一道田埂,又走过一道田埂,在那边斜坡上割露水草。"这边来,这边草很旺相。"父亲连喊好几声。我知道父亲是看见露水在草尖上一颤一颤、一闪一闪才这么说的,父亲其实是要叫牛过去。牛抬头张望,抽抽鼻孔,闷哼一声,又低头一心一意只管吃它自己的草再不理父亲,后来是我自作多情替牛给父亲回话,"这边的草也很旺相哩!"再后来,太阳越升越高,露水不见了,牛吃了一部分,父亲割了一部分,土地收藏了一部分,其余的,老天爷自己收回去了。牛吃得饱饱的,但我知道父亲疼他的牛,挽了牛绳,关好牛栏门,我是不会马上跑开的。我将父亲割的露水草一把一把解开,丢给牛吃。就是在那些日子,我发觉父亲的草把子扎得真美,可以这样说我的审美启蒙教育就是父亲替我完成的,但这也让我吃尽了苦头,我在大学里听名教授的学术讲座,对那些空洞抽象的美学理论自始至终提不起一点兴趣。我以一个七八岁孩子的心智,怎么也想象不出,父亲那握惯了犁耙、刀锄,扒弄过黄土坷垃几乎弯曲变形的十指是怎样从中挑出纤长的几根草娘,巧妙地一绕一缠就扎成一束青春活泼的马尾,又是如何别出心裁地握住参差的草尖一拢一盘就挽好一个韵味十足的髻。后来,当弟妹从我手里接过牛绳,我终于能像父亲一样割露水草了,我却从未扎出一个像样的草把子。

几十年了,我一直耿耿于怀。

说实话,我现在过的日子并不需要天天早上去割露水草,我在镇上中学当老师,写写教案、改改作业就能挣工资吃饭,还靠割把露水草赚取外快不成?我的弟妹比我还要走得远,他们居住在县城,就是突然心血来潮,也只能在水泥街道上,在鳞次栉比的高楼间"割"空气,然后将大把大把的噪音带回家。但有件事我想还是交代一下,现在，无论什么场合，偶尔看到一个束马尾或是挽发髻的成年女子，尽管那些发质过于干燥，我都会觉得稀奇且怦然心动，偷偷将她们看成父亲的露水草把子。我知道这样不好，人家会骂我神经病，但每一次，我又控制不住自己。

几十年了，也只有父亲一直还在割露水草。

父亲毕竟上了年纪，气力不如当年，手脚也不好使，父亲当年是用�畚箕一担一担地割，如今只能用手攥回几把。父亲心里到底是怎么想的，我知道的极少。露水不是雨水，雨水多了是灾，露水永远那么少，天老爷的好东西能白给你那么多吗？露水草最养牛，但牛又吃不了那么多，好多露水草牛帮忙踩烂沤粪了，都结了稻谷、油菜、玉米、花生。

不管怎么样，我们兄妹还是怕父亲太劳累，我们擅作主张将那几亩责任田白送给邻居种，父亲就是想喂牛也派不上用场了。当然，母亲愿意喂头猪、养几只鸡，我们决不反对。我们每人每月给父母四百元生活费，逢年过节另有孝敬。我们以为这样帮父亲解决了后顾之忧，父亲就再也不会有其他想法了。

我是暑假回家才知道父亲居然一直在割露水草的，我实在不好再说什么。父亲一手提镰刀，一手攥着几把湿淋淋的露水草，刚走到屋檐下就被母亲挖苦，又割那么多露水草，自己吃啊！

父亲跺着脚笑，不好作声。

翻 薯 藤

一大早，我走进这块薯地。

我来的时候，路旁草尖上的露水还没干，它们打湿了我的草鞋。这会儿，我才发现这里的露水竟然这么旺，薯叶上滚动着亮晶晶的露珠，但我不知道它们看到我湿漉漉的草鞋时，是不是已经对我有意见了。

我是来翻薯藤的，不扛锄不带刀，就是空着两手来的。我一下子想起很久以前，我的祖先还不会铸铁器，甚至连石器也造不出来，他们只能用双手在大地上劳动。所以，翻薯藤就有了点原始的味道。我固执地认为这样的劳动更能回归劳动本身。当然，我还戴了一顶草帽，前几天才从集市上买的，很白，但现在我不得不把它脱了，我不是怕它挡了我的视线，而是我必须不断地弯腰，不断地向土地鞠躬，草帽戴不稳的。我脱下草帽，甩飞碟般旋了出去，它轻飘飘地落在薯地里，就像往一张宽大的绿纸上点了一个细细的白点。这太有意思了，偌大一块薯地共戴一顶小小的草帽显然不够，我仿佛看到所有的薯叶全都兴奋地扬起碧绿的头颅，远远地望着，但我也没办法了，我只戴了这一顶草帽来。

我开始翻薯藤。

当初，这些薯藤跟着我受了好多好多的委屈。那时，这块地叫玉米地，还不能叫薯地。我记得我是在五月端午吃了粽子以后就把它们从红薯娘身上剪下来，又一节一节地剪断了，然后栽在玉米地里的。这叫套种，我相信薯藤不会让我失望，这就是人的聪明之处，或者说是狡猾的地方也不过分。薯藤进入玉米地的时候是没有根的，光光的一枝细茎，开了一两片叶，短小，瘦弱，它们除了受到玉米的歧视，还遭遇了草的欺侮，它们只能沐浴玉米用不完漏下来的少得可怜的阳光雨露，它们能够见到的天都是支离破碎的，我加在地里的肥料，也都是玉米先吃了大部分，草又吃掉了小部分，轮到薯藤就只有残羹剩汤了。一直以来，玉米从未低头瞧过脚下的薯藤，而且各种各样的草也比薯藤长得快，长得高，草总是仗势压着薯藤的身子，这一切，薯藤都默默地忍了，薯藤悄悄地在这块地里扎下了自己的根。但我知道，其实有些东西，薯藤替我承担着，所以，薯藤的委屈，我都一一记在心里了！

我现在却要翻薯藤，这又是多么自私。前不久，我干脆把玉米掰了，将玉米秸秆也砍了，但这些都不是薯藤的意思，薯藤仍然匍匐在地，它们从不想长那么高，只一个劲地伸着身子，彼此缠绕在一起，只要呼吸顺畅了，躺着舒坦了就行。你看，现在有些草确实是得寸进尺了，不像话，它们从密密麻麻的薯藤叶间玩命地拱上来，身材纤细高挑，扬扬得意的样子，还以为自己有什么了不起。这就有点恬不知耻了，它们哪里想得到，薯藤很绅士，是薯藤早就宽容了它们当初的蛮横无理仗势欺人！当然，如此讨厌的草要是碰到我手上，我会连根拔了，没一点情面可讲。但我的目的不是拔草，我是专门翻薯藤来的，我要把薯藤节上的须根根扯断，终身剥夺它们扎地生长的权利。这说起来有点残忍！红薯总是将自己最值得骄傲的一部分埋在地下，露出地面的青藤绿叶永远趴着，卑微地趴着，我喜欢这样的性情，欣赏这样的姿态，低调，从不显摆什么。我当初把它们栽在地里，就是希望它们扎根，越深越好，越壮越好。这才是我真正需要的，到时候，我掘地三尺，将又粗又大的红薯搬回家，人吃，猪也吃。薯藤见地生根这是它们的本事，但一块地本身所带的肥气是有限的，我后来追加的化肥又要钱买，所以，我不允许薯藤遍地生根，不允许它们分心浪费精力，否则，到头来我只能白欢喜一场。

我弯腰，伸手。我的手翻过书页，还抚摸过我亲密女友的肌肤，我以为我的手够温柔的了，但就在我顺着一根根长长的薯藤下手的时候，我感到薯藤一阵痉挛，咔嚓嚓，无数细碎的须根断了，还牢牢抓着两三颗土屑儿舍不得丢。当然，这都只是一瞬间的事，而且声音微弱，恐怕只有像我这般用心翻薯藤的人才能察觉。这时候，我早已翻到薯地中央了，我的身后是一大片刚刚翻过的薯藤，它们那么平静地躺着，须根朝天，似乎不记得才经历了一场巨大的疼痛。

我真的感动，它们就这样理解了我的劳动，它们的宽容与宽厚再一次深抵我的灵魂。

我继续小心翼翼地翻薯藤，我温柔的手坚决地扯断须根，仅留下那些最早扎进地里的主根。一句话，我就是这么自私地诱导红薯按照我的意图生长的，叫它们的根扎得更深，长得更肥。

我的十指沾满了薯藤的绿汁，黑了，我腰酸背痛手脚发麻，但这都是应该的，比起薯藤来这些确实算不了什么。我直起身点了一支烟，看薯地，也看天。天气多么好，太阳多么好，帮我把翻弄朝天的须根都晒得差不多了，它们再想扎进泥土之中不可能了，过两三天，天老爷肯定要来一场雨，这是我的希望，也是薯藤的希望。我还发现，早上那些亮晶晶的露珠不知藏哪儿去了，是被太阳晒干了还是我的手不小心碰落了，都有可能，但我更愿意相信它们都是沿着叶脉、叶柄、薯藤，一路下去，下去，被我刻意留在地里的薯根吮吸了。

　　太阳越升越高，烤我的背，舔我的颈，薯地里的热气蒸我的脸，灼我的眼，但我一直等到翻完最后一根薯藤，才捡起我的小小的草帽。

　　我弄完了农事里的又一个仪式，我得回家，告别薯地薯藤，同它们说再见了。这时，我的身后仿佛传来阵阵声响，隆重，热烈，那是带着我的全部希望，留在地里的薯根的奔跑与掘进。

　　我忍不住频频回眸薯地，再见，再见了，我亲爱的薯地！

间油菜苗

这已是深秋，我去间油菜苗。

我是一个月前将它们种到地里的，那时还不叫苗，叫油菜籽，是一粒一粒精细乌黑却油亮饱满的种子。当初，我打发它们来这块地的时候，内心充满了矛盾，就那么一个个土窝窝，一张张小小的床，点多了我怕它们太拥挤，伸胳膊蹬腿都不自由，少了我又担心成活率太低，苗长不好，而种庄稼又是特别讲究冲苗的。我也不知道，它们是不是已经预感到了，一旦长出苗来，它们中的大多数都要被间去，留下来的永远只能是极个别。不过，有一点我是记得很清楚的，当我用拇指和食指把它们从罐子里请出来的时候，它们是多么激动，什么也不曾考虑，奋不顾身地扑向土地，扑向我事先为它们准备好的一个又一个小小的土坑坑。

想来想去，我还是先立在地埂上打打望，整理一下心情。当然，油菜苗也在地里望着我，它们还认得我，一齐朝我摇曳翠绿的目光，但除去这个，我似乎看不出它们还有什么异样的表情。

我很小心地走近它们，我实在怕随随便便一脚踩死了它们中的任何一个，间油菜苗不是践油菜苗，将它们置于鞋底是最大的不尊，那样，我就不好向我的土地交差了。间油菜苗也不用麻烦锄与镰这些坚硬和锋利有余的铁家伙，它们还只是苗，一群幼小单纯的孩子，吓坏了怎么得了！间油菜苗，光着两手就可以了，心思细一点，用力轻一点，动作柔一点，它们都能感到你手心里的温度。人、地、庄稼本就如此默契，心心相印。

其实，我是可以从家里带一张小板凳来的，就是一时忘了拿，我也可以坐在地里。种油菜之前我已将地犁过、耙过了，连土坷垃都被我砸成了粉，现在还能让我的屁股觉出柔软舒适来。这样，我的腰就不酸了，腿脚也不会发麻。我相信，地不会怪我，油菜苗也不见得会对我有什么意见，但我知道，我如真这样做，我的恭敬与耐心就要大打折扣，我就不是一个纯粹的农夫了。我将腰弯下，再弯下，自己的脸几乎触到嫩叶尖上，或者，我就这么一直蹲着，让膝盖发胀、让腿肚子发麻。我必须保持这种一贯的姿势，从第一行第一个土坑开始，到最后一行最后一个土坑结束，劳苦，疲累，如我的父母，我的父母就是这样待自己子女的，而我，无疑是他们一生最中意的那棵好苗。

油菜苗刚刚在地里站住脚，根还很弱，很浅，如果毛里毛糙会损伤它们的血脉，甚至要了它们的小命。这个道理不用哪个教我也是知道的，我的手一伸向它们，自然而然就有了一种怜爱的味道。我左手轻轻抚着它们的绿脑袋，这是我特意要留下来的苗，两棵，抑或三棵，它们很幸运，很乖巧地配合，它们将身子稍稍偏离同一个土坑里的其他伙伴，腾出足够的空间，让我的右手自如地动作起来。其实，我只是拿拇指、食指、中指轻轻一夹，一提，那些苗就被我连根拔了，淘汰了，又顺手撂在土坑边上，让它们守着这块地。

这个漫长的过程，我脸上有多少汗水淌进土地，我半握拳头捶了多少次酸痛的腰，这一切，恐怕只有油菜苗知道。

最后，我直起腰，又两手空空地走到地埂上打望，我的心情复杂起来。

原本拥挤的小土坑一下宽松了许多，里面都只剩下两三棵苗，这是我特意留下的，它们是我的希望。坑边上还躺着好多苗，数也数不清，那是我刚刚间去的，或肥或瘦，或高或矮，在深秋的天空下，它们开始蔫了，不久就会死去。

其实，这是很正常的。我的土地有限，我的肥料也不是用不完，虽然都是些好苗，健康，蓬勃，但我也只能好中选好，我的条件不得不苛刻一点，再苛刻一点。不然，我当着好好先生，毫无原则地笼统将它们全都留下来，它们谁也别想长成出色的庄稼，到时候肯定个个营养不良，黄皮寡瘦，甚至连正常的开花结果都办不到了。这样，不光害了它们自己一生，还可能毁了一块地。

这事我是不能做的！

我唯一能做的，就是将那些被我狠心间掉的油菜苗永远留在地里，守着它们生前睡过的坑，枝叶腐烂成肥了还能回去，回到曾经的伙伴们身体里，悄悄地上升，上升，然后开花，结果。

空 油 菜

　　农历四月间，油菜熟透了，就得将圆溜溜、黑亮亮、壮鼓鼓的油菜籽从晒得又燥又脆的油菜荚里面空脱，然后一担一担挑回家。这是初夏时节乡村的一场收获，简单、纯粹。就是这样一场农事，搂、按、踩、揉、搓、拍、抖、筛，一丘田或者一块地的油菜就算收完了，但最终给这场农事取名的时候，我的故乡却不再依赖这些单一的动词，不叫搓油菜、拍油菜、抖油菜，而叫空油菜。空油菜，在这里也不再是一个单纯的词汇，它集搂、按、踩、揉、搓、拍、抖、筛的动作之和，手忙脚乱，腰酸背痛，直指一场"背灼炎天光，足蒸暑土气"的农事。

　　此刻，日头亮闪闪的，油菜荚早晒燥了，有的已经炸裂，菜籽都迸出来了。早饭后，和父亲翻晒油菜的时候还没听到一点动静，这会儿却噼噼啪啪地活动开了。仔细一听，声音若有若无，似雨落荷塘，如蚕食桑叶，确实韵味无穷，而我无心倾听，我得加紧空油菜。

　　油菜，还是上个双休日我和父亲一起割的，但油菜割好后没碰到一日好天气，时晴时雨的。眼看着田里的油菜迅速地由黄变黑，又慢慢地起霉了，就是不能空，急死人。我在课间给父亲打了几个电话，父亲说着说着就在电话那头骂开了，骂该死的四月天：这天气阴不阴，阳不阳，一点也不爽快，油菜荚都起霉了，油菜籽都泡胀了，快发芽了，这季油菜算是冇有搞头了。我在这头劝父亲别急，再等等。放下电话，我仿佛看到了父亲紧蹙的眉头，他老人家穿着皮草鞋，落雨天连斗笠也不戴，隔不久去田里，隔不久又去田里，他心痛自己的庄稼，心痛油菜，眼看着到手的收成就要被雨糟蹋了，但他老人家除了立在泥泞的田埂上打望，望一眼淋雨的油菜，又望一眼漏了的天，什么法子也没有。

今天日头格外燥，还没干活浑身就已经毛焦火燎，额头上就出毛毛汗了。我和父亲轻轻地搂起油菜抱子，整理出一大块地方，拔了油菜秆，将一张帆布铺在上面，足有一间房子那么宽。这时，父亲抬头望了一下天，啊……嚏，连打三个喷嚏。我笑他，喷嚏打得比日头响，比油菜燥，父亲也笑，脸都红了，却好像很享受的样子。"咳咳"，他老人家整理了一下嗓子说：天老爷还算有点良心，如再落两天雨，油菜就真没得收了，动作快点，八分田的油菜还不够咱爷俩空的，三下五除二就解决了。

搂油菜抱子，得从近处开始，还得侧着身子走，不然，直戳在田里的油菜秆钩衣裳，会牵动还没搂走的油菜抱子，油菜荚脆裂，油菜籽迸落，而且，一趟只能搂一抱油菜，绝不能贪多，懒人做事要重担，那是费力不讨好的事。晒干了的油菜抱子极轻，我拃开虎口，双手握着根部，试探着轻轻搂起，有时，油菜枝梢钩住田里的油菜秆，千万急不得，那是考验你耐心呢。轻轻地扯，慢慢地拉，但牵连的部分就是那么亲热，难分难解，没办法，你得放下油菜抱子，用手拿开牵连在一起的枝梢，如果使蛮劲，就是扯脱了，那枝梢一弹，咔嚓嚓，油菜籽被抖落大半，掉到田土里，再也捡不回来了。小时候，家里空油菜了，我只能帮着搂油菜抱子，人比田里的油菜秆高不了多少，搂着油菜抱子，我得高高地举过头顶，直戳戳的油菜秆钩不着油菜抱子，但我的手臂却被剌起一道道血痕，好在农村娃不娇气，从不喊痛。油菜抱子搂完了，父亲和母亲踩的踩，揉的揉，抖的抖，筛的筛，我就去干自己的事了，拔油菜秆做枪，或者在高大蓬松的油菜秸秆堆中，钻进钻出，好像狗打洞一样，自得其乐。不过，现在，这样的场景再找不到了，如今的孩子都是宝，不用下地，谁还去做油菜秆枪，谁还去钻油菜秸秆堆呢？所以，农事的乐趣，我们的下一代、下下一代，也都永远无福享受了。

空油菜，只要天不下雨，一丘田就得一口气空完，不然，移一次场地，搬一次工具，耽搁好长时间，不合算。此刻，我和父亲已经搂完了油菜抱子，踩、揉、拍，身边的油菜秸秆堆了好高的两大堆，那些碎荚空壳在宽宽的帆布上积了厚厚的一堆，在日头底下闪着白光，刺得眼睛都睁不开。起初，我站在油菜田里，双手抖出一大捧碎荚空壳，转身往后头扔，后来，我索性赤脚踩在帆布上，脚板底下是油菜籽，脚趾间是油菜籽，滑溜，酥痒。日头烤我的背，晒我的头。我们身前身后的碎荚空壳堆子越来越高，帆布里的却越来越少。我看到了油菜籽，掬一捧在手，然后让它们从我指缝间滑落，风一吹，细细碎碎的油菜壳斜斜地飘，黑亮亮、圆溜溜的油菜籽径直落下去，沙沙沙，声音似有若无……

那一瞬间，我突然有了一种收获的快感，浑身顿觉微微酥麻。当然，我还是很有自知之明的，我从来没有真正理解过一场农事，对农事的理解，只有在属于自己的土地上，在长年累月日晒雨淋的过程中才能真正抵达，而我，只能站在父亲的土地上，永远不能深入农事的内核。

此刻，父亲就站在我身边，分腿，弯腰，揸开十指，插入没膝的油菜壳堆里，翻上来，捧起一大抱，边抖，边扔……父亲一刻也不停，动作不太利索，还显出几分老相。越是老相，却越透出平和与坚毅。

父亲曾说过，所有农事中他最喜欢空油菜。父亲当了一辈子农民，与土地打了一辈子交道，他说最喜欢一件农事，绝不是矫情，绝不是吹牛皮，绝不是要在子女面前表功立德。对于一场农事的理解与感受父亲永远比我深刻，我无法达到父亲的境界。但这些年，父亲老了，力气大不如从前，我劝他，那些重活不必亲自做，现在干农活样样都有机子，省时又省力，一两百块钱一亩田什么都帮着干好了。父亲不答应，说绝对不行，那像什么？糟蹋土地和庄稼，浪费的多，收回家的少！

于是，一场一场农事里，挥汗如雨，弯腰如犁，成为父亲一生不变的农耕姿势。

烧油菜花

一季油菜两场花！

说这话的都是些农民，他们没读过几本书，对一种农作物的认知不是来自理性，而是源自一生一世同土地、同庄稼的肌肤相亲，虽不加修饰，但天长日久，难免带了个人感情在里面。一季油菜真能开两场花么，你心中充满了疑惑却又无法指出什么来，像我，明知错了还要跟着说，心甘情愿地一直这么错下去。而且，他们不说开两"次"花，而说两"场"花，尽管只有一个字的差别，但在"次"与"场"这两个量词之中，他们只说"场"。"场"，需要一个舞台，需要一个过程。

毫无疑问，这个舞台，就是乡村！这个过程，就是农事！

现在，我的身旁就有几堆山似的油菜花，是这一季油菜的第二场花。第一场花早在立春前后就开过了，那满田满垄的金黄已成往事。现在，立夏十几天了，正午的阳光中，我正在一丘田里一心一意地空油菜。几天前，我就把这丘田里的油菜割倒了，它们淋了几场雨，又曝晒了几个日头，现在它们都已干透了，脆极了。我小心翼翼地一抱一抱地搬过来，用脚踩，用手揉，黑亮亮的油菜籽脱落在我早铺好的一张大帆布上，而那些纤细的被我弄得节节破碎的油菜秸秆，那些一瓣一瓣又轻又薄的空瘪瘪的油菜荚，山似地堆在我的身旁。这是乡村初夏时节随处可见的，灰灰暗暗，浅浅淡淡，它们在农历四月的阳光下反射出动人心魄的光芒。

油菜花！我绝对没有说出这三个字，我一个人在田里空油菜，我的身边除了田里竖着的密密麻麻光秃秃的油菜秆，就只有这几堆白白的油菜花，我就是再想说些什么也是不会对着它们说的，何况太阳就在我的头顶，汗水糊湿了我的眼睫毛，又顺着脸颊流进我的嘴里，我得不停地呸呸呸吐出那咸咸的汗水，哪还有时间说话呢？但我分明听到了一种沉沉的声音，我不知道它是从哪里传来的，只有油菜花这三个字，重复着，交织着，接连不断地撞入我的耳朵，进到我的身体里。这就有点悲壮的味道了！一些秸秆，一些空壳，没有花香，也没有花色，如果不是对土地、对一种农作物的感恩和敬畏，庄稼人怎会叫它们花呢？而现在，我眼前的油菜花，它们在这丘田里也待不了多久了，田里还得栽水稻，我必须尽快把它们处理掉。

我本来不打算烧的，但我喜欢那种燃烧的味道，喜欢看燃烧时腾腾升起的通天火光，而且，乡邻们都烧油菜花了，我不能老是欣赏别人的，我得亲自点一把火。

不过，要是我祖母还在，她肯定不会让我烧的。祖母自己倒很喜欢烧油菜花，当然不是像我这样点一把野火，祖母是在灶眼里规规矩矩地烧。祖母说油菜花干干爽爽，在灶眼里烧不黑心，不蹋火，还噼噼啪啪、呼呼呵呵地唱歌，她坐在灶门前将油菜花一束一束地塞进灶眼里就很开心。现在想想，油菜花那么轻，祖母却连把很轻很轻的油菜花弄回家的力气也没有了，油菜花是被我们用脚踩、用手搓轻的，而祖母的生命是无形的岁月一点一点榨干的，这似乎让我一下子找到了祖母喜欢烧油菜花更深一层的原因。祖母同油菜花惺惺惜惺惺！

其实，我父亲也不赞成我烧油菜花，一把火一把灰，风一刮，结果什么也没留下，这就是人不够义气了。父亲说人收了油菜籽，吃着油菜籽榨出的油，但人得把这些油菜花留下，这些秸秆和空壳就是油菜的遗留物，人得把它们葬在地里，沤烂在地里，真心真意帮它们回到泥土之中。但那些年祖母喜欢烧，父亲是不能阻止的，否则我祖母就会不开心。父亲只得留极少一部分油菜花在田里，其余大部分挑回家了，堆在我家那间柴屋里，一年中好几个月，祖母就都有油菜花烧了，她的满堂儿孙也都感受到了幸福的味道。现在，父亲把这块地给了他在镇上教书的儿子，至于栽水稻还是种油菜当然得看地的性情，父亲是从不表达自己的看法的，就是对我眼前这些高大蓬松的油菜花，父亲也不会再告诉我该怎么做又不该怎么做了，一句话，父亲对我还是比较放心的。父亲知道，我住着的水泥楼房没有柴屋，也没有土灶，父亲是不用担心我像祖母那样烧油菜花的。只是如今，村里喂牛的人家越来越少，犁田都是用吃油的机子，油菜花沤在田里三五两天又不烂，总是卡住机子的齿轮，弄得马达一次又一次熄火，犁田人的心里就不会舒坦。这一切，父亲都是看在眼里的。父亲一直都不赞成我这样一把火就把油菜花烧个精光，但父亲也是没法子，父亲只能沉默。

我是在看了不远处田里阳生大叔烧油菜花后，心里暗暗确定点火时间的。

我想我那些乡邻们是在赶农时，他们早把犁田的机子检查了好几遍，加足了油，准备马上灌水犁田了，或者怕落雨，四月的天说变就变的，就是一时没雨，黄昏下了露水也会将油菜花打湿的。阳生大叔烧油菜花就显得有点仓促，或者说是随便。扁担横在箩筐上了，箩索系在扁担上了，阳生大叔右手试着将扁担朝上抬了抬，噜噜噜，箩索很配合很兴奋地使劲弹绷了几下身子，就将一位老农想要的保险系数都表达出来了。阳生大叔卷了一支"喇叭筒"，掏出打火机点燃，眯眼朝着天空、朝着偏西的太阳吐了一口浓烟，然后咔嚓一声再一次打

丢失的乡村夏夜

燃打火机，弯腰往他身边的油菜花上点了一把火，就挑起满满一担油菜籽上田埂了。我根本没想到油菜花的燃烧有那么快。从阳生大叔打火机上不及拇指大的火光开始，到熊熊的通天大火，也就数十秒钟，风本来很轻很静的，此刻好像受到了什么感召似的，伴上呼呼呼的火焰声，伴上噼噼啪啪的火爆声，匆匆转过我的身体。是风有意夸大了这些声音！我想，这些声音阳生大叔肯定听到了，但他急着把油菜籽担回家，没注意这样的声音中往往还会包含了另外一层意思。

那些意思阳生大叔没看到，我都看到了。

当时，我手上还揉着一束油菜，眼睛却看着阳生大叔田里燃烧的油菜花。我是扭转脖子仰着头看的，脖子都有点酸了，头也开始晕了，我仍舍不得将目光抽回来。那火焰比我不知要高多少倍，它已经蹿到了半空中，我是在一瞬间突然看出那些意思来的，我看到半空中的火光都往一个方向扭着身子，我还看到从火光中旋腾起来的油菜花的灰，也都是朝着一个方向飞的，而这个方向就是阳生大叔担油菜籽回家去的方向。

那一刻，我狠狠地怔了一下！

我决定在黄昏后乡村被浓浓夜色裹住的时候烧油菜花。那时候，油菜花已在地里过了好几个钟头，它们完全可以把要交代的都交代得清清楚楚，它们和这块地说了好些暖心暖肺的话，并通知了泥土中拱来拱去的蚯蚓往深一点的地方钻，告诉所有的虫儿蚂蚁都跑得远远的，还和夜风有了一个约定，点火的时候风怎么来，火焰怎么舞，火灰怎么飞翔，都是早已经说定了的。我是吃了晚饭又冲了一个凉水澡才走向油菜花的，我绕着油菜花慢慢地走了一圈，然后依次按东西南北四个方向点火，之后，我就马上离开了。油菜花开始燃得慢，可能是下了露水的缘故，但也就分把钟的时间，那腾腾而起的火光就蹿到了夜

252

空中。其实，我没有立刻回家，我就站在隔壁田坎上的那棵桃树下看着我自己点起的这把火的。那火光竟是那样的红，像大地舔向夜空的巨舌，旋转着，伸缩着，看得我惊心动魄。仔细一看，我还是观察到那火光乱了阵脚，那火灰好像失去了明确的方向。我知道，这是因为尽管火光烧红了乡村的天空，但它们从亮处看不到黑暗中的我。

没人知道这把火是我点的，但这块地还是一点一点被我烧热了。

明天，我就加油试机，开犁！

挖 田 埂

出发前，我把锄头往门前那块大石头上使劲地蹾了好几下，确信锄头的木楔已经很紧很紧了，我又特意到水井旁给它吃饱了水，这样，就万无一失了，就不会因木楔松动锄头脱落而误了我的农事。

农事是必须严格遵循一定程序的，一环紧扣一环，哪一环都不能省略，不能耽搁，不能应付一下就了事。比如，现在我去挖田埂，说不定有人一听就想起了挖墙脚这类不怎么光明磊落的事，但这种联想肯定偏题了，他们其实什么也不懂。挖田埂，得在收完油菜后驾牛犁田之前的间隙里进行，一个人，一把锄，一袋烟的工夫，再长的田埂也挖好了，看起来也不是什么了不得的大事，但我年年都要挖，年年都那么认真。我知道，人要是想糊弄一丘水田，吃亏的终归是自己。

现在，我已经扛着锄来到田埂上。不久前，我还在这丘田里割油菜，躬着腰，挥舞着镰刀，整整一个上午，腰痛了，手酸了，我就坐在这道田埂上歇息，一边抽二块五一包的劣质纸烟，一边和附近田里割油菜的乡邻说着话，多么的惬意。我还顺手从田埂上掐了一片田埂菜叶子，往叶面上吐了一口长长的浓烟，我听到了叶子轻轻地咳嗽，听到了田埂上花草幸灾乐祸的嬉笑。

但现在，我得挖田埂了。经历一个冬天，田埂上有好几处冻起了细细的裂缝，说不定，那些冬眠的蛙与蛇还住在田埂下的某个小洞里，那些按捺不住春情萌动的黄鳝你穿我拱，你缠我绕，田埂土早就松了。我必须挖田埂，不然我灌在田里的水要不了几天就漏干了，我辛辛苦苦撒在田里的肥料一下就跑光了，我的水稻就会生气扯皮，就会让我减产，叫我饿肚子。

我当然知道，在乡村，一道田埂就是一条路。那些活蹦乱跳上学放学的孩子要走，那些一身汗一身泥下地的庄稼人要走，那些任劳任怨对乡村贡献最大的牛要走，还有那些无所事事从这个村庄串到那个村庄的狗要走。所以，尽管田埂算是水田的一部分，尽管把一道田埂完全放倒可以拓宽水田的面积，可以多种几棵油菜，可以多栽几蓬水稻，但我从不做这样的事，这样的事太不地道了！别人当然不会说我什么，大家都是一个村庄里种地的，都知道那些人情世故，谁要谁去说呢。牛在田埂上没草吃了更不会说什么，狗要串门不知该怎么走了，顶多心烦气躁地乱叫几声，最终也只有摇摇尾巴无可奈何地掉头回去了。但我没这么愚蠢！田埂是属于乡村的，是属于大地的，何况，那些杂七杂八的花花草草，田埂菜、地叶子菜、狗尾巴草、马背烂草、野菊、野蒿、野蒜，有名字的没名字的，早将这一道一道田埂当成了生命的大舞台，一年又一年，它们都要来这里亮亮相，热热闹闹地上演自己的故事。寸土寸金，在乡村生活了这么多年这个道理我是懂的，但还不至于要眼红这么一道窄窄的田埂，不会毫无来由地抢了人家地盘。不然，那些精力本就过剩的草，就要理直气壮地来到我的水田里横冲直撞了，遭殃的是水稻，上当后悔的是我自己，真是得不偿失，惹得乡邻笑话。

挖田埂，锄下千万留神！

其实，这跟一把锄一点关系也没有，锄只是一块铁，而人利用了铁的坚硬与锋利。锄不长眼睛，眼睛，长在我身上！挖田埂了，我的身后是自家的水田，水田对我有恩，我的眼前是田埂，田埂对水田有恩。但那一刻，我是不会劳心费神去想这些道理的，这些道理我手中的锄都帮我表达出来了。所以，我手中的锄不仅是一块铁，它还是一把尺，测量的是一个庄稼人独到的经验和朴素的思想；我的锄，下力再狠，吃土再深，落点总是那么准，总能笔直地从田埂上削下四指厚的土块，不多一分，不少一分。

就这么一道田埂，弯弯的，窄窄的，我去年挖了，今年又挖，我明年还要挖，但田埂还是那道田埂，水田还是那丘水田，什么也没改变。这一切，田埂上来来往往的人、畜脚步都知道，还有那些有名字的没名字的花和草也都记住了。

过几天，我还要来扯田埂，我要把先前挖下来的田埂土又一点一点扯上田埂，让它从哪儿来又回哪儿去，压实，抹光，还原田埂，还原乡间土路。但那时，我挖下来的田埂土不再叫土了，叫泥巴，汤汤水水，稀稀糊糊，混混浊浊，而且，我再也分不清泥巴的来历了，哪些是田埂土化的，哪些是水田里原来的土块化的，不但我分不清，就算是我的父亲、我的祖父，他们都是老农民了，捧起一把泥，顶多闻到一股腐腐的泥巴味，也无法认出来。但这没关系，田埂是不会计较这些的，水田也不会在乎这些，都是泥土，到哪里，哪里都能相亲相融。泥巴汤汤无筋无骨的样子，扯起来，软下去，再扯起来，又软下去，但我不会泄劲，不会放弃，我的心里多么高兴，这样的泥巴扯起来的田埂更结实，更靠得住。

过些日子，我就可以站在田埂上打量我的水稻，或者顺着田埂下田去，施肥，除草，杀虫，再过些日子，我就能沿着这一道道田埂，将一担一担谷子挑回家……

明年，我还会来挖田埂。那时候，同我一起走向田埂的，肯定还有一片阳光，一缕风，抑或一场春雨。

驾牛犁田

牛儿教犁，三个早上都教会了，一个大活人，吃着五谷杂粮，怎么就这么蠢呢？许多年前我父亲就是这样骂我的。那时，我父亲站在田埂上，双脚泥泞，嘴上叹息，对我在泥巴田里的表现几多失望。

尽管我后来不用驾牛犁田也能混一口饭吃，小日子过得还挺滋润，但父亲几十年前的教训，我仍牢牢地记在心上。

我第一次学着驾牛犁田，分田到户没几年。那时，农民们热情高，劲头足，家家户户，男男女女，都一心一意耕种着自家那几亩责任田。村子里跟我一起上学的伙伴，今天这个不读了，明天那个又不上了，都去帮他们的爹娘下田干活，像我这样吃闲饭还要到镇上读中学的少得可怜。父亲心急！我初三毕业那年农忙假，父亲就要教我驾牛犁田，原因是村子里跟我年纪差不多的男孩都在做，一牛一犁一人，吆牛走步扶犁，一招一式都像模像样了，而我作为父亲的长子，学会驾牛犁田也就理所当然。

但我觉得这事太突然，我一点心理准备也没有。那时，我已经习惯了用手轻轻地握笔哗哗哗地翻弄书面纸张，习惯了用礼貌用语跟老师同学温文尔雅地交谈，习惯了裤管鞋面干干净净地穿过操场走进教室。

我从未想过自己这么快就要像父亲那样去驾牛犁田。

我是硬着头皮跟在父亲身后，牵着我家那头老水牯走向水田的。

下田了，父亲自己先犁一圈两圈，犁着，说着，我在田埂上老老实实看着、听着。手里的鞭子莫乱舞，牛不比人蠢多少，牛轭一上肩，前脚一踩地牛就知道怎么走了，人只要扶犁，跟着牛走，到地角了再提犁张犁，行了，一块地就要犁好了。其实，父亲当年在这块水田里教我的时候，我还注意到了许多细节，父亲说驾牛犁田看起来是粗活，但是也开不得小差的，要听着脚板底下，硬性的，那不是刚才没犁着的一绺泥间子就是去年的老土，赶快用脚踹一脚，下一圈犁到这里的时候再张一犁，泥间子就化开了。犁好了，别老急着上田埂，得打一圈反犁，就是反向贴着田埂边下面小心地再犁它一圈，一块地就不会漏犁了。父亲说漏犁了，泥间子留在了地里，好比煮了一锅夹生饭，吃起来不对味，瞒不过这块田和田里的庄稼。

父亲的讲解是很透彻的，示范做得也很到位，就像我如今站在讲台上告诉学生们如何作文，每次我都要先来一篇"下水作文"差不多。父亲尽心了！父亲那时双脚泥泞地上了田埂，一边卷"喇叭筒"，一边看着田里我家那头老水牯在前头吭哧吭哧地喘，他的大儿子在后头一步一趔趄地跟。那一刻，我在泥巴田里牛也驾不好犁也扶不正，我连自己都管不了，父亲的表情到底怎么样我是没法看清的，但父亲骂我比牛还蠢的那句话，我不敢让自己这么快就忘了。

我从小营养不良，个子本来不高，双脚一踩到泥巴田里身子便矮了一大截，比土地高不了多少。我使出浑身解数，泥浆子溅到脑尖上，走步还是跟不上节拍，出尽了洋相，换来的全是父亲的叹息与怒骂。只是几个月后，我初中毕业考上中专，我向父亲证明了他的大儿子并非那么蠢，但在我父亲看来，驾牛犁田，乡村男人养家糊口起码要掌握的这门手艺，我是永远也学不会了。

后来，我常常回忆起自己那天在泥巴田里的表现，想来想去，除了力气小，提不起犁，也摁不住犁把，致使犁尖吃土越来越深，犁箭嘣嚓一声中断之外，我还有好多东西没学会。父亲骂得好，我怎么就这么蠢呢，简简单单几句粗话都吼不出来。我父亲只是一个老实本分的农民，和村子里其他叔伯兄弟一样，平日里沉默寡言，三个炸雷也打不出一个响屁，但他们一到这个季节，一驾牛犁田，他们的嘴巴就没有歇停的时候。当然，他们也不是要和哪个人说几句家长里短，打嘴巴子仗。他们跟在牛屁股背后大声地吼，"快了快了，伙计，还有最后几圈就上田埂了。"但更多的时候，他们只是一个劲地骂，骂拉犁的牛，骂牛的祖宗八代，那些粗俗的字眼，赤裸裸地从他们嘴里迸出来，在泥巴汤汤的水田里久久回荡。他们完全放开了，他们进入了角色，跟平日里判若两人。这一点，父亲却没教我，父亲是怕说不出口，抑或觉得这根本就不用学，人从脚板底到头发尖尖都是泥巴，脏得不能再脏了，还有什么遮遮掩掩的！但我固执地认为，父亲将自己最有特色的东西没传授给我，致使我在水田里不知道是我驾着牛，还是牛在牵引着我，人、牛、犁这三个主要因素始终不能和谐地融为一体。

我第二次驾牛犁田完全是我自己心血来潮。

站讲台十几年了，我常在节假日帮父亲干一些农活，拔秧栽田，锄地除草，割禾收稻，就是从没驾牛犁过田，父亲没让，我也没提。但那天，我帮父亲担了一担肥料到田埂上，手脚突然痒痒了，我对父亲说让我犁几圈吧，父亲喝住了牛，把稳了犁，扭头很吃惊地望我。我又重复了一句，让我犁两圈吧！

父亲，双脚泥泞地上了田埂。我，脱了皮鞋下水田，双脚泥泞了。

我以为我是成年人了，个子高了，力气大了，犁田这么简单的体力劳动又不需绞尽脑汁遣词造句，应该没什么大不了的问题，但父亲还是在田埂上跟着我和牛一趟一趟地走，一句一句地指点，我前面的这头老牛也时不时回头瞟我一眼，它对我这个新手一点也不信任。

"找死，望么子望，快走！"这是我对牛吼出的第一句粗话，原来这么简单，一旦出了口，感觉又是这么痛快。父亲笑了，父亲没想到他一向斯斯文文摸粉笔谋生的儿子，竟然也能在泥巴田里骂出这样的一点儿也不文明的话。

　　后来，父亲竟然让我一圈一圈地犁完了这丘水田，父亲到底是要照顾我的面子，还是真心真意来教我这个徒弟，我不得而知。不过，驾着牛，扶着犁，让自己的双脚一次一次陷进田泥，然后拔出来，那软滑滑凉丝丝脚踏大地的感觉，还能在其他地方找得到吗？

墒 秧 田

大江南北，凡种植水稻的地方，每年打头的第一场农事就是墒秧田。墒秧田，是水稻的播种阶段，学名叫育秧，有的地方还叫下秧、下禾种、撒秧谷、整秧田、平秧田、秧谷下泥、秧谷落泥等等。

墒秧田，我父亲一直这样叫，叫不惯别的。我问父亲这是为什么，他说老祖宗都是这样叫的，哪有那么多为什么啊。父亲又意味深长地望我一眼，把锄头在屋檐下的磨刀石上轻轻蹾两下，然后往肩上一扛，管秧田水去了。

我只有眯起眼睛傻傻地看这个"墒"字，死死盯住旁边那片小小的"土"，眼皮眨都不眨一下，慢慢地就看出了一些名堂。墒，我记得词典里的解释：田地里土壤的温度或者湿度。一代一代的农人，用自己最朴素的智慧捕捉到了那片春情萌动的墒！我一下对我的祖先佩服得五体投地。我那些一辈子面朝黄土背朝天的祖先，他们也没什么文化，箩筐大的字都认不了几个，但他们随便说出几个字音来表示一场农事，他们脱口而出一句土话，就将名词"墒"变成了一个劳动的动词，就让我这个学了一点文化还能写些文章的后辈冥思苦想这么久，小小的一块土，就盯得我眼睛酸胀，泪光闪烁。

这块小小的地就是秧田，培育水稻秧苗的水田，又叫秧母田、秧底田、秧脚田、秧池。选秧田，这里面有很大的学问。乡村，各家各户都有大大小小好几丘甚至十几丘水田，但并非随便哪一丘都能做秧田的。只有那些灌水方便、背风向阳、泥脚不深不浅又藏得住肥气、最送阳春的田才能做秧田。

一旦被选做秧田，农家总会另眼相看。

分田到户那会儿，我家有四五亩水田，大大小小十几丘，但父亲年年只拿那丘叫月田的做秧田。后来，我们兄妹相继考学参加工作，好多水田被抽回划给村子里其他人家，有人打月田的主意，父亲脸色就不好看，说其他田随你选，看上哪丘拿哪丘，但月田是我们家秧田，你做梦都别想。

收完中稻，那些沥干了水的稻田还来不及喘口气，还没歇过劲来，就又让农家种上了油菜，田里的肥气养料，又供给着冬日阳春的生长，但总有一些田闲荒着，它们夹在成片成片的油菜田中间，显得那么舒展、安逸、温馨。一阵一阵的寒风吹过，一场一场的冷雪冻过，油菜田经历了怎样的风寒才能引领一季阳春抵达成熟的日子，恐怕只有土地自己知道，但一丘秧田，如同劳累的农人，闲躺着，休憩着，就这样慢慢进入了甜美幸福的梦乡，养精蓄锐，恢复元气。一丘普通的水田能够让勤劳的农家，能够让吃土为生的农人们放心乐意地撂荒，唯有秧田。这是农家的智慧，更是农人对一块秧田的信任与偏爱。

秧田，农家心中的田娘，肩负着孕育丰收的光荣使命。秧好半年粮！墒秧田，一年打头的这场农事万万不可有什么闪失。

谷雨墒秧，大致相仿。雨生五谷，土膏脉动，正是墒秧播种的时节，我的兄弟，我的父辈，我的祖辈，溯源而上还有我所有的先人们，谷雨前后，都是在一块血脉相传的秧田里耕耘播种。

墒秧田，是技术含量极高的一场农事，非得有经验的农人不可。谷雨时节，一个女人领着一个未成年的孩子，捋脚挽手地墒秧田，稠汤般的脏泥糊了满脸满身，泥猴一样在秧田里蠕动，这样的场景我仅见过一回。那年，村子里桔桂婶的丈夫刚刚病故，她带着十一岁的儿子墒秧田，儿子牵着一头老黄牛在前面偏歪着弱小的身子一脚深一脚浅地蹚，桔桂婶扶着犁把在后头一步一步艰难地跟，从田埂上走过的乡邻无不叹息伤悲。但后来，每年的谷雨时节，村子里都有人主动帮桔桂婶家墒秧田，我父亲就帮过好几回。桔桂婶不免又想起自己那狠心撂下她娘儿俩的短命丈夫，泪水涟涟。

秧好半年粮！这个道理谁都懂，好比一个人的成长，婴幼儿时期打基础，苗冲得好，健健康康的，壮壮实实的，为今后孩子拼搏人生就起了个好头。父亲当过生产队长，每年墒秧田这类大事都是他亲自领着村里男人中的种田好把式完成的。我记得刚分田到户那几年，谷雨前，总有乡邻来我家串门，奉上旱烟袋，向父亲讨教墒秧田的技术。这让父亲很是激动和兴奋，从泡种催芽到犁田开畦，从撒谷浸种到灌水打药，他总是不厌其烦，悉心相告。一年又一年，一块小小的秧田，就这样在父亲的心中荡漾着嫩绿茁壮的秧苗。我那时不明白，我是父亲的长子，最有资格成为父亲的接班人，父亲却从不告诉我一句半句关于墒秧田的技术要领，仅仅有一次，父亲叫我给他牵牛，但一到田埂上，父亲却说没我什么事了，催我到别处去玩。作为一个农家子弟，我插过秧，割过油菜，踩过打稻机，掰苞谷挖红薯，锄地松土，砍柴挑粪，哪一件我没干过，哪一桩没让我淌过汗水，甚至伤过皮肉出过血，但我却成了墒秧田这一农事的旁观者，一个闲人，以至于我写这篇文章的时候，心中没底，文笔生涩。

童言无忌！我最早看到这四个字是在我家的神龛下面，我看一眼高高在上的神龛，又盯着正下方那块"童言无忌"的牌子，却仍只能勉强读出它的音，百思不解其意。年岁稍长，知道墒秧田也是有好多禁忌的，不属于科学范畴，它是农人灵魂深处在一场农事上的格外小心与庄重，是世世代代对土地的无须任何理由的迷信与敬畏。孩子懵懂，站在田埂上看大人墒秧田，问这问那，说东道西，一句话就冲撞了土地公公，童言无忌，土地公公就惩罚这家的大人，他们的秧田长草了，秧苗生虫子了，甚至夜间老鼠成群结队来觅食才下泥的谷种，土地公公睁只眼闭只眼，秧肯定出不齐，那麻烦就大了。这让墒秧田这件农事无端地充满了神秘，或者神圣。现在想来，那时我正处于童言无忌的年纪，父亲墒秧田的时候，并非有意避我，而是敬畏心中的土地神。

父亲墒秧田相当过细。谷雨前半个月，父亲就扛着一把锃亮的锄去我家的秧田——月田，将所有水口重新堵上，从山塘渠沟里引清水灌满月田，父亲说这就是泡秧田，满满当当一池春水，沉睡了一冬的秧田一个哈欠苏醒过来，抖擞精神迎接第一场农事，没有哪一块田泥会耍赖偷懒。而父亲，早已从镇上的农机站里购来谷种，盛在一只布袋子里，挂在屋板壁上那颗烟熏火燎的篾钉上了。等待的日子是幸福而甜蜜的。父亲每天都要去秧田坎上转转，还要到油菜田里看看花谢了没，油菜荚有几成壮了，晚饭后，父亲搬一张板凳，抑或干脆坐在门槛上，卷"喇叭筒"抽，烟雾弥漫，目光却久久地停留在那只布袋子上，几多迷离，有时父亲一下摁灭还没抽完的大半截烟头，突然起身，一步一步走向布袋，伸出双手小心地捧着，一遍遍轻轻抚摸着，聆听袋子里谷种"沙沙沙"的摩擦与歌唱，而父亲脸上的那种专注与神往，成为我这辈子见过的最动人的表情，永远定格在我的记忆深处。

谷雨前两三天，父亲就开始浸种催芽。一大早，父亲烧了一锅开水，按"三开一冷"兑成温水，拌入浸种的专用药水，这样浸泡出来的谷种发芽快，而且秧苗蓬勃健康，水稻也不易生虫害病，产量自然就高。父亲事先已经准备好了一只箩筐，箩筐底垫了厚厚的稻草，内壁也密密实实围了一圈，这就等于砌了一个柔软温暖的窝。待谷种浸透，父亲仍用那只布袋装了沥干水，封好袋口，置于箩筐内，稻草盖顶，这时，有白雾从稻草里丝丝缕缕地冒上来，父亲伸手试探，一些白雾就被手指理成一绺一绺一片一片的，我看到他的双手湿乎乎的，父亲还会弯下腰，将自己的脸贴上去，将鼻子凑上去，父亲凭借自己的经验，用这些方法来判断温度是不是最适宜，享受温水里浸泡出来的淡淡的谷香。催芽一般需三天，父亲每天都要小心翼翼地扒开稻草察看谷种，再往谷种上淋洒足够的温水，保持温度湿度，保证成功催芽。谷种在家里催芽，而父亲早已在这两三天的时间里，驾着牛扶着犁翻耕好秧田，犁三遍，耙三遍，开沟分畦，田平如镜，泥烂如羹。秧谷落泥那天，父亲把布袋里暖烘烘还冒着薄薄热气的秧谷倒进搪瓷脸盆里，一粒一粒的秧谷膨胀饱满，芽破皮而出，满脸盆黄白分明，黄的是胀破的谷壳，白的就是这两三天催出来的胚芽。父亲轻轻地扒扒谷种，又拣出一粒，用两个指头轻捏着举到眉前，眯起眼睛，而那一抹细细的白芽就是睁开的秧眼，朦胧而迷离，那一刻，父亲肯定看到了一个春天，看到了一块秧田对一场农事的幸福爱恋。

　　秧田畦是前一天分好了的，均匀，平整，父亲用左臂端着搪瓷脸盆，搂在胸前，人往畦沟里蹚去，小心翼翼地，下脚稳重，人立定了，右手轻轻抓一把秧谷，先在脸盆中央掭一掭，抖一抖，那些未抓稳的秧谷就落回脸盆中，不会掉畦沟里让水冲走。父亲微弯着腰，一畦一畦地撒秧谷，秧谷出手的那一瞬间父亲的脸是慈祥的，动作是轻盈的，心里是甜蜜的，一粒粒秧谷，带着父亲的体温和祝福散落畦泥，疏密有致。虽畦泥稀稀汤汤，但仍有一些秧谷舍不得沉入泥中，父亲就用竹扫帚轻轻揎拍，送它们入泥，又拿一块长模板将畦面抹平，亮亮的，刺人眼睛。第二天，芽尖戳破畦面，顶着一个个白帽，那就是当初的胚芽，而胚芽下面，都护着一棵嫩绿的秧苗。

　　墒秧田的后期管理相当重要，施肥，管水，拔草，洒药，哪一样父亲都要自己做。我清楚地记得有一回，秧田墒好几天了，秧苗也长出来寸把长了，那天我们一家人正围着桌子吃晚饭，天突然下起大雨来，父亲扔下饭碗扛起一把锄头就往外跑，等母亲手里拎着蓑衣斗笠，站在屋檐下哎哎哎地喊，父亲早顶着雨跑得没影了。那天，雨好像一直下到天亮，父亲也淋病了，喷嚏掀天，鼻涕长流，提不起精神。我们笑父亲，出门连个斗笠也不戴，母亲连连埋怨，还以为自己是年轻小伙呢，落雨天也不披件蓑衣，父亲就对母亲生气，说孩子们不懂，你也不懂么，秧田里不灌满水，秧苗腰又嫩，让雨点子打伤了还吃饭么？

我经常想，当父亲扬起锄头挖开又重新堵上秧田水口使满田的秧苗免遭雨点砸击的时候，父亲弯下腰拔掉混在秧苗里的一棵野稗草的时候，或者扛着一把锄头在秧田坎上光转悠，满田满畦的秧苗将他的目光、他的希冀统统染绿的时候，父亲在想什么呢？

那么庄严地在一场农事里消耗体力，父亲不会去想别的。

墒完秧田，秧在田里长，而一件一件的农事，踩着节气的鼓点规规矩矩列队上路，除了一门心事在土地上埋头流汗，父亲一辈子也不会有闲下来的那一天。

栽　田

只有这个时候向大地弯腰，才让我感受如此深刻。

其实，好多农事也必须弯腰的，割禾、刈麦、翻薯藤、间油菜苗、拔草、锄地，腰酸背痛了活也就干得差不多了。但不管怎么样，其间都可以腾出一只手捶捶腰顺便抡起臂膀胡乱甩那么两下的，甚至可以直起身子打打望，望天上的云，望太阳，望一阵凉风……

而此刻，我正挽起裤腿，双脚陷进泥底，弯着腰，翘起屁股，左手搂一抱秧，肘拐子靠着左膝盖，右手分秧，插秧……

只能是这样的造型，简单，原始，酸痛，难忍！这就是农民栽田一代一代固定下来的蠢动作，要命的是，除此之外我根本找不到可以偷懒耍巧的法子来。

栽一蓬，靠一蓬，这是硬道理，不然，我就要减产，我空空的粮仓就有足够的理由生闷气。但我又不能太慢，不能让别人看我的笑话，吃着田里的，连田都不会栽。我的手指多么灵活，不停地分秧，插秧，就像输录一篇文章，我都是盲打，不瞧键盘，只看显示器上的光标一闪一闪地后移，我的目光始终只在眼前的一小片水田里警惕地扫来扫去。果然，有几蓬秧苗浮起来了，根没吃到泥。这很让我懊恼，我腰差不多断了，又不得不返工。

但这会儿，农民的智慧全体现出来了！

想想我们身边，大家都拼命地往前赶，以为将别人甩在后头就成功了，多累呀！栽田，弯着腰，又退着走，眼里有真风景，胸中有大

267

哲学。

和风细雨，抑或阳光灿烂，这都是天老爷赏给我的好天气。田里，秧苗羞羞涩涩地颤，它们才来到这丘水田就淋着这样的雨，多么幸福，晒着这样的阳光，多么温暖。虽然秧尖儿可能多馋了几口阳光，蔫蔫的，发焦起卷，但一点妨碍也没有，只消一个晚上喝饱睡足，又精神了。而这一切，如不是退着走，我就看不到了，如不是弯着腰，离得这么近，我就是看见了又能留下什么印象呢？

把秧从那丘秧田里拔了，又栽到这丘田里，这都是我自己的事。栽深栽浅，栽正栽歪，栽直栽弯，也都是我一个人的责任。我只能弯着腰向后退，睁大眼睛看着，不好的马上改。不然，一"失手"成千古恨，转眼到秋天就来不及了。

你如栽过田，你肯定还为自己能将深深浅浅的脚窝烙在田泥里，同秧苗一块成长而兴奋，你也不曾忘记腿肚子上蚂蟥叮着的丝丝痛感。弄响了水，蚂蟥闻声而来吸在你的腿肚子上，一蠕一蠕地吸你的血。我能一次又一次地拍掉它们，却止不住伤口要流血，殷红的一条血路冲下来，又在田水里慢慢洇开。有时，我竟突发奇想，放点血到田里吧，反正到时来收割的还是我自己。

最伤脑筋的是稗子，稗子就混在秧里面，秧自己当然知道，秧一直在田里羞羞涩涩，颤颤抖抖，可惜我不懂它们的秧言秧语。无论我怎样努力，仍有不少稗子从我的眼皮子下、从我的五指间溜到了田里，我却浑然不知。

干脆变成一棵秧栽在田里吧！

我在心里这样惩罚自己。

倒 秧 田

那时，农人们收割完油菜，乡村一望无际的田野又重新泛起浅浅淡淡的绿意，农家大都已将青翠健壮的稻秧移栽到一丘一丘犁过、耙过并下足了底肥的水田里，仅留一垄半垄的秧候在汪满了肥水的秧田里。天气是说变就变的，刚刚飘着毛毛雨，凉丝丝的，农人们还需在薄薄的衬衣外再套一件稍厚的单衣，还得披着蓑，围块塑料布。但眨个眼日头就出来了，晒得浑身热燥差不多要出汗了，赶快脱了蓑，下了围布，解了单衣，手搭额头，目光抚过一垄一垄的田埂，那白花花亮眼睛的是满满当当的田水，那闪着绿意柔情涌动的是刚刚栽下去的秧苗……

那时，乡村泥泞的田埂路上，走着挽起裤管腿肚子上还沾着稀泥巴手里却拎着一两个秧把子的农人，你来我往，擦身而过，但男的女的，老的少的，脸上一律含笑，那些陈年旧怨，甚至前两日才发生过的争吵与不快统统忘得干干净净，一路笑眯眯地互相打着招呼。

栽好了？

栽好了，就等倒秧田了，你家呢？

呵呵，也快了，明天倒秧田……

倒秧田了，农家的水田里，一季水稻栽下去了，汗水栽下了，希望栽下了，美美的心情也栽下了。这样的日子，农人的眼里蓄满了对好年成的念想与期盼，憨厚、质朴、随和、善良，找不到一丝仇恨的影子。

这是一场农事带给乡村的和乐与美好。

倒秧田，就是把留在秧田里的最后那一垄半垄秧苗拔了，重新栽回秧田里，这是乡村初夏栽田这场农事的最后一个环节，承上启下，意味深长，往往会掀起一个小小的高潮。一场农事进入扫尾阶段，农人暂时从水田里直起腰，生怕踩着了心爱的禾苗，一律轻踮着脚尖小心翼翼地蹚过去，立在湿漉漉的田埂上，手里攥着大半把栽剩的秧。这时，谁也不会急着去擦洗腿肚子上的泥巴，就那么站着，指指点点，说说笑笑。扳倒一场农事，农人的目光与心思穿越一个短暂而热烈的夏，一路抵达金秋。夕阳下，农人的影子被无限拉长，涂抹着一道一道田埂，刚栽下去还带着几分生涩的禾菟，在一片深情的暗影里，轻摇着纤细的嫩腰。

倒秧田，一个倒字，就足以看出农人对付一场农事要攒多大的心劲，这是对一场农事的总结，更是对下一场农事的憧憬与向往。不在一丘秧田里摸爬滚打十几二十年，不把自己的整个身心彻彻底底地托付给一场农事，不让满脸满额满身的汗珠子坠入大地，你是永远也无法理解的。

我父亲今年满六十六，从十五岁那年正式下田务农算起，他倒了足足五十年秧田。我想，这应该称得上父亲的一辈子了，整整的一辈子。那么，对倒秧田这场农事，父亲的内心有着怎样的期盼，又饱含了多少幸福向往，就不是我笔尖文字所能叙述表达的了。

我小时候是家里的放牛娃，每年刚开始栽田那几天我是不用专门去放牛的，牛要跟我父亲一起犁田、耙田，没有闲时到河滩上吃草，更没有闲情嗅完一堆干牛屎鼻孔朝天傻笑半日，然后立在山坡上一边反刍一边打望。但第二天要倒秧田就不同了！将牛轭从牛肩上一卸下来父亲就在田埂上急急地唤我乳名，催我把牛牵到河滩上吃草。我嘴里嘟囔，昨日割的又长又嫩的青草都没吃完，还放什么牛呢，心里几多不情愿。"明日倒秧田了，让牛自己找草吃，爱吃什么吃什么，小娃子放个牛，哪来这么多话！"父亲对着我与牛的背影撂下这几句话，嗓门跟平日训我时一样大，但每一次我都听不出父亲是在生气，那一瞬间，父亲的大嗓门传递给了我，包含着更丰富更深刻的东西。

每年春耕开犁前，父亲将犁耙搬出来，紧一紧松动的榫头，擦一擦生锈的犁尖，正一正扭曲变形的耙齿，有时干脆到铁匠铺买一张新犁刀，请村里的老木匠装上。磨刀不误砍柴工，说的也就是这个道理，这样，一直到栽田，犁耙就不会出什么问题。父亲每次犁田归来，用稻草把子刷洗犁耙上的泥，也就很放心地将犁耙立于檐下，交给乡村多情的风一遍遍摩挲，任由乡村纯净的月光自上而下地沐浴，除了梦中偶尔回眸，父亲以为没必要长时间打量它们。但第二天要倒秧田就不同了！不管收工多晚，父亲都不会忘了察看一下静置于檐下的犁与耙。灯光昏暗，父亲握着一把铁锤或一柄短斧，咣当，咣当，这里敲敲，那里叩叩，其实，这些天犁耙泥里来泥里去，从未有过一丝一毫的松懈，每个部件都处于紧张备战状态，哪会出什么问题呢？我就想，父亲只是通过这种独特的方式给犁与耙提个醒：老伙计，明天倒秧田了，可不能有什么闪失呀！

也是，一场农事眼看着进入尾声了，谁愿天亮了还遗一泡尿，在自己耕耘一生一世的土地面前，出那样大的洋相呢？农人丢不起这个脸！

农人的谨慎，是对农事的执着；农人的小心，是对土地百倍的呵护。

有一件事，我想在这里说说，这事，别人当然不会说我怎么样，但绝对关系到我父亲一生一世的名声。

那年倒秧田，父亲的犁，断了！

那年，我站在讲台当老师一个多学期了，十九岁，仗着有两股子蛮劲什么都想亲自干两下子的年纪。恰逢星期天，家里倒秧田。那天，犁耙是我一个人扛到田埂上去的，以往，都是父亲扛，我还是个小孩子，只能替父亲牵牵牛，而中间好些年头，我又一直求学在外，父亲是怎么一边扛犁一边牵牛的，我脑海里只保存了一些想象的片断。我那天扛着犁耙一路走过泥泞的田埂，姿势肯定不太像一个纯粹的农民，但我走到我家秧田坎上，将犁耙从肩上卸下来，将两只胳膊使劲地连续地抖了好几下，那一瞬间，我的心情有些激动和骄傲，能让犁耙这样的大家伙压在自己肩上依旧劲火掀天，我已经不再是一个小孩子了。那时，我和母亲已将留在秧田里的半畦秧拔了，将捆扎齐整的秧把子一个一个都提到了田埂上，等父亲驾起我家那头老水牛重犁秧田，再把田埂上的秧把子移栽到秧田里，一场农事就圆满了，肯定如我父亲所愿，我家最先倒完秧田。我双脚泥泞地站在田埂上，一边抽纸烟，一边看着父亲驾牛犁田。牛在前面走，父亲在后面跟，弯弯的木犁在中间承前启后，原来就这么简单。一个新手，一个生人，犁田莫犁秧田！事后，父亲说他跟我反复讲过这句话，怎么就油盐不进呢，倒秧田，将犁箭弄断了，还是一张坚硬的枣木犁，父亲说他何曾出过这样的糗事。田泥软软的，泥底凉凉的，这只是迷惑人的，倒秧田，一定要时时招呼犁刀吃进泥层的深浅，浅了，犁在泥上虚漂，还犁什么田，深了，越吃越紧，牛受不了，犁也受不了，牛伤犁断，后悔就来不及了。父亲说他先隐隐听到一声闷响就知道犁箭要断了，但等他匆匆下田，从我手里接过犁扶手已经来不及了，咔嚓一声，枣木犁箭已经断了，牛自己停下来，转过头只打量我父亲。牛是不屑于看我的，父亲看着我，半天，好像要说什么，结果什么也没说。现在回想起来，前一天晚上，父亲借着明亮的月光，咣咣当当，将犁耙仔细查看了好几遍，问题肯定不是出在犁身上的，不是父亲粗心大意准备不充分，而是我帮了倒忙，我害父亲在村人面前难堪，在秧田里天亮了还遗泡尿，我对不起父亲！我站在秧田中央，脸上热一阵，又热一阵……

那一年，我家是不是最后倒完秧田的，如今再去追究，已经没有任何意义了，但我明白，那年倒秧田弄断犁，是我在父亲一生一世的农事里，掺杂的不太漂亮的一笔。

《小散文》2013 年春季号

扎 稻 草

农人用结着硬茧的双手，紧紧攥住满满一握水稻，一把一把在打稻机轰隆隆飞转的齿轮上刮尽了穗粒，顺手将光秃秃的稻草丢弃一旁，但这顺手一丢却不是潦草马虎，不是扫地出门。我中师毕业刚当老师那几年，乡村学校兴放农忙假，我就去帮家里收中稻，从早到晚将打稻机踩得轰隆轰隆响，却从不喊一声累，可以说，光体力这一方面我肯定超过了年近五十的父亲，但要将手中脱光穗粒的稻草丢在旁边的稻草堆上，我是怎么也学不来父亲的。父亲的动作里饱含了一种情感，轻重有度，急缓有节，父亲在打稻机板沿上将稻草重重一拍，一抖，手臂朝外一伸，十指一松，稻草便平平稳稳、整整齐齐地躺在旁边的稻草堆上了。我那时一边用力踩打稻机，一边斜眼看旁边的父亲，但学不到父亲的动作要领，更体会不出父亲几十年来在乡村农事中积淀下来的那份情愫，我丢出去的稻草总是重的一头倒栽下去，横七竖八。

当最后一株水稻被镰刀放倒，当打稻机停止轰隆隆的歌唱，当一担一担满箩筐的稻谷被挑回家，农人坐在田埂上歇一口气，抹一把额头的汗珠子，便腾出双手开始扎稻草。扎稻草，就是将刚才丢在稻田里一堆一堆脱光了穗的稻草全都扎成草个子，费不了多大体力，大伙就你一句我一句地争论着今年谁家的产量高谁家的产量低，时不时地夹几句荤荤素素的玩笑，将扎稻草这件农事弄得多么轻松、随意、快活！你看，他们顺手从高高的草堆上抽出一小束稻草，撬开五指沿尾梢向根部倒梳几把，右手攥稻根，左手握稻梢，弯腰围搂起一抱稻草，顺势往脚底下轻轻一蹾，牵着那一小束稻草一绕一缠，右手抚着草梢，左手只一拉，草个子就扎好了，提起来一甩，草个子在空中旋着舞着，稳稳地站在了稻田里。我第一次下田帮着家里收中稻是在十一岁那年，收完稻谷，我坐在田埂上看着大人们扎稻草，一旋一个，一旋又一个，觉得非常有意思，想要试试，但我的父亲、母亲、叔叔、伯伯却不答应，说弄坏了稻草就不好收拾了。他们的话阻挡不住一个孩子的好奇与冲动，稻草怎么会弄得坏呢？我那时从田埂上一跃而起，装模作样捋着手腕走向最近的一堆稻草，结果可想而知，我的左手小指被一根稻草划破，淌出殷红的血，我从此记住了柔软的稻草带给我的疼痛。现在想来，扎稻草，体现了一代一代农人极其巧妙的智慧。你可能知道古人用"稻草扎秧父抱子"当上联来征集下联的故事，一个"抱"字就说中了稻草与秧的血缘关系，你可能也晓得农人是用稻草扎稻草，但你肯定从未仔细想过这是为什么。我问你，除了用稻草，你还能想出其他法子来吗？一株一株的稻草曾经在同一丘田里喝水吸肥，吹一样的风，淋一样的雨，晒一样的阳光，抵抗过一样的虫灾病害，稻草跟稻草是兄弟，是同志，是战友，唯有这种血与火的感情，才能互相了解，互相信任，互相敬重，才能彼此紧紧地真心相拥相抱。

深秋时节，空荡荡的乡村田野里，草个子翘首眺望，眺望村庄上空冉冉升起的炊烟，眺望对面山坡上时而低头吃草时而向着远方哞哞叫唤的牛，眺望那一排青黑的瓦檐下正面朝这边稻田默默注视的农人……草个子期盼着头顶的那轮秋阳更强一点，更猛一点，将自己体内残余的水分吸干，就能轻轻松松跟着农人回家。

但这些被农人们用心扎起来的稻草个子，一般要在稻田里等上四五天，脱光了穗粒卸去了一生荣光的草个子轻得几乎没什么重量了，一丝微风就将它们掀得仰面朝天，这时，一双温暖的大手定将它们轻轻扶起，重新扎紧立在空旷深秋的旷野。但一丘田里，也总有一些草个子倒在农人的视线之外，打过几场露水，甚至落了几回小雨，草个子沤坏了起霉了，农人心痛不已。小时候，我就因为碰倒草个子挨过父亲不少训。为了逮到在草个子之间蹿来蹿去的蚱蜢，为了捉到躲在草个子底下的青蛙，我和村子里的其他伙伴将整丘田的草个子碰得东倒西歪，有的被我们践踏得散乱一地，父亲狠狠地揪住我的耳朵，逼我将所有的草个子扶起来，罚我将散在地上的稻草扎起来，我摸摸耳朵，又摸摸后脑勺，扶草个子简单，但扎稻草一下就将我唬住了。

我至今也没有真正学会扎稻草！

这些年，我吃饭都是到超市购买 20 斤包装的精制大米，但我觉得煮出来的饭却不好吃了，我知道，这是因为物质生活日益丰富的今天，人的口味也跟着变了。这时候，我就好想回到乡村，耕耘生命的稻田，收获时节跟着父亲补上这一课，用我摸熟了粉笔、握惯了鼠标的双手扎好多好多草个子，重新体会稻草划进皮肉淌出鲜血来的麻木与疼痛。

《华夏散文》2011 年第十一期

踩 草 树

　　草树不是树，是树样的稻草垛。踩草树，跟码草垛差不多，但又不完全是一码事。草垛矮小，草树高大。水稻倾毕生精力长根散叶结谷子，植株却永远那么矮小，季节一到，还得弯着腰等候农家来收割。这时候，农家让它们高大如树，自己一遍遍仰视它们，这种情感就不是文字所能理解并表达的了。

　　确实，农家对稻草总是另眼相看的。称它们草，确是出于无奈，毕竟是地里长出来的，比草也高不出多少，那就加个字吧，稻草，有了身份，跟一般野草就不能混为一谈了。有一种工具叫稻草扦担，丈余，两头尖，专管挑稻草这一类事，再不干别的，这在农家极少见。当初，农家收了油菜籽，那些粗粗细细的油菜秸秆干脆放把火烧个精光，掰了玉米棒，那枯黄的玉米秸秆一通乱刀砍倒，横七竖八堆在地畔土沟，这再正常不过了，还有那些黄豆蔓、红薯藤，牵牵绕绕的，扔了就扔了，烧了就烧了，没人觉得可惜，没人觉得不应该。但农家收了稻谷，对待稻草就不会这么随随便便。稻草将黄澄澄的稻谷，将自己最有营养，色泽最丰富、最饱满的一部分交出去了，一身轻松，干干瘦瘦，浅浅淡淡，但在农家看来，稻草，那也是一种黄，且黄得更让人心动，更让人心疼，水稻的精血就是从那里面缓缓地朝上流，最终抵达穗子走进粮仓又奔突在我们身体里的。

　　秋天，是得踩几棵草树的！何况，秋意渐浓，地上野草慢慢枯死，黄黄的草尖又全是粉尘土屑，牛羊无从下嘴，而且，眼看就是寒冬腊月，冰天雪地，何处放牧？农家自有办法，那就是踩草树。

当初，农家将黄澄澄的饱满沉重的稻谷一担一担挑回家，却将稻草留在稻田里了。空荡荡的田野，被镰刀割断了脉管、割断了与大地相连的生命的筋，又被农人一把一把紧紧攥在手中，放在打稻机里轰隆轰隆飞转的齿轮上脱光了穗粒的稻草，眺望着农人汗津津却掩饰不住喜悦和幸福的背影，眺望着那些自己倾尽一生精气神孕育出来的谷，卸去一生负担的稻草，干瘦枯黄却淡定从容的稻草，你跟季节和农家有过怎样的约定，不然，你还在等待什么，还要为谁坚守？

黄昏，农家从晒谷坪上收起被几轮秋阳吸干了水分的稻谷，过秤入仓，又将幸福的目光投向村庄对面寂静空旷的秋野，心里盘算，稻草也晒干了吧，明天踩草树！此刻，稻田里瘦瘦的草个子定然有了某种神秘的感应，惊起一群鸟影滑过乡村空阔辽远的秋暮。这个季节，我喜欢晚饭后漫步田野，我迷恋秋天的稻草个子，静静地立着的草个子，轻轻地趴伏着的草个子，我小心翼翼地将它们拎起来换个更舒适的位置，甚至俯身下去郑重地将它们搀起，让它们重新站立在曾经守候一生的田野。我知道，我这样做其实没有多大意义，随便一缕轻风又会将它们一下掀倒在地，但我乐此不疲。与它们对视，我会想起我的老祖母，干瘦，空瘪，那是被儿孙们刮尽一生丰腴之后让人触目惊心的生命。

踩草树，光有蛮力不可，得使巧劲，得理解稻草，尊重稻草。一根丈把长的稻草扦担能将一丘田的稻草个子全都挑在肩上，吭哧吭哧地回到村庄，但踩草树得用耐心、用情感抚摸着轻得不能再轻的草个子，然后两个人配合着一个一个送上树。我父亲就是一位踩草树的好把式。父亲每年都选屋西侧的那块缓坡做踩草树的理想之地，那里长着两棵笔直挺拔的松，就是天生的草树挑。后来，松树砍做它用，父亲就在地上掘两个深洞，竖埋两根杉或松树原木，"嘭嘭嘭"再打几根木桩，稳重牢靠，风吹雨打，岿然不动。草树挑就是草树的立轴，是勤劳厚道的农家回报给一季稻草的一根永不弯腰屈膝的硬骨，高高地耸立在大地上，耸立在农家对日子最朴素、最温馨的眺望里。踩草树了，父亲把几束稻草用力扭成一股手腕粗的绳，牢牢地缠绕在草树挑离地面两三尺之处，再将四个草个子重新扎紧按东西南北四个方向错开夹在草树挑上，父亲爬上去，双手抱住草树挑连蹦数下，借助整个身子的重量踩实、蹾紧，直到稻草死死地吃住木桩契合处不再下沉为止，然后父亲就立在上面，曲左手钩住草树挑，伸右手接母亲送来的草个子。每踩一个草个子，父亲都要牵几根稻草绕向中心的草树挑，每踩完一圈，父亲都要抱住树挑就着稻草弹性狠狠地蹦踏几下，一圈一圈，一层一层，草树越踩越高，父亲升到了半空中，却气不喘，心不慌，父亲脚下是稻草，是乡村永恒的生命大地！束好一个伞形的草树帽，一棵草树就踩成功了，但父亲并不急于沿着木梯下来，他总要站在高高的草树上四下里张望。父亲张望什么？是秋收过后来不及种下一季庄稼的空旷寂寞的田野，还是河床上啃着草尖却一次次抬起头来朝着山坡哞哞哞叫唤的耕牛？是这边山腰上一座座隆起的杂草丛生的祖坟，还是那边田埂路上正背着书包放学归来欢蹦乱跳的儿女？也许，只是父亲潜意识要借一棵普通得再也不能普通的草树的高度审视自己生活了一辈子的乡村，到底看到了什么，父亲自己也说不清楚，但多少年后，我透过父亲这个重复了几十年的简单动作，看到了一辈一辈农人眼角寓意深远的泪光，感恩大地的泪光。

踩草树，一种纯粹的农事，乡村稻草喜欢这种群体站立的姿势，抱成一棵树，寒冷或潮湿的岁月，守住一份干爽，一股温馨，一种踏实。

我亲眼看到过众多农家在同一片坡地上同时踩草树的情形。此刻，我的脑海里又浮现出这样的画面：夕阳残照，一个个枯黄轻盈的草个子，被农人用力甩到半空中，驮着片片薄霞，擦亮乡村深秋的黄昏……在我记忆深处，这分明是一种美丽的飞翔，一种温暖的舞蹈！偌大的山坡上，这里栽一棵，那里戳一棵，你不靠我，我不挨你，看似随意地排列，却是极讲究位置次序的，年年岁岁都相同，东家的，西家的，谁也不会搞错。树上的喊地上的，快点抛呀用力甩呀，我手中可没草个子啦；地上的叫树上的，看准了接稳了，可别让草个子飞过了头呀！这是乡村深秋时节别样的劳动场景，吆喝声，嘻哈声，草个子飞翔时的呼呼声，以及树林里此起彼伏的鸟啼声，共同组合成农家一年一度的多声部秋季大合唱。但我看得出来，农人们彼此都是在心里攒着劲的，特别是树上的那个汉子，脚下从不敢麻痹大意，一踩一蹾，一招一式，讲究的是章法，凭借的是巧劲。一棵草树，牛一冬的口粮，来年丰收的根本啊！一棵草树，何尝不是农家自己丰盈的粮仓呢？同样的风吹雨打，同样的霜冻雪压，谁家的草树要是倒了，在乡村肯定是要被人嘲笑的，走出家门人都要矮一大截子，侍弄了一辈子土地，吃了一辈子的白米饭，怎么连一棵草树都踩不稳呢？

草树踩起来了，农家以祖祖辈辈传承下来的独特方式，让谦恭而卑微的稻草长成一棵树的模样，稻草聚在高高的树上俯视村庄田野、庭院炊烟以及炊烟里生活着的男女老幼，这让稻草感到多么幸福与满足，经冬历春，稻草满怀干燥与温暖。还记得那些整日里寒风细雨冷得人不敢出屋的冬日，那时，田野里翠绿的油菜叶，远近山坡上四季常青的油茶叶，都冻着一层薄薄的冰皮，家家户户青黛的瓦檐上也倒垂着一排排寒意逼人的冰锥，曲里拐弯的黄土路上以及路边的石头表面也都闪着白得刺眼的冰光。我搓着手哈着热气到屋西侧的草树上扯稻草，我看见伞样的草树帽上也顶着一圈厚厚的白雪，草树四围毛茸茸的稻草须须上也缀满了一根又一根细细亮亮的冰针，但我却闻到了一股温温的稻草气息。我拿手指理碎那些冰针，用力扯下一把一把稻草，干干爽爽，柔柔软软，如此寒冷的冬日，稻草能保持一颗干燥温暖的心，让我感动不已。隔一两天，父母都要吩咐我到草树上扯稻草回家，这是我在寒冬腊月里最喜欢干的事，我搂着一抱抱稻草扔进牛栏猪圈，猪忙着拱窝，好大一堆稻草，猪哼哧哼哧这儿拱拱，那儿拱拱，半天也拱不出一个像样的猪窝。但牛不会这样糟蹋稻草，牛用舌头卷了一束干稻草大口大口嚼着，又睁着一双灯笼样的牛眼看着我，牛吃着稻草却这样温情脉脉地看着我，牛要感谢稻草却找错了对象，弄得我不好意思。我忙从牛栏里拣起一束稻草喂牛，手上攥着一把稻草，我心才踏实。

稻草，是寒冬腊月里农家的胆！农家，真心护着草树！

孩子们喜欢在草树下摔跤捉迷藏，累了，就睡在草树底下厚厚的草堆上。漫漫冬日，谁不喜欢草树呢，大人自己也常靠着草树晒太阳，或者将自己彻底摊开在大地上舒舒服服地睡觉呢。童心单纯，头脑简单，孩子们有时会在距草树不远的山坡土坎上玩烧炭窑这一类很刺激的游戏，但往往只刚刚冒烟，村子里无论哪位大人看到了，无论草树是他家的还是别人家的，他都会揣着一份责任心大声斥责：小兔崽子，找死，快把火灭了！又三步并作两步爬上山坡，揪住一个没来得及逃脱的倒霉蛋，扭着小家伙的耳朵狠狠地训诫一顿，然后抬脚将小炭窑踩塌，检查了一遍又一遍，确信不再冒烟、不会死灰复燃才放心地离开。一年又一年，一辈又一辈，孩子们慢慢长大了，孩子又这样教育着自己的孩子，草树，是乡村的神，农家敬神，神佑农家。有一点是不用大人教的，那就是在大雪纷纷冰封路面的上学日子，孩子们都知道寻找一棵草树，扯一把稻草，三扭两扭，缠在鞋底，路不打滑，一步一步走得稳重踏实。

但事实上，凭着一束稻草的铺垫，我离生我养我的乡村越来越远，我也从来没有像我的父亲那样踩过一棵草树，我马不停蹄日夜奔波，

丢失的乡村夏夜

我的鞋底再也没有沾过一棵稻草，但是，在那些偶尔阴冷潮湿的日子里，我都守住了尘世逐渐流失的那种柔软与温暖，因为天涯海角，无论离开还是归来，在那遥远的小山村，总有一棵普普通通的草树将我默默等候。

《中国散文家》2012 年第一期